이것이 진짜 일본이다

이것이 진짜 일본이다

발행일   2015년 10월 20일

지은이   유 정 래
펴낸이   최 수 진
펴낸곳   세나북스

출판등록   2015년 2월 10일 제300-2015-10호
주소   서울시 종로구 통일로 18길 9
이메일   banny74@naver.com
전화번호   02-737-6290   팩스 02-737-6290

ISBN   979-11-954627-2-8 03830(종이책)
           979-11-954627-3-5 05830(e-pub)
           979-11-954627-4-2 05830(PDF)

이 도서의 국립중앙도서관 출판예정도서목록(CIP)은 서지정보유통지원시스템 홈페이지(http://seoji.nl.go.kr)와
국가자료공동목록시스템(http://www.nl.go.kr/kolisnet)에서 이용하실 수 있습니다.
(CIP제어번호 : CIP2015026830)

유 정 래 의 신 일 본 론

이것이
진짜 일본이다

유정래 저

한국말을 하면 무시하고, 영어를 하면 우러러본다?
한국 사람들은 목소리가 커서 싫다는데…

세나북스

들어가며

　요즘 한·일 관계는 극도로 좋지 않다. 연례적으로 행하던 한·일 정상회담도 기약 없이 연기되고 있다. 그래서 2012년 5월 이래 한·일 간의 정상회담이 이루어지지 않고 있다. 가장 큰 이유는 종군위안부 문제에 대한 양국정상의 견해 차이에 있다.

　우리나라의 박근혜 대통령은 "위안부 할머니들이 돌아가시기 전에 이 문제를 매듭짓고 싶습니다."라고 말했다. 그러나 일본의 아베安部 총리는 "위안부 문제는 일절 정치적 전제조건으로 문제 삼을 수 없습니다."라고 말했다. 이 문제만으로도 서로 견해가 다르니 당분간 정상회담을 기대하기 힘들 것 같다. 혹시 한다고 해도 진정한 화해는 어려울 것이다. 그래서 죽어나는 것은 일본과 관련된 일을 하는 사람이나 일본에 사는 교포들이다.

　그 예로 일명 일본의 코리아타운이라는 도쿄東京의 신주쿠구新宿区 신오쿠보新大久保에 있는 약 300여 개 한국 점포가 심한 경영난을 겪고 있다. 망해서 주인만 바뀌는 곳도 많다. 한류 붐이 냉각되어 일본인의 방문이 줄었기 때문이다. 더불어 한때 성했던 한국 연예인의 일본공연도 많이 줄었다고 한다.

사실 한·일 관계는 지금까지 계속 좋지 않았다. 지금까지를 언제부터를 기준으로 할지는 문제이나 나는 백제 멸망 이후 좋지 않았다고 본다. 일본은 왜구의 조선, 중국 해안 침략은 당시 정부의 통제 밖이었다고 변명한다. 그들이 일본인의 조상인데도 말이다. 그것을 차치하더라도 통일신라와의 적대관계나 임진왜란, 일제 강점기, 광복 후 지금까지의 반일 감정 등을 생각하면 도저히 우호적인 관계라고 생각하기 어렵다.

조선 통신사의 에도江戸 파견을 우호 관계로 보는 시각도 있다. 그러나 그것은 임진왜란의 복수가 두려워 도쿠가와 바쿠후德川江戸幕府가 취한 외교적 행위에 조선이 응한 것이지 진정한 우호적인 시기로 보기는 어렵다.

그러던 것이 새천년을 맞이하여 서로 문화를 개방해 교류하면서 일시적으로 좋아지는 듯했다. 일본에서 한류 붐의 시작은 2004년, 일본 NHK TV에서 〈겨울연가〉를 방영하면서부터이다. 이 드라마가 일본에서 전국적으로 큰 성공을 하면서 한국의 대중가요도 인기를 얻기 시작했다. 그래서 '카라'나 '소녀시대' 등 한국 가수들이 일본공연을 하게 되었고 그로 인해 더욱 한류 붐이 거세게 일어났다. 그러나 정치관계가 좋지 않자 다시 원래대로 돌아가려고 하는 것이다.

왜 한국과 일본은 역사 이래 이토록 적대관계를 계속해야만 하나? 한때 좋아지는 듯 보이다가도 일본의 대신大臣(장관) 한 명이 뚱딴지같은 망언을 하면 다시 냉각된다. 일본의 역대 총리나 대신들은 한·일 관계가 좋아지는 듯하면 마치 약속이나 한 듯이 찬물을 끼얹는 망언을 한다. 자기들 정기 매뉴얼에 있는 것인지 주기적이다. 이와 같은 종군위안부 문제, 독도 문제, 역사교과서 왜곡문제 등에 대한 뻔뻔한 망언이 한·일 간 진정한 우호의 장해물이 되고 있다.

'세계에서 제일 가까운 나라'[1]라고 하면서 이래서 좋을 것이 무엇인가? 서로 손해인 것을 알면서도 진정한 친선 우호 관계를 만들지 못하는 것은 무슨 이유 때문일까?

일본에 한국 전문가는 많다. 또한, 한국에도 일본 전문가는 많다. 그런데도 위와 같은 문제를 해결하지 못하고 있다. 아니 반대로 서로 적대하는 글을 쓰거나 방송에서 서로 안 좋은 말이나 하는 전문가가 더 많은 것 같다는 느낌이다.

일본에서는 한국에 대해 깎아내리고 나쁘게 쓴 책이 잘 팔린다. 한국에서도 마찬가지이다. 일본에 대해 비웃거나 적대시한 글을 쓴 책이 지금까지 보통 히트를 했다. 서로 우호적인 글을 쓴 책이나 친선을 내용으로 쓴 책은 인기를 얻지도 못하고 사장되었다. 또 누군가가 우리를 반성하자는 글을 쓰면 오히려 욕을 먹었다. 그래서 지금까지 일본에 대해서는 바른말을 하기가 어려웠다.

'일본이 지금까지 우리에게 오죽 모질게 했으면 국민감정이 아예 굳어져 버렸을까?'라고 생각하니 무기력감마저 든다. 한국이나 북한은 일본의 침략을 많이 당했으니 일본이 좋아질 리 없고 반대로 미워지

---

1) 일본의 쓰시마(対馬)에서 부산까지의 거리는 약 53km이다. 일본이 자신들의 북방영토라고 주장하는 지금은 러시아 영토인 가이가라(貝殼) 섬과 홋카이도(北海道) 네무로 한토(根室半島)까지는 불과 3, 7km이다. 그것을 빼더라도 홋카이도 왓카나이(稚内)에서 사할린까지 거리는 43km이므로 지리적으로 일본과 제일 가까운 나라는 러시아이다. 그러나 사할린은 러시아의 변방이고 부산은 한국 제2의 도시이다. 일본과 인적·물적·문화적 교류는 한국이 제일일 수밖에 없다. 그래서 일본과 한국을 제일 가까운 나라라고 보는 것이라고 생각한다.

는 것은 당연하다.

그런데 일본은 왜 한국을 미워할까? 범한 죄를 위장하는 것일까? 하긴 개인적으로도 죄진 쪽이 더 큰소리치는 경우는 많다. 아니면 약한 자를 미워하는 초등학생의 이지메虐め(괴롭힘)와 같은 심리일까? 혹은 백제의 후손2)이 많은 나라여서 조상의 복수를 하는 것일까?

사실 일본과의 현안들을 생각하면 중과부적을 느끼고 허탈해진다. 그렇다고 외면하면 또 일본을 비롯한 강대국에 당하는 것 아닌가? 하고 한국인의 한 사람으로서 걱정이다.

나는 10대 때부터 일본인과 펜팔을 하며 교류한 인연으로 늦깎이 일본유학을 하게 되었다. 그리고 중년을 넘었다. 싫든 좋든 평생을 일본과 연관해서 살아온 일본 전문가의 한 사람이 된 것이다.

이제부터 그런 이야기를 솔직하게 하려고 한다. 내용이 내가 겪은 에피소드 중심이라 마치 자서전 같다. 그러나 내가 겪은 일본인과의 경험담을 흥미 있고 사실적으로 묘사하기 위해 이 방법을 택하기로 했다. 이 점 독자들의 넓은 아량으로 양해해 주기를 바란다.

그런 이야기들 속에서 "한국인과 일본인 마찰의 근본문제는 무엇인가? 무엇이 장벽이기에 넘지 못하는가?"라는 과제를 가지고 독자들과 함께 객관적으로 생각해 보는 기회로 삼아 보고자 한다.

---

2) 나당(羅唐) 연합군이 백제를 협공할 때 왜(倭)에서는 백제에 지원군을 파견했다. 그러나 663년 하쿠손스키(白村江: 금강)에서 백제와 왜의 연합군은 패했다고 일본 역사교과서에서는 전하고 있다. 그 후 백제 귀족은 약 10만 명 이상 일본으로 이주했다고 한다. 이로 인해 일본인은 중국에 갈 때도 비교적 안전한 한반도 연안을 거치지 않고 위험하고 먼 해로를 돌았다. 그만큼 백제의 후손이 많은 일본은 통일신라와 적대관계였다.

1장에서는 '일본이라는 나라'에 대해서 내 개인적인 시각으로 느낀 점을 소개했다. 내가 일본을 알게 된 동기나 일본인과의 교제, 연애 등의 경험을 통한 일본의 인상을 진솔하게 표현하려고 했다.

　2장에서는 '재패니즈 드림의 현실' 즉 일본에 돈을 벌겠다는 꿈을 가지고 온 사람들의 현실을 소개했다. 일본에 가면 돈을 많이 벌고 화려하게 산다고 인식되던 시절이 있었다. 그러나 그 뒤에는 감추고 밝히고 싶지 않은 사연도 많다. 그러한 점들을 숨김없이 밝혔다.

　3장에서는 한·일 간 분쟁의 발단이기도 한 '문화와 관념의 장벽'에 대해서 생각해 보았다. 한국과 일본은 흔히들 '가깝고도 먼 나라'라고 말한다. 왜 그런 말이 생겼을까? 그런 요인들이 될 만한 점을 나의 에피소드를 통해 분석해 보고자 했다. 이 중에는 개인적으로나 국가적으로 그리 명예롭지 못한 내용도 있다. 그러나 한·일 간의 개인적인 분쟁 거리 요소들을 분석하기 위해 감히 쓰기로 했다.

　4장에서는 한·일 간의 국가적인 분쟁 거리와 있어서는 안 될 일들에 대해 알아보았다. 어디까지나 개인적인 시각임을 밝힌다. 한·일 간의 문제는 그리 간단하지가 않다. 그러나 내 나름대로 '이러한 이유도 마찰의 원인의 하나이지 않나?' 하는 점들을 생각해 보았다. 그리고 우리가 꼭 새겨두어야 한다고 생각되는 점들을 살펴보았다.

　5장에서는 일본에 대해서 이 정도는 알아야 하지 않나? 하는 에피소드들을 정리해 보았다. 특히 일본의 매스컴에 출연한 경험과 유학, 아르바이트 등을 통해 느낀 점을 기술했다. 개인적인 경험이지만 그리 흔치 않다고 판단한 일들이다. 일본을 좀 더 아는 데 참고가 되기를 기대하는 마음으로 써보았다.

지금의 한국과 일본은 서로 미워도 끊으려야 끊을 수 없는 사이다. 이제는 서로 밉다고, 열 받는다고 외교를 단절할 수도 없는 상황이 아닌가? 그렇다면 서로 현안들을 풀어 친하게 지내는 것은 어떨까?

글 중에는 우리가 듣기 거북하거나 기분 나쁜 내용도 많다. 여러 번 망설이다 싣기로 했다. 듣기 좋은 이야기만 하면 진정한 일본의 속과 우리의 현실을 파악하는 데 도움이 안 된다고 생각했기 때문이다. 이 점 양해하고 참고로 해 주기 바라는 마음이 간절하다.

이 책이 만들어지기까지 여러분들의 격려와 도움이 있었다. 먼저 선뜻 출판을 허락해주신 세나북스 최수진 사장님께 감사드린다. 그리고 학업을 포기하지 않도록 항상 이해와 격려를 해 주신 대학원 지도교수님과 부전공 교수님이신 연구과 과장님께 감사드린다. 대학교 때 학장님과 부인인 유학생회 회장님께도 많은 격려와 지원을 받았다. 그런데 안타깝게도 학장님께서 2년 전에 지병으로 돌아가셨다. 영정에나마 감사의 마음을 바친다. 또 대학원 동기인 윤현명 군에게도 고마움을 전하면서 꼭 하는 일이 성취되기를 기원한다. 끝으로 늦깎이 공부한답시고 타국으로 떠난 장남의 효도 한 번 못 받아보시고 돌아가신 부모님께 졸작이나마 바친다.

목 차

CHAPTER 1

일본이라는 나라

일본에 대한
첫인상

내가 일본을 처음 알게 된 것은 초등학교 3학년 때이다. 그해 여름 막내 작은아버지 덕에 꿈에 그리던 서울구경을 하게 되었다. 하루는 창경원 안의 동물원[1])을 구경한 후 여관에 돌아오니 주인이 "학생! 어떤 세련된 아줌마가 전해 주라며 두고 갔어. 학생은 좋겠다. 이런 푸짐한 선물을 다 받고…" 나는 난생처음 받아보는 큰 선물 보따리에 들떠서 "이게 설마 꿈은 아니겠지?"라고 옆에 있던 사촌 형에게 물어보았다.

일본인 작은어머니의 선물이었는데 풀어보니 책가방이었다. 그 속에는 노트와 연필이 가득 차 있었다. 나는 너무나 기뻐서 어쩔 줄을 몰랐다. 특히 맘에 든 것은 메이커가 돈보노 엔피츠トンボの鉛筆(잠자리 표 연필)라는 향나무 향이 좋은 연필이었다. 이것은 정말 시골뜨기에겐 과분한 선물이었다. 글씨도 소리 없이 진하게 써질뿐더러 연필심 싸움을 하면 단연 톱이었다.

---

1) 지금의 창경궁인데 일본인은 우리나라의 황궁(皇宮)에 동물원을 짓고 창경원이라고 이름을 격하해서 지어 부르는 파렴치한 행위를 서슴지 않았다. 우리가 과거에 일본을 정복해서 도쿄(東京)의 고쿄(皇居: 황거)에 동물원을 지었다면 지금의 일본인들은 뭐라고 할까? 궁금해진다.

내가 어릴 때는 운동장에서 땅뺏기 놀이나 여자애들은 고무줄넘기, 혹은 연필심이 누가 강한지 겨루는 놀이를 많이 했다. 심이 강한 무적의 연필을 몇 다스나 보유한 나는 친구들의 부러움과 시기를 한꺼번에 샀다. 이로 인해 어린 나에게 있어 일본에 대한 첫인상은 퍽 좋았다.

그러나 학년이 올라가면서 일본의 우리나라 침략과 만행에 대한 역사교육을 받았다. 그리고 그에 대해 아버지를 비롯한 주변 어른들의 말씀도 들었다. 그래서 일본에 대해 화도 나고 인상도 나빠지기 시작했다. 그와 함께 어린 마음에 '우리 선조는 왜 일본을 쳐서 복수를 못했을까?' 하고 억울하고 답답한 마음을 금할 수 없었다.

임진왜란 후 우리는 힘을 키워 무리해서라도 일본을 쳤어야 했다. 이는 초등학생의 싸움과도 같다. 약한 애들이 이지메虐め(괴롭힘)를 많이 당한다. 약해도 반항이 거센 애는 골목대장도 건들기를 꺼린다. 우리가 일본본토를 한 번이라도 쳤으면 일제강점기라는 치욕적인 역사는 일어나지 않았을지도 모른다.

조선 세종 때 김종서 장군이 지금의 쓰시마対馬 섬을 정복해 항복을 받았다고 한다. 그러나 그것 가지고는 일본인들에게 "조선을 건들면 큰 화를 입는다! 두 번 다시 헛생각하지 말아야지!"라는 경종을 울리기에는 너무 미약했다.

그래서 방송대학 출석강의에서 일본역사를 전공하는 교수님께 여쭤보았다. 그 결과 조선 시대의 우리나라 인구는 약 700~800만 명이었고 당시 일본 에도江戸시대의 인구는 약 3,000만 명이 넘었다는 사실을 알게 되었다. 이는 달걀로 바위를 치는 격이다. 적을 공격하려면 최소한 두 배 이상의 군사력이 있어야 하는 데 도저히 중과부적이었다.

더구나 당시의 일본은 문무양도文武兩道 정책으로 사무라이侍(무사)가 수백 년째 정권을 잡아온 무사의 나라이고 조선은 숭문천무崇文賤武 정책을 쓰며 문인들이 당파싸움만 하던 시기였다. 국론이 통일되어도 대적하기 힘든 상대를 코앞에 두고 우리끼리 싸우고만 있었으니 참으로 한심했다. 그러니 일본으로서 조선 침략은 마음만 먹으면 언제든지 땅 짚고 헤엄치기로 할 수 있었던 것이다.

아니, 나라가 망해도 당파싸움만 한다는 것이 어디 말이나 되는가? 결국 일본은 임진왜란과 한·일 병합조약 때 어부지리를 얻은 것이다. 당파싸움만 하던 부류들은 나라가 망해도 상관이 없었다. 일제강점기가 시작되자 이들은 친일파로 변모해 일제의 조선 수탈에 앞장섰다. 또한, 친일파들은 광복 후에 미 군정에 붙어 독립투사들을 말살하는 데 앞장섰으니 이게 우리 민족의 업보란 말인가? 참으로 통탄하지 않을 수 없다.

조선 시대는 중국과 조공과 책봉의 관계에 있었다. 정말 조선은 일본인들의 말대로 중국의 속국2)이었다. 그러므로 일본에 아무리 열 받아 복수하고 싶어도 할 수 없었다. 즉 중국의 허락과 도움 없이 조선

---

2) 일본 사람들은 이것을 가지고도 우리를 얕본다. 즉 자기들은 중국과 동등한 황(皇)을 쓰는 천황제(天皇制)를 천 년을 넘게 이어왔는데 우리는 역사 이래 황제(皇帝)제도의 영주의 하나인 왕제(王制)였다는 것이다. 즉 중국 변방의 한 나라에 불과하다는 것이다. 그래서 고종 때 중국과의 조공과 책봉제를 탈피하고 중국, 일본과 동등한 황제(皇帝) 제도를 도입했다. 그러나 안타깝게도 불과 얼마 후 바로 일본에 나라를 빼앗기고 만다.

단독으로 일본을 칠 수는 없었던 것이다. 그리고 전쟁을 한다고 해도 승산이 없는, 소위 게임도 안 되는 싸움이었다. 조선 후손의 한 사람으로서 참으로 한숨만 나온다.

나는 우리나라 역사를 배울 때 중국의 속국이었다는 감각을 느끼지 못했었다. 중국에 조공을 바쳤다는 이야기는 들은 적이 있다. 그러나 선생님들도 속국을 강조해서 가르쳐 주시지는 않았다. 오히려 중국은 '되놈'이라고 무시하고 일본은 '왜놈'이라고 멸시하며 비웃어서 정말 대단한 나라들은 아니라고 생각했다.

우리는 힘도 없으면서 자기만족만 하기에 급급했다. 이는 현실을 외면하고 자기보다 잘살고 성적 좋은 친구를 흉보는 꼴이다. 우리는 깔보고 멸시한 양국에 수시로 침략을 당했다. 역사교육에서 맹목적인 민족적 자존심만 주입해서는 안 된다고 생각한다.

그런데 사춘기 때 나는 일본 여자가 귀엽고 애교가 있으며 세계에서 남자에게 제일 잘한다는 말을 듣게 되었다. 이는 푸치니의 오페라 '쵸쵸후진蝶々夫人(나비부인)'[3]의 영향이라고 볼 수 있는데 한창 이성에 대해 관심이 있는 나이에 역사나 정치 문제를 떠나 일본 여자와 교제를 한번 해 보고 싶다는 생각을 하게 되었다. 이런 생각을 하게 된 데

---

3) 무대는 일본의 나가사키(長崎) 항으로 내용은 미국인 핑커튼이라는 해군 장교와 쵸쵸후진이라는 일본인 게이샤(芸者: 기생)와의 사랑을 그리고 있다. 미국인 해군 장교는 일시적인 불장난이었으나 일본인 게이샤는 진정으로 사랑해서 기독교로 개종까지 한다. 그리고 아이를 낳고 3년을 기다린다. 그러나 기다리던 남편은 미국에서 또 결혼해 배신을 당한다. 이에 쵸쵸후진은 충격을 받아 자살하는 비극으로 막을 내린다. 이 연극을 보고 감동을 받은 이탈리아 최고의 오페라 작곡가 푸치니가 오페라로 만들어 세계적으로 히트한다. 그래서 일본 여성의 순종, 일편단심의 이미지가 세계적으로 유명하게 되었다. 그 후 일본 여성은 온 세계 남성들의 이상적인 여성상이 된 것이다.

는 어릴 때 좋은 인상을 남겨주신 일본인 작은어머니의 영향이 크게 작용했다.

그래서 일본말을 혼자 열심히 공부하기 시작했다. 그리고 그렇게 세계 남성들의 동경의 대상이라는 일본 여자를 사귀어 보려고 주간지에서 본 국제 펜팔 협회를 직접 찾게 되었다.

일본인과의
첫 교제

나는 아버지[4]에게 일본어 기초 50음도五十音図를 배운 뒤로 혼자 공부했다. 그러나 좀처럼 초급에서 중급으로 발전을 못 하고 있었다. 초급만 한 4~5년은 공부했을 것이다. 하다 말다를 거듭해서 그렇다. 알고 보니 나만 그런 것이 아니었다.

일본어 학원에 가보면 초급반은 만원이다. 그런데 중급반에 진학하는 학생은 반도 안 된다. 상급반이나 고급반, 프리토킹free talking반은 학생이 없어 아예 개설을 하지 않았거나 있어도 서너 명 정도다. 우리나라 사람들은 어학원을 길어야 몇 개월 다니다 마는 사람이 많은 것 같다. 어학은 결심해도 끝까지 공부하기가 참으로 힘든가 보다.

그래서 전부터 생각하고 있던 일본 여자를 친구로 사귀어 교제를 해 보기로 했다. 어학에 흥미를 느껴 마스터하기에는 네이티브native(토착민)와의 이성 교제가 최고라고 들은 적도 있다. 생각한 김에 빨리 실행하려고 국제 펜팔을 하기로 했다. 그때는 지금처럼 인터넷이 없었기

---

4) 나의 아버지의 고향은 황해도 벽성군 내성면이다. 그곳에서 광복되던 해에 일본 국민학교 5학년이었다. 그래서 일본어를 잘하셨다. 창씨개명을 강요당해 마츠카와(松川)라는 성도 갖고 있었다. 고향집 앞에 솔밭이 있고 개천이 흘렀다고 해서 붙인 성이라고 했다.

때문에 편지로 교제하는 방법밖에 없었다.

우선 서울에 있는 큰 서점에 가서 일본어 펜팔 예문 집을 샀다. 대형 서점을 다 돌았으나 예문집이 세 권밖에 없었다. 그리고 편지 예문도 옛날 한자[5]에 너무 구식 연애편지뿐이었다. 완전히 신파극[6] 대사 같았다.

예를 들면 "잎이 떨어지는 초가을의 석양을 바라보며 문득 당신의 얼굴을 그려봅니다. 그러나 상상이 되지 않아 답답한 마음 금할 길이 없습니다. 우리는 언제나 상봉할 수 있을까요?" 대충 이런 내용의 글을 일본어 편지 예문집에서 골라 준비를 단단히 했다. 지금 생각하면 참으로 낯 뜨겁다.

주간지에 써 있는 주소대로 서울 종로 5가의 한 '국제펜팔협회'를 찾아갔다. 마침 손님은 나 이외에는 아무도 없어 다행이었다. 용기를 내서 일본 여성과 펜팔을 하고 싶다고 말했다. 그랬더니 직원인 듯한 여성이 엽서를 한 장 내주며 "일본 여성에게서 온 엽서가 딱 한 장밖에 안 남았어요. 학생은 참 운이 좋네요!"라고 말했다.

소개비 5,000원을 내고 엽서를 받아 돌아서는데 뒤통수가 간지러워 혼났다. '혹시 젊은 놈이 외국 여자를 밝힌다고 흉을 보는 것은 아닐까?'라는 걱정도 했다. 도망가다시피 계단을 내려왔다. 한편 '나도 드

---

5) 일본의 현대 한자는 간략해서 쓰고 있다. 중국도 마찬가지다. 오리지널 한자를 쓰는 나라는 한국과 타이완, 홍콩 정도이다.

6) 신파극도 사실은 일본에서 처음 발생한 연극의 한 사조다. 구파극인 가부키(歌舞伎) 연극에 대립하는 칭호로 사용했다. 우리나라에서 유명한 작품으로는 '홍도야 울지마라', '검사와 여선생', '이수일과 심순애' 등이 있다. "김중배의 다이아몬드 반지가 그렇게도 탐이 났더란 말이냐?"로 유명한 조중환의 '이수일과 심순애'의 원작은 『장한몽』이다. 1913년 1월 1일부터 1915년 5월 13일까지 총독부 기관지 매일신보에 연재되었다. 그런데 이것은 1902년 발표된 일본인 오자키 고요(尾崎紅葉)의 소설 금색야차『金色夜叉』를 번안한 것이다.

디어 작은어머니 같은 일본 여성과 교제하게 되었구나!'라는 생각을 하니 마음도 설레고 뛸 듯이 기뻤다.

집에 와 엽서에 있는 도쿄도東京都 치요다구千代田区의 주소대로 준비한 편지를 보냈다. 그리고 두근거리는 마음으로 기다렸다. 약 2주일 후 학수고대하던 답장이 왔다. 그때의 기쁨은 이루 말로 형용할 수가 없었다.

그렇게 편지가 약 6~7번 왕래했을 때의 일이다. 하루는 상대가 자신은 여성이 아니라 남성이라는 내용의 글을 보내왔다. "유상이 처음에 너무 열심히 연정을 담은 글을 보내와서 감히 밝힐 수가 없었어요. 그러나 말을 하지 않으면 나중에 더욱 실망할까 봐 이제라도 밝힙니다."라는 내용이었다.

그동안 상대가 여성이라 여기고 보낸 글의 내용이 생각나 정말 쥐구멍에라도 들어가고 싶었다. 얼굴이 홍당무가 되어 화끈거리는 것을 스스로 느낄 정도였다. 심지어 세상 끝내고 싶다는 생각이 다 들었다.

이름이 ○○히로하루広治여서 지금이라면 남자 이름인지 바로 안다. 그러나 그때는 정말 몰랐었다. 펜팔협회 직원에게 사기를 당한 것이었다. 한국 남성과 교제하려는 일본 여성이 드무니까 남성을 여성으로 속여 돈을 받은 것이었다. 너무 화가 나서 펜팔협회를 찾아갔으나 다른 사람이 앉아 있었다. 사기를 치려면 크게 치던지 너무 쩨쩨했다. 마음의 상처만 입고 돌아서고 말았다.

나는 너무 창피해서 일본 친구에게 답장도 하지 않았다. 속 좁은 행동이었으나 할 수 없다고 생각했다. 그런데 몇 달 후, 그가 나를 찾아왔다. 서울 을지로1가 명동 입구 지하광장에서 만나기로 했는데 사진으로 얼굴을 보았기 때문에 서로 금방 알아보았다. 우리는 약 10m 거리를 두고 서로 박장대소를 했다.

나의 첫 일본 친구는 이렇게 만나게 되었다. 자기는 백제의 후손이어서 한국인과 펜팔을 신청하게 되었다고 말했다. 그는 나중에 영국에 살다 미국으로 이주했다.

그 후 나는 1987년에 창간된 《일본어저널》이라는 잡지를 통해 여러 일본인과 편지교류를 했다. 그중에 오리노折野상이라는 고려대학교 한국어학당에 다니는 일본인이 있었다. 그는 일본의 마이니치每日 신문사에 근무하다 유학을 오게 되었는데 우리나라 문화에 정말 관심이 많은 친구였다. 나는 오리노상 덕분에 일본인 친구가 많이 생겼고 회화 실력도 많이 늘었다.

그때 나는 오리노상을 정말 자주 만났다. 왜냐하면 그를 만나 대화하거나 일본인 친구를 소개받아 일본어를 써보는 것이 즐거워서였다. 일본인 친구를 만나면 만날수록 감탄을 금할 수 없는 일이 하나 있었다. 그들은 정말 시간을 철저하게 잘 지켰다. 눈이 오고 추운 날도 항상 먼저 나와 떨고 있었다. 당시는 코리언타임이라는 수치스러운 단어가 있을 정도로 우리나라 사람들의 시간관념은 좀 불분명했다.

그래도 나는 시간을 철저히 지키는 편이었는데 열 번에 한 번은 늦어서 실수했다. 그러나 일본인 친구는 한 번도 늦은 적이 없었다. 나는 현대의 일본 사람을 다시 보게 되었다.

처음 만난 일본 여성,
미치에짱

하루는 오리노상에게 전화가 왔다. "유상! 며칠 후에 시마네켄島根縣 마스다시益田市에서 친구 3명이 한국에 오는데 관광안내를 해 줄 수 없나요?"라는 내용이었다. 나는 새로운 친구를 사귈 수 있다는 기쁨에 흔쾌히 승낙했다.

서울 강남의 S 호텔 커피숍에서 만났는데 남자 둘에 여자 한 사람이었다. 한 사람은 농림성農林省에 근무한다고 했고 한 사람은 경찰관이었다. 그리고 여자는 회사원이었는데 대형 오토바이를 타는 것이 취미라고 했다. 사진으로 보니 그녀는 정말 700cc는 넘어 보이는 대형 오토바이를 갖고 있었다.

나는 3박 4일간 남산과 한강, 민속촌 등을 안내하고, 오토바이 탈 때 입는 가죽 잠바를 사고 싶다고 해서 이태원의 전문 가게를 소개했다. 그리고 보통 관광객이 가지 못하는 내가 좋아하는 맛있는 단골음식점만 데리고 다녔다. 그것이 그들에게는 인상적이었던 것 같았다.

헤어지는 날이었다. 신세계 백화점 남산 3호 터널 입구 사거리, 지금은 없어진 회현고가도로 밑에서 택시를 잡고 있었다. 그런데 경찰관인 이사가와石川상이 갑자기 "유상!" 하고 부르더니 부둥켜안고 울었다.

나는 당황했다. '그 짧은 동안에 정을 느꼈나?'라고 생각했다. 어쩔 줄을 몰라 하는데 농림성 직원이라는 사토佐藤상도 내 어깨를 양손으로 잡고 울었다. 여자인 미찌에ミチエ짱도 같이 울었다. 나도 괜히 눈물이 나왔다. 네 명이 어깨동무하고 우니 옆에서 오리노상이 어이가 없다는 표정으로 멍하니 바라보고 있었다.

다시 만날 것을 약속하고 돌아오는 좌석버스 안에서도 계속 눈물이 나왔다. 옆 사람에게 창피해서 눈물을 닦지도 못하고 창밖만 쳐다보았다. 버스는 마침 제3 한강교를 건너고 있었다. 강물에 비치는 불빛이 내 마음을 더 센티하게 만드는 것 같았다.

'일본 사람들은 감정이 풍부한가?'라는 생각과 함께 '우리나라에 대한 좋은 인상을 준 것은 참 잘한 일이야!'라고 멋대로 자찬했다. 그리고 '그래! 일본인과 민간외교를 하자. 국민들끼리 친해지면 정치관계도 언젠가는 좋아지겠지. 나는 잘할 수 있을 거야.'라고 멋대로 생각하며 장래에 대한 포부도 갖게 되었다. 그리고 조만간에 꼭 일본에 갈 것을 다짐했다.

약 일주일 후 세 사람에게서 편지를 받았다. 한결같이 모두 너무 감사했다는 내용이었다. 정말 예의 바른 편지였다. 그와 함께 나는 궁금했다. '왜 그들은 모두 울었을까? 나를 좋아해서 헤어지기 싫었나? 나는 며칠간 관광안내를 한 것뿐이었는데 그렇게 빨리 좋아질 리도 없고 정말 이상하군. 일본 사람들은 눈물이 많나? 감정이 풍부한 것일까? 그런 사람들의 조상은 왜 우리나라를 침략해서 잔인한 짓을 했을까?' 하고 머리를 갸웃거리며 별생각을 다 했다.

나는 남자인지라 세 명 중 여자인 미찌에짱에게 열심히 편지했다.

그동안 일본 여자와 사귀어 보고 싶었는데 우연찮은 기회가 왔기 때문이었다. 미찌에쌍도 친절하게 계속 답장을 해 주었다. 그래서 우리는 서로 다시 만나자고 약속했다.

우리나라 국민의 해외여행 자유화는 1989년부터 시작되었다. 나는 바로 여권을 만들고 3개월 일본 비자도 받았다. 그리고 1990년 여름, 후쿠오카福岡행 비행기에 몸을 실었다. 나는 일본어를 독학했기 때문에 내 일본어가 정말 일본 땅에서도 통할 수 있는지 걱정되었다. 물론 한국에 온 일본 친구들에게는 다 통했기 때문에 검증은 되었었다. 그래도 조금은 긴장되어 두근거렸다.

공항에 내리자마자 당장 후쿠오카역까지 가는 버스 타는 방법을 몰랐다. 그래서 옆 사람에게 물어볼 수밖에 없었다. 여자라 용기를 내서 물어보니 그녀는 같은 방면이라며 같이 가자고 했다. 정말 고마운 마음과 함께 안도의 한숨을 내쉬었다.

후쿠오카의 버스는 우리나라와 달리 중간에서 타고 앞에서 내릴 때 요금을 낸다. 그런데 나는 버스 안의 자동 동전 교환기에서 천 엔을 바꿔 동전을 먼저 앞쪽 요금함에 가서 넣었다. 그랬더니 그 여자 분이 운전사에게 일부러 가서 "이분은 외국인이라 잘 모르고 요금을 먼저 냈으니 나중에 받지 마세요."라고 말해 주었다. 정말 친절한 분이었다.

후쿠오카역에서는 만나기로 한 오리노상이 2시간이 지나도록 오질 않았다. 역 이름도 후쿠오카역은 없고 신칸센新幹線 타는 곳이라고 했으니 하카타博多역이었다. '오리노상은 도쿠시마켄德島県 출신이라 하카타는 잘 몰랐나 보구나!'라고 이해하고 기다릴 수밖에 없었다.

그때 공항에서 만난 여자 분이 다시 지나가다 "아직도 여기 계세요?"라며 "친구가 안 오면 제가 싼 여관을 안내할게요."라고 말했다. 정말 얼굴도 예쁘고 마음도 천사 같은 여자였다. 그런데 그때 갑자기 친구가 나타났다. '자식, 왜 이제야 이 중요한 때 오는 거야?' 정말 원망스럽기까지 했다. 그 마음 착한 여성과는 경황이 없어 인사도 제대로 못 하고 헤어졌다. 지금도 그 하카타博多 미인7)과 사진이라도 한 장 찍어두지 못한 것을 후회하고 있다.

왜 그런 생각이 드는가 하면 남진의 유행가가 남자들의 마음을 잘 표현하고 있기 때문이다. "얼굴만 예쁘다고 여자냐? 마음이 고와야 여자지…" 정말 그렇다. 여자는 마음이 예뻐야 남자들의 마음을 사로잡는다. 그런데 세상에는 둘 다 좋은 여자가 별로 없는 것 같다. 왜 그렇게 생각하는가 하면 얼굴이 예쁘면 콧대가 센 여자가 사실 많기 때문이다.

나는 도쿄에서 17년째 살고 있다. 어쩌다 길을 물어보면 모두 바빠서 그런지 하카타 여성처럼 친절한 사람을 한 번도 만난 적이 없다. 대부분 "미안합니다. 저도 모릅니다."라고 말하고 급히 지나간다. 파출소에 묻는 것이 시간 절약이다. 대도시는 정말 삭막한 것 같다. 하카타의 그 여성은 얼굴도 마음도 예뻤다. 그래서 그분이 나에게 평생 좋은 이미지로 남아 있고 그때 사진도 못 찍은 것을 후회하고 있는 것이다.

오리노상과 함께 한국에서 만난 적이 있는 가와히토川人상 집에 여

---

7) 일본에서 미인이 많은 3대 도시는 아키타(秋田), 교토(京都), 하카타(博多)이다. 일본 사람들은 '3대 〇〇'이라는 표현을 많이 쓴다. 3대 부스(ブス : 추녀)가 많은 도시도 있다. 바로 센다이(仙台), 미토(水戸), 나고야(名古屋)다. 참고로 일본 3대 온천은 아타미(熱海), 시라하마(白浜), 벳부(別府)이고, 3대 절경은 마츠시마(松島), 아마노하시타테(天の橋立), 미야지마(宮島)이다.

장을 풀었다. 그때 유감스럽게도 가와히토상은 출장 중이었다. 오리노상과 가와히토상은 고교 동창으로 오리노상이 친구 집에 거주하며 방학 동안 아르바이트를 하고 있었다. 한국 유학자금을 벌기 위해서라고 했다. 늦은 것은 일이 안 끝나서였다며 사과했다. 나는 일단 만났으니 괜찮다고 대답했다.

그는 사과의 의미라며 100년이 넘는 역사를 자랑하는 이자카야居酒屋(선술집)에 안내했다. 일본 개항 시기의 오래된 서양 양주병들이 벽에 가득 진열된 인상적인 가게였다. 우리는 밤늦게까지 마셨다.

다음날 하카타역에서 특급열차를 타고 시마네켄 마스다시益田市로 향했다. 차창 넘어 보이는 니혼카이日本海[8]는 정말 아름다웠다. '저 바다 건너는 우리나라 동해東海겠지!'라는 생각에 괜히 센티해졌다.

약 4시간 반 후에 열차는 마스다시益田市에 도착했다. 인구가 약 5만 명이라는 도시의 역이었는데 내리는 사람도 별로 없었다. 그런데 건너편 개찰구에서 세 사람이 이쪽을 향해 손을 흔들고 있었다. 주위를 둘러보니 나밖에 없었다. 나도 손을 흔들어 주고 구름다리를 건너가 보니 미치에ミチェ짱이 부모님과 함께 마중 나와 있었다.

설마 부모님도 함께 마중을 나오실 줄은 꿈에도 몰랐다. 역 앞에서 점심을 대접받고 그녀의 집으로 갔다. 그런데 부모님과 미치에짱이 거실에서 나란히 무릎을 꿇고 나에게 큰절을 했다. 그러면서 "먼 길을 마다치 않고 우리 집에 오신 것을 진심으로 환영합니다."라고 말했다.

---

8) 우리는 동해라고 부르고 일본은 일본해라고 부르는 바다이다. 이 명칭문제도 한·일 간의 논쟁거리의 하나이다.

나도 신발을 얼른 벗고 같이 큰절을 했다.

　미치에짱은 근무 중이었으므로 회사로 복귀하고 나는 부모님의 안내로 소교토小京都[9]라고 불리는 츠와노津和野 관광을 했다. 그녀 아버지가 운전하고 어머니가 열심히 설명해 주었다.

　밤에는 새벽 3시까지 가족들과 요리와 술을 마시며 즐거운 시간을 보냈다. 아버지보다 어머니 쪽이 술이 세고 말도 많이 하셨다. 그런데 갑자기 어머니가 "유상! 우리 밋짱 사랑해요?"라고 물었다. 솔직히 나는 편지 왕래를 1년 넘게 했고 2번째 만나서 그런 감정까지는 없었다. 참 착한 여자라 계속 사귀고 싶다는 생각은 하고 있었다.

　그러나 어머니의 갑작스러운 질문에 무심코 "예, 사랑합니다."라고 대답했다. 그러자 "한국에 시집보낼 수는 없어요. 유상이 일본서 살 마음 있어요? 그럼 결혼을 허락하죠."라고 말했다. 나는 장남이었고 더구나 막냇동생을 중학교 1학년 때부터 서울로 전학시켜 공부시키던 중이었다. 게다가 병약한 어머니를 모시고 살고 있었기 때문에 나만 좋다고 데릴사위로 일본에 살 수는 없었다. 그래서 "부모님과 상의해 보겠습니다."라고 대답했다. 미치에짱은 옆에서 술도 별로 안 마시면서 그 긴 시간 동안 무릎을 꿇고 묵묵히 듣고 있었다.

　이튿날 헤어질 때였다. 열차에 몸을 실었는데 미치에짱이 차창 밖에서 말없이 눈물을 흘리고 있었다. 그리고 열차가 안 보일 때까지 계속 손을 흔들어 주었다. "어제 어머니의 질문에 내가 일본에 사는 것은 생각해 본다고 해서 그런가? 이별을 감지했나?"라는 생각이 들었다.

---

9) 오래된 집과 거리가 교토(京都)와 닮았다고 해서 붙어진 소도시로 각 켄(県:현)별로 많은 도시가 지정되어 있다.

나는 달리기 시작한 열차에서 갑자기 뛰어내리고 싶다는 충동을 느꼈다. 그리고 그녀에게로 달려가고 싶었다. 그러나 바보같이 그렇게까지 할 용기는 없었다. 정말 아쉬운 여운만 가득한 이별이었다.

우리는 그 후에도 편지교환을 계속했다. 순수한 교제가 몇 년간 지속되었다. 그러나 서로의 사정이 있어 국제결혼까지 발전하지는 못했다. 그러던 어느 날 미찌에짱이 친구들과 한국에 관광을 왔다. 밤에 호텔에서 둘 만 빠져나와 뚝섬의 배에서 야경을 바라보며 한잔했다. 아무것도 모른 채 운치 있는 즐거운 시간을 보냈다. 그런데 그게 마지막이 될 줄은 몰랐다. 그녀가 돌아간 후 이별의 편지를 받은 것이다.

"유상을 직접 만나서 말하려고 했으나 차마 못 했습니다. 저 다음 달에 결혼합니다. 유상도 부디 좋은 사람 만나 결혼하고 행복하게 살기를 진심으로 기원합니다."라는 내용이었다. 우리는 이렇게 끝나고 말았다.

결혼식에 초청을 받았으나 난 갈 수 없었다. 아무리 플라토닉한 교제였지만 과거의 남자를 결혼식에 초대하는 일본 사람들을 나는 이해할 수 없었다. 이때 나는 우리의 관념만 가지고 일본 사람들을 평가해서는 안 된다는 생각을 하게 되었다.

과연 선진국답구나!
그런데 왜?

일본에 오는 우리나라 사람들이 하나같이 이야기하는 것이 있다. 그것은 길이 참 깨끗하고 일본인들이 질서를 잘 지킨다는 점이다. 그리고 도시가 참 조용하고 사람들은 남에게 손해를 끼치는 행동을 하지 않으려고 한다. 그런 사람들의 조상은 왜 우리나라를 침략해서 만행을 저질렀을까?

물론 과거에 일본 사람 전체가 다 야만적인 일을 한 것은 아니다. 임진왜란은 도요토미 히데요시豊臣秀吉라는 한 야욕가에 의해 저질러졌다. 처음으로 일본 전국 통일을 한 그는 각 제후의 불만을 명明나라를 친다는 명목으로 잠재우려 했다. 그래서 조선에 길을 열어달라고 했다.

그 밑의 군사들은 그의 명령에 따를 수밖에 없었다는 말이 일리가 있다. 도요토미 히데요시가 죽자 전쟁이 바로 끝난 점 때문이다. 그리고 임진왜란 때는 민간인을 죽이지 않았다. 그러나 정유재란 때는 그 야욕가의 죽기 전 노망에 의한 한마디 명령 때문에 우리 민간 백성이 10만 명 이상 학살되고 5만 명 이상의 코가 베어졌으며 10만 명 이상 납치되어 세계 노예시장으로 팔려나갔다는 사실이 있다. 코무덤은 귀무덤으로도 불리는데 지금도 일본 교토京都의 호코지方廣寺에 있다.

그리고 일제강점기도 이토 히로부미伊藤博文를 비롯한 몇몇 야심가에 의해 진행되었다. 일본의 일반 민중이야 침략에 대해 모르는 사람이 많았다. 좀 믿을 수 없지만 지금도 조선이 어디에 붙어있었는지 모르는 사람도 많다.

나의 한국어 제자 중 한 명은 일본에서 한류 붐이 일기 전까지는 "한국? 어디 있는 나라? 중국의 변방?"이냐고 친구에게 물었을 정도로 나라 이름도 몰랐다고 한다. 그 제자가 좀 한심한 것인지? 우리의 국력이 보잘것없는 것인지? 일단 현실이 그렇다. 여기서 우리나라는 일본인들에게 그리 중요하지도 않고 그들이 우리에게 관심도 별로 없다는 점을 깨달아야 한다.

일반인이 누가 전쟁에 자발적으로 나가고 싶겠는가? 있어도 극히 드물다. 젊은 충동으로 지금 이슬람국ISIS에 용병으로 가는 이들이 나라에 따라 몇 명씩 있다. 그러나 일반인들은 예나 지금이나 무모한 죽음을 택할 리가 없다.

태평양 전쟁 때 가미카제 특공대에 참가시키고 싶지 않아 부모와 가족, 부인 혹은 애인이 눈물로 헤어지는 드라마가 일본 TV에서 지금도 방영되고 있다. 아무도 전쟁에 자식이나 남편을 내보내 죽이고 싶지는 않았기 때문이다. 그런데 문제는 일부 야심가의 DNA를 받은 일본의 정치가가 많다는 점이다.

내가 도쿄의 변두리 오메시青梅市에서 식당을 경영할 때이다. 하루는 집안의 차남이라는 손님이 와서 술을 마시다 한탄하며 말했다. "일본이 진정으로 평화를 실행하고 글로벌화 되려면 지금의 노인과 장남이 다 죽어 다음 세대나 되어야 합니다. 우리 아버지나 형은 너무 썩었습니다."라는 말을 해서 놀란 적이 있다. 물론 그의 생각이 다 맞는다고 보지는 않는다. 그러나 사실 일본 노인 중에는 너무 폐쇄적인 사람이 많다는 점과 그에 대항하는 일본의 젊은 세대의 말이었으므로 기억에 생생하다.

그는 도쿄 중심가에서 이다마에板前(요리사)로 수년간 일했다고 한다. 그러나 직장에서 문제가 있어 그만두고 집에 돌아오니 완전히 데려온 자식 취급하더란다. 더욱이 집안의 개혁은 말의 씨도 안 먹혔다고 한다. 그래도 그는 집을 떠나 세상 경험을 해서 일본의 현실과 미래를 직시한 것이다. 그래서 시골에만 살던 아버지와 장남인 형이 너무 구태의연하다고 판단하고 새 시대에 걸맞은 의견을 제시했을 것이다. 그러나 집안에서는 차남인 아들의 말을 무시했던 것이다.

일본에서 노인은 상대 말자고 결심한 적이 있다. 너무 자기중심적이고 마음의 문을 닫은 사람이 많기 때문이다. 어느 날 나는 편의점에서 복사하면서 뒤에 있는 노인에게 "곧 끝나니 조금만 기다리세요."라고 말했다. 그런데 "떠들지 말고 빨리 일이나 끝내시지."라고 말하는 것이 아닌가? 내 딴에는 친절을 베풀었는데 너무 황당했다. 괜히 호의를 베풀다 기분만 상했다. 일본에서 그럴 때는 뒤는 신경 쓰지 말고 모른 척하는 것이 약이라는 말을 새삼 느낀 순간이었다.

그리고 나는 처음에 일본에 와서 한국에서처럼 전차나 버스에서 노인에게 자리를 양보했다. 그러나 대부분 고마워하기는커녕 경계했다. 어떤 사람은 "내가 그렇게 늙어 보여?"라는 표정으로 쳐다본다. 양보하고도 이상한 눈총을 받은 것이다. 그 후로 나는 일본의 젊은이들처럼 노약자석이 아니면 노인이 앞에 와도 모른 척한다.

일본의 노인 중에는 아직도 한국을 얕보는 사람이 많다. 군국주의 사상이 남아 있는 것일까? 군마켄群馬県에 있는 구사츠草津 온천에서 노천탕에 들어갔을 때의 일이다. 구사츠온천은 각종 병에 효험이 뛰어나기로 유명하다. 메이지明治시대부터 스웨덴과 독일의 의사, 선교사들이 방문한 곳이다. 그들에 의해 매독과 나병에 효과가 있음이 입증되었다. 그래서 나병 치료 군락도 생겼다.

그런 이유가 있어 그 고장 사람보다 일본의 각 지역에서 병 치료차 온 사람이 많다. 물론 외국인도 많다. 그래서인지 도쿄와는 달리 탕 속에 앉아서도 서로 "어디서 오셨어요?"라고 묻고 있었다. 내 차례가 와서 "저는 한국에서 유학 왔습니다."라고 대답했다.

그런데 사원여행을 온 듯한 노년의 남성이 "옛날에 기술 고문으로 한국에 여러 번 갔어요. 그런데 갈 때마다 회사의 간부가 기생관광을 시켜주어서 참 즐겁게 보냈지요. 현지처도 두었고요."라고 우리나라를 깔보는 투로 말했다. 그의 부하인 듯한 사람도 비굴한 웃음을 지으며 상사의 말에 동조하는 표정을 지었다. 나는 너무 기분이 상했다. 그러나 우리나라에 있을 때처럼 화를 낼 수도 없고 가만히 있는 수밖에 없었다.

일본 사람들은 지금도 마음을 쇄국하는 사람이 많다. 그래서 "외국인은 다 나가라!"라고 말하는 사람이 적지 않다. 일종의 섬나라 사람 근성이다. 외국인이 들어오면 귀찮고 성가신 일이 많이 생겨 싫다고 말하는 사람도 있다. 자기들끼리만 평화롭게 살겠다는 것이다.

일본의 세대교체는 우리에게 있어서도 바람직하다. 그러나 어쩌랴! 이에는 시간이 걸린다. 일본은 지금 세계 최고의 장수국이기 때문이다.

일본이 선진국이기는 하다. 그러나 우리는 선진국이 모두 침략국이라는 점을 잊어서는 안 된다. 우리는 선진국을 부러워하며 그를 따라가기 위한 노력만 했다. 그러나 선진국이 파라다이스는 아니다. 다른 나라를 침략하고 부를 탈취해서 선진국이 되기보다는 인간미 넘치는 삶을 사는 개발도상국이 나을 수도 있다.

유학을 하는
목적에 대한 차이

옛날에 우리나라의 국가자격시험인 일본어 통역 가이드시험 면접시험 문제 예문 집에 다음과 같은 질문과 대답이 있었다.

"왜 일본어 통역가이드가 되고 싶습니까?"

"네, 저는 한·일 간의 어두웠던 과거를 청산하고 양국의 우호 증진을 위해 일익을 담당하는 일을 하고 싶습니다."

이는 일본어로 면접시험을 보는 우리나라 사람들의 상투적인 대사다. 나도 이 대사를 많이 써먹었다. 일본에서 대학교나 대학원에서 장학금 신청서를 쓸 때나 입학면접시험, 아르바이트면접 등에서이다.

그러나 일본 사람들은 다르다. 나는 일본에서 한국어를 가르치는 일도 많이 했는데 제자들에게 "왜 한국어를 배워요?"라고 물은 적이 많다. 그러면 일본 사람들은 "갈비가 맛있어서 한국에 여행 가서 직접 먹어보려고요."라든가, "어느 날 한국드라마를 보고 갑자기 한국어를 배우고 싶어졌어요." 혹은, "한국노래가 좋아서요. 카라, 소녀시대를 너무 사랑해요.", "현빈이 너무너무 멋있어요!"라고 대답한다. 국가적인 사명 따위 필요 없다. 완전히 개인적인 취미나 갑자기 마음이 동해서이다.

그래도 일본 사람들은 한글교실이든 영어교실이든 어학을 배울 때 몇 년씩 다닌다. 나는 도쿄도 스미다구墨田区와 치바켄千葉県 마츠도시松戸市에서 한국어를 가르친 적이 있다. 그런데 내가 신주쿠구로 옮기자 몇 분이 먼 길을 마다치 않고 따라와 몇 년을 배웠다. 그분들과는 지금도 연락한다. 우리나라 사람들이 어학원을 꾸준히 오래 다니지 못하는 것에 비하면 참 존경스럽다.

우리의 멀지 않는 조상들은 일제강점기에 신학문을 배우려고 일본 유학을 많이 했다. 그때는 비행기가 없었으므로 부산에서 배를 타고 후쿠오카福岡, 오사카大阪, 요코하마横浜로 왔다. '나도 언젠가 선배들이 온 길을 배를 타고 답사해야지!' 하고 생각은 하면서도 마음뿐 좀처럼 실행하지 못하고 있다. 배는 시간도 오래 걸리고 비행기보다 경비가 더 들기 때문이다. 뭐 때문인지 몰라도 일본에서는 다들 여유도 없고 시간에 쫓기는 바쁜 생활의 연속이다.

지금의 한국과 일본 간의 뱃길은 도쿄에서 가까운 요코하마항에서 출발하는 것은 없다. 오사카나 후쿠오카까지 가서 배를 타야 부산에 갈 수 있다. 그래서 시간과 경비가 비행기보다 더 든다.

일본에 온 선배 유학생 중에는 친일파가 많다. 소설가 이광수, 시인 최남선, 주요한, 김동환, 작곡가 김성태, 화가 김은호, 심형구 등 수도 없다. 나는 고등학교 국어나 국사, 음악, 미술 교과서에서 이들의 이름과 작품을 외웠다. 외우지 못하면 대학도 못 들어간다. 민족의 반역자 이름과 작품을 외워야 장래가 결정되는 것이다. 그렇게 일본과 연관된 공부를 해서 그런지 우리는 지금도 일본을 너무 의식한다. 일본은 한국을 무시하는데도 말이다.

지금 일본에 오는 유학생들이 제일 선호하는 과목은 물론 일본어
다. 일단 일본어를 알아야 일본과의 무역이나 관광업 등 모든 일에 종
사할 수 있기 때문이다. 그래서 일본에서 외국어대학外国語大学이나 전
문학교의 일본어과는 외국인 유학생들에게 인기가 높다.

일본의 전문기술을 배우겠다는 유학생은 가끔 있다. 그러나 우리나
라 사람은 드물다. 있어도 제빵이나 제과, 요리, 패션, 미용 등 서비스
업 계통이다. 그리고 우리는 지금 당장 돈을 벌거나 취직을 하려고 일
본어를 배운다. 어떤 학생은 "돈이 있으면 미국으로 유학 갔죠. 일본
에 뭐하러 와요? 일본은 돈을 벌면서 유학할 수 있다는 매력은 있어
요."라고 말했다. 즉 일본유학은 어쨌든 돈과 관련이 있는 것이다.

그러나 일본인들은 여자들이 한류의 영향이나 취미 때문에 한국어
를 배운다고 하지만 속은 다르다고 본다. 겉을 감추고 미래를 위해서
먼 안목으로 우리를 분석하고 있다고 느낀 적이 있기 때문이다. 이게
일본 사람들의 무서운 점이다.

오리노상이 소개한 일본 연예인 프로덕션의 와타나베渡辺상은 우리
나라의 일본 문화개방 시대를 준비하기 위해 한국에 오래전에 유학했
다. 또 재일교포 최양일崔陽一 영화감독[10]도 같은 목적으로 1996년에
한국에 유학했다.

나는 그 당시 친구의 주선으로 최양일 감독을 소개받기 위해 연세

---

10) 재일 한국인 영화감독. 일본이름 사이 요이치(崔洋一). 1993년 재일 한국인 문제를 소재로
한 작품 〈달은 어디에 떠 있는가(月はどっちに出ている)?〉로 일본 아카데미 작품상 등 11개
부문을 석권했다. 주요 작품으로는 〈피와 뼈(血と骨)〉, 〈형무소 안(刑務所の中)〉, 〈퀼(クイ
ール)〉, 〈카무이 외전(カムイ外伝)〉 등이 있다.

대학교 앞에서 모이는 회식에 참가하기로 했다. 그러나 지방에 출장 갔다 차가 너무 막혀 못 갔다. 그래서 그와의 만남은 지금까지 없었다. 그 점을 지금도 안타깝게 생각하고 있다. 왜냐하면, 그와는 한·일 문화개방을 위해 노력한다는 뜻이 같았기 때문이다. 만나서 토론하고 싶었다. 그의 영화는 일본에서 크게 히트했다. 나는 그를 지금도 마음속으로 응원하고 있다.

소독회사에서 일할 때 일요일에 도쿄東京 이케부쿠로池袋에서 가까운 어느 초등학교에서 작업한 적이 있다. 교실을 돌면서 소독을 하고 있는데 운동장에서는 북한식 치마저고리를 입은 여학생들이 모여 있었다. 알아보니 영화 촬영 중이라고 했다. 일본서 보는 우리의 민족 복장이라 참으로 감회가 깊었다. 그런데 그 영화가 최양일 감독의 영화였다는 것을 나중에 알게 되었다.

한국인과 일본인은 서로 유학하는 목적에서 차이를 보인다. 물론 최양일 감독은 우리와 같은 민족의 피가 흐르지만, 재일교포이므로 유학한 목적이 일본 사람의 생각과 거의 같을 것이다. 어느 쪽이 좋다는 말은 아니다. 서로의 관습과 관념을 알고 있어야 우호든 교류든 이루어질 것으로 생각하기 때문이다.

지금 일본의 한류 팬들을 보면 젊은 사람도 있으나 거의 다 중년 여성들이다. 그들의 남편은 일본을 좌지우지하는 사람이 많다. 전 일본 총리였던 민주당 대표 하토야마 구니오鳩山邦夫의 부인도 한류 팬이다. 개인적으로 한국을 상당히 좋아한다고 한다. 나는 총리 부인이 한류 열광 팬이라고 해서 '사랑하는 부인의 베갯머리송사도 있을 테니 한·

일 관계가 좀 더 좋아지겠구나!'라는 기대를 했다. 즉 사랑하는 부인의 취미라면 너그럽게 이해하는 것이 남편이기 때문이다. 우리 옛말에 '마누라가 좋으면 처가 말뚝에도 절을 한다.'는 말이 있지 않은가? 그러나 그때 한·일 간 정치관계가 좋아졌다는 느낌을 받지 못했다. 일본에서는 남편의 일인 정치와 부인의 취미는 완전 별개인 것 같다.

우리는 과거 일본의 미운 점만 생각해서 일본의 훌륭한 점을 인정하려 하지 않는다. 아니 인정하고 싶지 않다. 이는 초등학생의 질투 심리와 다름이 없다. 공부나 운동 잘하는 놈은 괜히 미운 것이다. 이러면 안 된다. 인정할 것은 인정해야 한다. 그리고 배워서 이겨야 한다. 그리고 우리가 일본어를 배우려고 일본에 유학하는 목적과 일본인이 한국어를 배우거나 한국에 유학하는 목적에는 큰 차이가 있다는 점을 인식해야 한다. 우리는 이런 점도 깊이 생각하며 일본인을 상대해야 할 것이다.

일본의
실질적 크기

우리는 과거에 일본인을 '왜놈!'이라고 무시했다. 그것은 지금도 마찬가지 같다. 그리고 '섬나라 족속이야! 섬나라 근성이 있어!'라고 깔보았다. 그래서 나는 일본이 별것 아니고 작은 나라인 줄 알았다. 그런데 알고 보니 일본은 내가 생각한 것 이상으로 크고 대단한 나라였다. 면적은 남한의 4배 정도이나 섬이 점점이 연결되어 상당히 길다.

본토라는 혼슈本州만 해도 한반도보다 크다. 평균 시속 250㎞로 달리는 신칸센으로도 혼슈 종단에 도쿄에서 갈아타서 그렇지만 10시간은 족히 걸린다. 일본의 길이는 남북 약 3,800㎞가 넘어 거의 아열대와 한대에 가까운 기후를 가진 땅이 있다.

그리고 영해가 넓다. 일본은 태평양에 도쿄에서 비행기로 몇 시간을 날아가야 도착하는 섬을 많이 가지고 있다. 그래서 우리로서는 참으로 부러운 해양자원도 많이 가지고 있다. 그런데도 작은 독도를 노리니 참 욕심도 많다는 생각이 들어 괘씸하기까지 하다.

일본은 지금도 북으로는 러시아와 북방영토北方領土(홋뽀료도), 서로는 우리와 독도竹島(다케시마), 서남으로는 중국과 센카쿠 제도尖閣諸島(센카쿠쇼토)를 가지고 영토분쟁을 하고 있다. 그러나 동으로는 미국과 섬에 대해서 분쟁이 없다. 태평양전쟁에서 미국에 패했기 때문에 섬을 많이 빼앗기고도 끽소리 못하는 것이다.

섬을 많이 가지고 있으면 영해가 생기고, 또 해양 자원을 얻을 수 있다. 그래서 일본은 해저 몇 m에 잠겨있는 섬에 콘크리트를 부어 인공 섬을 만든 곳도 있다. 도쿄에서 남쪽으로 1,740㎞나 떨어져 있는 오키노토리시마沖ノ鳥島다. 이 섬은 조수의 차에 따라 섬이 되기도 하고 바다가 되기도 한다. 그런데 최근의 지구온난화현상으로 침식이 심해지자 콘크리트를 부어 섬을 유지하고 있다. 섬이 사라지면 영해도 없어지기 때문이다.

또한, 일본은 영해에 복 받은 나라인지 최근에 화산이 폭발해서 섬이 생긴 곳도 있다. 그 섬은 지금도 점점 자라 일본 땅이 넓어지는 데 공헌하고 있다.[11] 참으로 부럽다. 영토가 저절로 생기고 영해도 넓어지니 말이다.

일본에는 한국을 잘 모르는 사람이 많다. 심지어 어디 붙어있는지도 모르는 사람도 많다고 앞에서도 밝혔다. 우리가 일본을 안다고 해서 그들이 한국을 알 것으로 생각하면 오산이다.

첫 일본 여행 중 열차에서 만난 초등학교 5학년생에게 "나는 한국 사람이야!"라고 말했다. 그랬더니 "잘 모르겠는데요."라고 대답했다. 나는 좀 한심하다고 느꼈다. 기분도 나빴다. "5학년이나 된 애가 바로 옆 나라인 대한민국을 모르다니 이거 말이나 되는 거야? 얘 역사나

---

11) 태평양 일본령에 있는 니시노시마(西之島)는 2014년 11월 20일 분화되어 육지가 확인되었다. 도쿄에서 약 1,000㎞의 해상에 있다.

지리 과목 빵점 아냐?"라고 생각하고 다신 말도 안 걸었다.

그런데 이 이야기를 일본 H 주간지 기자 친구에게 했더니 고등학교 '일본사' 책을 한 권 선물로 주었다. 일본역사 책을 보니 화살표가 대부분 태평양이나 인도양을 넘어 지구 반대쪽으로 향하고 있었다. 중국이나 한반도 쪽으로는 화살표가 별로 그어져 있지 않았다.

지금도 그렇다. 일본은 유럽과 미국에 관심이 많고 젊은이들은 그리로 여행을 많이 한다. 그래서인지 일본 여성들은 지구 반대쪽 서양인과 결혼을 많이 한다. 그러나 일본 남성들은 동남아지역 사람들과 결혼을 많이 한다. 우리가 일본을 생각하는 것과 일본이 우리 한국을 생각하는 것은 여러 면에서 크게 다르다.

일본은 큰 나라라는 생각이 든다. 국토면적뿐만 아니라 생각이 오래전부터 세계를 향하고 있었기 때문이다. 참으로 부러운 일이 아닐 수 없다. 그들의 기초과학의 잠재력에 또 거대한 장벽을 느낀다. 하긴 태평양 전쟁 때인 70~80년 전에 항공기와 항공모함을 생산하던 나라가 아닌가? 지금도 소행성 탐사선 '하야부사隼'의 기술에는 미국도 놀라고 있다. '하야부사'는 2003년에 발사되어 2010년까지 장장 7년에 걸쳐 우주 60억 ㎞를 여행하여 소행성의 샘플을 채취하고 돌아왔다. 일본에서는 〈하야부사隼〉라는 영화도 제작되어 있다.

일본의 재난 대비 기술은 세계 최고 수준이다. 지진과 화재가 잦아 자연히 발달하였겠지만 정말 감탄을 금치 못할 정도다. 나는 〈우미자루海猿(바다 원숭이)〉라는 해상에서 인명을 구조하는 영화를 보고 감명을 받은 적이 있다. 한편 '우리에게 진작 이런 기술과 정신이 있었다면 세월호 사건의 어린 희생자도 많이 줄였을 것 아닌가?' 하는 아쉬움이 들었다.

또한, 일본은 건축물을 정말 튼튼하게 짓는다. 2011년 3월 11일에 일어난 히가시니혼다이신사이東日本大震災(동일본대진재) 때 도쿄에서 무너진 건물은 한 동도 없었다. 이를 보고 우리나라 사람들은 "정말 대단해요. 일본은 건물을 정말 잘 지었어요. 만약 서울에서 그런 대지진이 일어났다면 과연 어땠을까요? 남아 있는 건물이 별로 없었겠지요?" 라고 말한다. 우리는 삼풍백화점이나 성수대교의 붕괴라는 쓰라린 과거가 있어서 그런 말이 나오는 것이다.

나는 대지진의 순간을 도쿄에서 체험했다. 빌딩 2층에 있었는데 지금까지 경험해 보지 못한 흔들림이 있었다. 선반의 물건이 떨어지고 장식장이 넘어졌다. 보통 지진은 몇 초면 끝나는데 몇 분이 지나도 멈추지 않았다. 성급히 밖으로 뛰어나와 넓은 교차로에 모두 모였다. 빌딩이 무너져 압사되는 것을 피하기 위해서다. 건물들을 보니 1m 이상 크게 옆으로 흔들리고 있었다. 전깃줄은 '윙윙' 소리를 내며 끊어질 듯이 출렁거렸다. 멀리 보이는 빌딩 건설 중인 크레인은 90도 이상 흔들거렸다. 안에 있는 사람이 걱정되었다. 마치 번지 점프를 몇십 번 이상 하는 기분이었을 것이다. 정말 영화 속에서나 있을 법한 세상의 종말이 온 것 같은 공포를 느꼈다. 흔히 있는 진도 3~4는 약 10초 전후 흔들리는데 약 12분 정도 흔들렸다. 그런데도 정말 무너진 건물은 없었다.

우리는 미국에만 편중되어 유학할 것이 아니라 이러한 건축기술이나 기초과학, 첨단기술을 배우러 일본에도 유학해야 한다고 생각한다. 나는 일본이 그런 기술을 가졌는지 이곳에 와서야 알게 되어 아쉽게 생각한다. 그러나 우리는 과거의 침략만 미워할 뿐 지금도 그깟 일본에 배울 것은 없다고 생각한다. 이런 현실이 너무 안타깝기만 하다. 나 자신도 누가 싫으면 꼴도 보고 싶지 않다. 그럼 실제로는 나만 손해다. 일본이 싫다고 우리는 외면만 했다. 그래서 당했고 앞으로도 그러면 또 당한다.

일본은 큰 나라이다. 영토는 그다지 크지 않으나 영해가 넓다. 그리고 그들은 경제력과 기술력, 잠재력이 큰 나라이다. 일본은 서양에서 배운 기술을 더욱 발전시켜 이젠 그들을 앞지르고 있다. 우리도 일본을 흉내를 잘 내는 나라라고 흉만 볼 것이 아니라 배워서 능가해야 할 때라고 생각한다.

일상행동 속의
사무라이侍(무사) 습관

　현시대의 일본에서 머리를 존마게丁髷(일본식 상투)하고 무사 복장을
한 사람은 영화나 마쓰리祭り(축제)에서나 볼 수 있다. 그러나 사무라이
侍(무사)의 습관은 일본 사람들의 일상행동 속에 남아있다. 무사가 정
권을 잡아 근 700년을 넘게 집권했는데 칼을 차지 않는다고 해서 그
습관마저 사라질 리가 없다.

　왜구의 침탈이나 임진왜란 때, 칼싸움에서 조선인은 일본인의 상대
가 안 되었다. 왜냐하면, 일본은 가마쿠라鎌倉(1185~1333) 시대부터 무로
마치 시대室町時代(1336~1573), 전국시대戦国時代(1467~1573)[12]를 거쳐 에도
시대江戸(1603~1868)에 이르기까지 사무라이가 집권해온 나라이기 때문
이다. 그동안의 수많은 내전으로 무사들이 실전을 계속해왔기 때문에
검술이 발달할 수밖에 없다.

　'검'도 발달하였다. 일본의 검은 닛폰도日本刀라고 하는데 제련술이
뛰어나다. 철기 문화는 중국에서 한반도에 건너와 우리가 일본에 전

---

12) 무로마치(室町) 시대의 혼란기는 전국시대와 겹친다. 그 후 오다 노부나가(織田信長)와 도
　요토미 히데요시(豊臣秀吉)가 정권을 잡은 시기를 쇼쿠호(織豊) 시대라고 부른다. 모두 무
　사들의 시대이다.

해 주었다. 그런데 일본에는 정말 명검이 많다. 그것은 지금도 도쿄 우에노上野에 있는 도쿄국립박물관에 가보면 바로 알 수 있다. 천 년이 넘은 검들이 수백 점 번쩍번쩍 빛나고 있다. 감탄을 금치 못할 정도다. 돈으로는 환산할 수 없는 값어치라고 한다.

마치 무협지에 나오는 명검처럼 지금이라도 당장 검으로 쇠를 무처럼 자를 수 있을 것 같다는 기를 느끼게 한다. 제련 기술이 우리나 중국보다 더욱 발달한 것이다. 그래서 예로부터 왜검은 우리나라와 중국에 수출되었다. 대신 우리는 주로 인삼을 일본에 수출했다. 일본의 도검 제조 기술은 지금도 전해 내려와 유지되고 있다.

나의 아버지는 내가 어릴 때 "일본의 제철 기술은 망치나 톱 하나만 보아도 알아!"라고 하신 말을 지금도 기억한다. "일본 망치나 톱은 아무리 써도 닳지 않아. 정말 훌륭해! 그런데 미제 망치도 못 자국이 난단 말이야. 제철 기술은 미국보다 일본이 앞섰어! 철도 레일도 일본 사람들이 깐 것은 지금도 그대로 쓰는 곳이 많아!"라는 말을 하신 적도 있다. 우리는 일본을 인정할 것은 인정해야 한다고 생각한다. 그렇지 않으면 영원히 그들을 이길 수 없기 때문이다.

조선의 정조대왕正祖大王은 다신 일본의 침략을 받지 않으려고 무예도보통지武芸通譜通志에 왜검倭劍란을 만들어 연구하라고 신하들에게 지시했다. 그러나 이도 양반들의 당파싸움으로 흐지부지되고 말았다. 하려면 끝까지 했어야지 하다 마니 또 당한 것이다.

그런데도 우리는 왜 무술을 그토록 무시했을까? 이는 우리가 고려 시대 이래 무술을 업신여기는 숭문천무崇文賤武 정책을 써왔기 때문이다. 그래서 칼자루는 쌍놈들이나 쥐는 것이라고 양반들은 업신여기고

등한시했다. 그리고 고려 시대 무신의 난이나 이성계의 위화도 회군에 의한 반란 등의 경험으로 인해 무신이 크면 정권이 위태롭다는 것을 느낀 왕이나 문신들의 억제책도 작용했다. 특히 무신으로서 왕위를 빼앗은 이성계는 무신이 크면 또 자신과 같이 반란을 일으키는 일이 벌어질 수 있다고 경계했음이 틀림없다. 그런 우려에서 무를 더욱 억제했을 것으로 생각된다.

임진왜란 때 칼이나 창, 화살을 쏘아 본 적도 없는 농민, 승려 등 일반 백성을 의병으로 모아 임전하니 일본의 상대가 안 되는 것은 당연했다. 이를 안 이순신 장군은 거북선의 등판에 못을 꽂고 짚을 덮어 건너오는 사무라이들을 견제했다. 혹 넘어온 사무라이의 발이 못에 찔려 움직임이 둔해지면 창으로 찔러 무찔렀다.

사무라이의 전통은 지금도 일본인들의 평소 습관에 잘 나타나 있다. 하루는 일본 친구 아오야기靑柳상이 다음과 같은 말을 했다. "유상! 일본인들은 왜 먼저 고개를 숙이고 양보와 사과를 잘하는지 아세요?" 정말 그렇다. 일본인들은 양보도 잘하고 사과도 잘한다. 만원 전차에서 상대에게 발이 밟혔는데도 먼저 '스미마센すみません(미안합니다)!'을 연발하며 몇 번이고 고개 숙여 사과한다.

너무 사과를 잘해서 '이거 완전 말뿐인 건성 아냐?'라고 성의 없게 생각한 적도 있다. 그러나 곰곰이 생각해 보니 부딪히고도 사과 없이 그냥 가는 인간보다는 훨씬 나았다. 바삐 움직이다 옆 사람과 몸이 부딪쳤을 때 '에이 X팔 재수 없네!'라고 말하면 정말 하루 종일 기분도 나쁘고 재수도 없다. 그러나 웃으면서 '미안합니다.'라고 말하면 나도 기분이 좋고 상대방도 기분이 좋다. 이외에 또 다른 이유가 있어 일본인은 사과를 잘하는지 아오야기상에게 이유를 물어보았다.

 "사무라이들은 언성을 높이고 싸우지 않습니다. 지위가 높은 사람이 그러면 꼴불견이죠. 큰소리를 내고 싸우는 것은 사농공상士農工商 중[13] 공상工商입니다. 사무라이는 싸우게 되면 칼을 뽑는데 그렇게 되면 둘 중의 한 명은 죽습니다. 이긴 쪽도 큰 부상을 입습니다. 챤바라剣劇(겸극) 영화처럼 전혀 다치지 않고 혼자서 상대를 몇십 명이나 죽인다는 것은 완전 거짓말입니다. 사소한 싸움에 서로 목숨을 거느니 먼저 사과하는 편이 현명한 것입니다." 나는 "과연 그러네요."라며 맞는 말이라고 수긍했다.

 지금 닛뽄도日本刀(일본도)는 박물관이나 도장, 영화 세트장에서나 볼 수 있다. 일반인은 돈과 권력이 있는 자들이 장식용으로 보관하거나 야쿠자들이나 불법으로 가지고 있다. 그래서 일본 사람들은 야쿠자를 피한다. 그러나 그 제련기술은 주부들이 쓰는 부엌칼, 횟집의 야나기바보쵸柳刃包丁(회 뜨는 칼), 이발소나 미용사의 가위 등에 이어지고 있다.

 어떤 사람이 운전하다 바빠서 앞차에 비키라고 클랙슨을 눌렀다고 한다. 그리고 속도를 내서 추월하여 달려 급하게 일을 보고 집으로 돌아왔는데, 쭉 따라온 야쿠자 찐삐라(똘마니)의 사시미刺身(회)칼에 찔려

---

13) 에도시대 일본 사회계층 서열은 사농공상(士農工商)의 순이었다. 즉, 무사(武士), 농민(農民), 공인(職人), 상인(商人)의 순이었다. 무사들에게는 하위계층 사람들을 베어 죽여도 책임을 묻지 않는 기리스테고멘(切捨御免)이라는 면책특권이 있었다. 그래서 나머지 계층 사람들도 먼저 도게자(土下座: 땅에 무릎을 꿇고 조아림)하며 사과하는 습관이 생길 수밖에 없었다고 한다. 자존심 세우다 칼 맞아 죽느니 사과하는 편이 나은 것은 당연하다.

죽었다고 한다.

원래 일본에서는 자동차의 클랙슨 소리가 잘 안 들리기로 유명하다. 그러나 이 뉴스가 흘러나간 뒤로 클랙슨 소리는 더 듣기 어려워졌다고 한다. 정말 조심해야 한다. 일본에서 우리식으로 클랙슨을 누르는 행동을 했다가는 사시미칼에 비명에 저세상으로 갈지도 모르는 것이다. 그래서 일본인들은 고개 숙여 양보와 사과를 잘하고 남을 화나게 하는 일을 안 하려고 노력하고 있는지도 모른다. 이러한 행동습관이 사무라이에서 나왔다는 점에 새삼 감탄한다.

긴자銀座 OLoffice lady

일본의 수도인 도쿄의 긴자銀座는 우리나라 서울의 명동이라고 보면 비슷하다. 도쿄의 변두리에서도 그 지역에서 좀 번화한 상점가를 '○○ 긴자'라고 부른다. 즉 그 지역 제일의 쇼핑가라는 뜻이다.

긴자는 세레브celeb(고급족)들의 쇼핑지역이라 오래된 명품점이나 고급 백화점이 많다. 요즘은 우리나라의 명동처럼 중국인들이 관광을 많이 와 사재기 쇼핑을 하는 곳으로도 유명하다.

긴자 주변에는 일본 천황이 거주하는 고쿄皇居(황거)가 있다. 그리고 도쿄역도 가깝다. 유명한 히비야日比谷 공원이 있고, 일본 전통극의 공연장인 가부키좌歌舞伎座가 있다. 전통 있는 데이코쿠帝国 호텔과 데이코쿠 극장도 있다. 제국이라는 글자가 말해 주듯 제국주의 시대부터 있던 최고급 호텔과 극장이다. 일본 사람들도 제국호텔에서 결혼하면 우러러볼 정도로 상류층만이 이용하는 이미지가 있다고 한다.

한국에 유학 왔던 일본인 친구 중에 '긴자 OL'이 있다. 그녀는 일본의 대기업 'M화학'에 다니고 있다. 그래서 유학 때 배운 한국어를 유용하게 써먹고 있다고 즐거워한 적이 있다. 그녀는 한국의 유명한 제당 회사들의 선적업무를 담당하고 있다고 했다. 이처럼 긴자에는 일본 굴지의 회사들도 많아 당연히 여직원도 많다. 긴자에 근무하는 여직원들이라고 해서 '긴자 OL'이라는 이름이 붙었다.

일본의 여성들은 대학을 졸업하면 긴자 OL이 되는 것을 선망하는 사람이 많다고 한다. 긴자에 사무실이 있는 대기업에 취직해서 긴자 OL이 되는 것은 일본 여성들의 동경의 대상이다.

긴자에는 명품점이 많다. 일본 여성들은 세계 어느 나라 여성들보다 명품을 좋아하는 것 같다. 핸드백을 보면 명품을 갖고 있지 않은 여성이 드물 정도다. 남들이 다 가지고 있으니 몇 달 월급을 모아서라도 산다고 한다. 그리고 긴자에는 일본 최고의 전통 있는 고급 요릿집도 많다.

긴자 OL의 일과를 보면 아침에는 집이나 역 앞에서 맛있는 커피와 토스트로 간단하게 식사를 하고 출근한다. 점심에는 세계 각국의 맛있는 요리를 찾아 먹는다. 그리고 일이 끝나면 애인이나 친구를 만나 쇼핑을 한다. 그리고 한 잔 마시고 전차를 타고 전원도시인 베드타운으로 돌아간다. 그런 낭만적인 생활을 즐긴다.

그래서인지 긴자 OL 중에는 독신이 많다. 결혼해서 남편과 애 뒷바라지를 하며 고생하는 것보다 평생이 보장된 직장에서 자유롭고 즐거운 독신생활을 즐기는 것이다. 일본 사회는 여성을 우대한다는데 정말 그런 것 같다. 일단 여성은 어디를 가도 싸게 해 주고 대접도 받는다. 그리고 여성 우대권이 많고, 심지어는 공짜인 곳도 많다. 여자 손님이 있어야 남자 손님이 오는 곳이 그렇다.

예를 들면 식당이나 레스토랑이 그렇고 극장이나 콘서트의 입장권이 그렇다. 술집은 여성을 정말 우대한다. 그리고 호텔도 여성은 싸

다. 호텔은 '레이디스데이lady's day라는 이벤트를 자주 한다. 그날은 정말 싸다고 한다. 그러면 도쿄에 집이 있는데도 오다이바お台場 같은 곳의 바다가 보이고 야경이 좋은 호텔에서 숙식하는 여성도 많다. 그런 것을 즐기는 것이다.

최근에는 한류韓流에 빠진 긴자 OL도 많다. 그녀들은 한류 스타의 공연을 쫓아다닌다. 일본의 지방 공연은 물론 한국도 자주 간다. 어느 여성은 매주 한국에 간다고 해서 깜짝 놀란 적이 있다. 남자 가수도 아닌 '소녀시대' 팬이었는데 같은 여성끼리 아주 푹 빠졌다고 말한 적이 있다. 내가 그렇게 빠진 이유를 물었더니 "사는 재미가 나니까요."라고 대답했다. 이들에게 무심코 "결혼이나 하지 무슨 짓이에요!"라고 말하면 큰 실례다. 아니 고소당할 수도 있다.

일본의 다이진大臣(장관)이나 국회의원 중에 바로 그런 발언을 해서 문제를 일으킨 사람이 있다. 작년에는 도쿄도 의회에서 여성의원이 발표 중에 남성 의원이 "자기가 빨리 결혼하면 되잖아? 애는 안 낳을 생각이야?"라고 야유를 해 사회적으로 큰 문제가 된 적도 있다. 그 남성 의원은 기자회견을 통해 정식으로 사과했다.

일본에서는 여성에게 세크하라セクハラ, sexual harassment(성희롱) 발언을 하면 큰일 난다. 직장에서 목이 달아날 각오를 해야 한다. 그러므로 독신이 많은 일본 여성들에게 위와 같은 말은 절대 삼가야 한다.

올해 2월에는 일본 대법원이 의미 있는 판결을 내렸다. 몇 년 전에 오사카의 어느 수족관에서 세크하라를 한 상사 2명에게 출근을 정지한 징계처분이 있었다. 그들은 부당하다고 소송을 걸었다. 그러나 일본 대법원이 타당하다고 최종판결을 내린 것이다. 고등법원에서 유죄는 심하다고 무죄 판결을 내린 것에 대한 번복판결이다.

이제 일본에서는 여성에게 말을 할 때 조심해야 한다. 여성이 불쾌하다고 신고하면 직장에서 목이 달아나는 세상이 되었다. 직장에서 아무리 분위기를 좋게 하는 농담이어도 받아들이는 쪽이 기분 나쁘게 생각하면 큰일이다.

긴자는 OL만 부러워하는 것이 아니다. 호스티스도 긴자에서 일한다고 하면 우러러본다. 긴자 호스티스를 하다 인도네시아 수하르토 대통령의 부인이 된 '데뷔부인'은 지금도 일본 TV에서 어렵지 않게 볼 수 있다. 대통령이 죽은 뒤에 일본에 돌아와 고령임에도 탤런트로 활약하고 있기 때문이다. 긴자 호스티스에 대한 이야기는 '여제女帝'라는 제목의 만화가 우리나라에도 번역, 소개되어 있다.

긴자 OL처럼 독신생활을 하는 여성이 늘어 일본은 인구가 줄어들고 있다. 그런데 일본의 소자화少子化 현상을 우리나라가 벌써 앞질렀다고 한다. 우리나라 여성들도 독신이 많이 늘었기 때문이다. 소자화 현상이 선진국으로 가는 한 과정이라면 그것을 지향하는 우리로서는 피할 수 없는 일이다. 대책을 마련해야 할 것 같다.

포켓벨pocket+bell(호출기)이
만들어준 인연

오리노상이 소개해 준 다카오孝雄상이 내가 독신인 것을 알고 고려대학교의 한국어학당 친구를 소개해 준 적이 있다. 하루는 집에 있는데 포켓벨이 울렸다. 전화해 보니 대학로의 어느 비어홀이었다. 다카오에게서 온 것이었다. 다카오는 동생처럼 친하게 지내서 성을 안 부르고 이름을 부르는 사이가 되었다. 일본 사람들도 친하면 이름만 부른다.

빨리 오라고 해서 택시를 타고 가보니 한국어학당 급우 전원이 회식을 하는 자리였다. 17명 중 남자는 다카오밖에 없었다. "형! 우리 반에 미혼여성이 3명 있는데 한 명은 집에 갔어요. 그러나 다시 불러 지금 오고 있으니 독신여성 3명 중에 맘에 드는 사람을 골라요."라고 말하는 것이었다. 나는 다카오의 황당함에 놀랐으나 은근히 기뻤다.

그래서 Y 짱을 알게 되었다. 그녀는 도쿄 출신으로 S 단과대학을 졸업하고 회사에 다녔다고 한다. 그런데 어머니가 경영하는 일본요릿집에 온 한국 여자 손님 때문에 우리나라에 유학을 오게 되었다고 말했다. 몇 번인가 한국에 대해 듣다 보니 갑자기 유학을 하고 싶어졌다나?

그녀와는 커피와 술도 자주 마셨다. 그녀는 구르메グルメgourmet(미식

가)라 나하고도 잘 맞았다. 한국요리 맛있는 곳을 많이 소개했다. 그리고 여행도 많이 다녔다. 처음 여행한 곳은 강원도 치악산이었는데, 산이 워낙 험하다 보니 내가 끌고 어깨동무도 하고 업기도 했다. 그때 그녀는 "일본 사람은 등산하는 사람이 드물어요. 저도 등산은 별로 안 해봤어요. 더구나 이런 험한 산은 난생처음이에요!"라고 말했다. 나는 시골 출신이어서 산에 나무하러 다니며 지게도 많이 져본 경험이 있다. 그래서 여자 한 명 등산 서포트하는 것은 일도 아니었다. 그후 우리는 도봉산, 북한산도 오르고 지리산과 해인사도 가며 더욱 가까워졌다.

그런데 어느 날 심야에 포켓벨이 울렸다. 전화를 걸어보니 그녀였다. 사연인즉 "자는데 언니가 코 고는 소리가 시끄러워 잠을 못 잔다고 나가서 자래요. 그래서 지금 거실에 나와서 잠도 못 자고 있어요."라고 말했다. 그녀는 유학을 와서 일본 어머니 가게에 자주 오던 강남구 신사동에 있는 한국 언니 집에 홈스테이하고 있었다. 좀 측은하다는 생각이 들었다.

나는 즉시 택시를 타고 가서 그녀를 데려왔다. 그리고 집 근처의 호텔에 묵게 해 주었다. 그 다음 날 마침 내가 살던 아파트의 위층 방이 비어있어 주인과 상의하고 바로 이사하게 해 주었다. 그래서 그녀는 나와 같은 아파트에서 아래 위층 이웃으로 1년 반이나 살게 되었다.

그녀는 방학 때 일본에 갈 때마다 공항에서 눈물을 흘렸다. 영화에서나 보던 공항의 이별을 나는 실제로 몇 번은 한 셈이다. 그리고 유학을 마치고 일본으로 귀국하는 날은 주위를 아랑곳하지 않고 큰 소리로 울었다. 눈물은 바로 전염이 되는지 나도 눈물이 쏟아져 억제하느라 정말 애를 먹었다.

그 후 바로 우리나라의 국가적인 시련인 IMF 시대가 들이닥쳤다. 나는 일자리를 잃고 여러 곳을 전전하다 충남 홍성의 친구가 경영하는 간판공장에서 일하고 있었다. 그런 나를 보고 그녀는 "이 기회에 오빠의 숙원인 일본유학을 하는 것은 어때요? 우리 집에서 가까운 곳에 좋은 일본어 학교가 있어요. 서울 사무소 전화번호를 알려드릴 테니 한 번 찾아가 보세요."라고 말했다. 이 일을 계기로 나는 일본에 오게 되었다.

그러나 그녀와 결혼까지 성공하지는 못했다. 나는 프러포즈를 한 적이 있다. 그런데 일본 사람들은 확실한 대답을 회피한다는 말이 맞는지 그녀도 몇 번째에야 겨우, "오빠를 좋아하지만 저는 아직 결혼하고 싶은 생각이 없어요."라고 말했다. 무슨 신파극 대사란 말인가? 우리나라 옛날 영화 중에 제목은 잊었으나 '사랑하기 때문에 헤어져요.'라는 대사가 있어 유행어가 된 적이 있다. 그와 비슷한 상황이 아닌가? 나는 좀처럼 이해하기 어려웠다. 그렇게 나와 헤어지기 싫어서 공항에서 눈물의 이별도 수차례나 하고 일본유학까지 이끌어준 그녀다. 그런데 아직 결혼은 하고 싶지는 않다고 확실하게 말했다. 그럼 연애만 계속하겠다는 것인가? 나는 처음엔 이해가 되지 않았다. 그러나 일본에 오래 살다 보니 이제는 이해할 것도 같다. 결혼을 해야 꼭 행복한 것도 아니고 친구처럼 연인처럼 지내는 것이 오히려 오래갈 수도 있다.

그러던 어느 날 막냇동생에게서 전화가 왔다. "형! 병원에서 엄마가 간암 말기라는 진단이 나왔어. 돌아가시기 전에 장남인 형의 결혼식을 보는 것이 소원이래." 이게 무슨 청천벽력이란 말인가? 나는 정말 어머님께 효도는커녕 불효만 했다. 후회가 밀려와 흐르는 눈물을 주체할 수 없었다. 그렇다고 지금 당장 뾰족한 수도 없었다. 생각 끝에 무슨 일이 있어도 결혼식을 보여드리기로 했다. 진짜 결혼은 거절당했으나 그녀에게 결혼식만이라도 부탁해 보기로 했다.

어머니는 지금까지 본 여자 중 그녀가 제일 착하다고 말했다. 그만큼 그녀는 어른들 앞에서는 착하게 보이고 잘했다. 그녀에게 자초지종을 말하니 결혼식만이라면 할 수 있다고 했다. 그러나 그녀의 부모님은 허락을 안 해서 결혼식에 참석하지 않겠다고 했다. 그녀의 어머니는 심지어 "결혼비용은 10엔도 못 내니 섭섭하게 생각하지 마세요."라고 잘라 말했다. 나는 "네! 알겠습니다. 결혼식만이라도 허락해 주셔서 감사합니다."라고 말했다. 무엇보다 어머니의 소원을 들어드리는 목적이 중요했다. 그러므로 일단 결혼식을 보여드리는 것이 급선무였다. 그래서 나는 정말 감사하게 생각했다.

우여곡절 끝에 한국에서 친지들을 모시고 결혼식을 올렸다. 그리고 일본에 돌아와 우리는 나리타成田공항에서 헤어졌다. 나는 JR선을 타고 대학교 기숙사로 가고 그녀는 게이세이선京成線을 타고 자기 집으로 갔다. 실제로 일본에서는 나리타 이혼이 많다. 해외로 신혼여행을 갔다 와서 바로 헤어지는 케이스다. 내가 설마 말로만 듣던 그런 일을 실제로 겪을 줄이야! 부모님은 돌아가시기 전까지 내가 일본에서 그녀와 잘 사는 줄 아셨다. 친척들이나 친구들도 전화만 오면 부인의 안부부터 물었다. 그때마다 나는 '네! 잘 있어요!'라고 거짓말을 했으니…

참으로 죄책감을 느낀다.

나는 처음에 유학비자로 일본에 왔으나 정말 결혼을 한다면 책임상 돈을 버는 일에 전념하고 싶었다. 그러나 거절당했으므로 할 수 없이 비자 때문에 대학시험을 본 것이다. 그것도 등록금이 싼 국립대학을 배짱으로 지원했다. 그런데 합격한 것이다. 그것이 행인지 불행인지모르나 지금은 운명으로 받아들이고 있다.

CHAPTER 2

재패니즈 드림

문명의
흐름

문명은 흐른다. 18세기 말에서 19세기에 걸쳐 발전한 내셔널리즘 덕에 국가 간의 국경이 점차 확실하게 그어졌다. 그러나 나라는 달라도 민족이 같은 경우도 있고, 같은 나라인데 민족이 다른 경우도 많다. 단일민족인 나라는 한국과 일본 등을 꼽을 수 있으나 세계적으로 그리 많지 않다.

내가 어릴 때 선생님들은 "우리는 단일민족이며 백의민족이다."라는 말을 강조하셨다. 그리고 선생님들은 하나같이 "우리는 전통문화를 소중히 간직하고 발전시켜야 합니다."라고 말했다. 그래서 나는 우리나라 문화가 세계 최고인 줄 알았다. "우리 문화는 소중한 것이야!"라는 언젠가 TV 광고에도 나온 말처럼 이에 자긍심을 갖고 있었다. 일본문화 따위는 우리가 전해 준 것 외에는 보잘것없다고 보았다.

한술 더 떠서 일본의 문화를 '쪽발이! 존마게!'라며 낄낄대고 비웃었다. 그때는 "하이, 그러쓰무니다. 비 사이로 막까데스네(네, 그렇습니다. 비 사이로 막 가는군요)!"라는 누가 만들었는지 몰라도 말도 안 되는 소리를 일본말이라고 떠들며 조롱했다. 그리고 중국말 한다며 누군가 "띵호와! 찐따이 짜와 맨따이 운또우와(좋아. 진 땅에 장화 마른 땅에 운동화)"라고 말하면 모두 박장대소를 했다.

내가 중국 조선족 동기에게 술에 취해 같은 말을 농담으로 한 적이 있다. 그랬더니 그는 "형님. 중국말 발음 좋아요. 소질 있어요. 마치 모택동毛澤東 연설 같아요!"라고 말하여 웃은 적이 있다.

우리는 하물며 러시아문화도 "로스케? 차이코플스키? 토스트에프스키?"라고 코미디 아닌 코미디를 하며 흉보았다. 미국마저 조롱했다. "헬로! 쵸코릿 기부미! 추잉껌 OK?"

우리에게 외국 문화는 그리 중요하지 않았다. 주변의 강대국을 다 비웃었다. 우리가 최고였다. 이기지도 못하면서 참 한심스럽다. 당장 굶어 죽어도 민족적 자존심만 지키면 장땡이었다. 그런데 "그것이 과연 우리 민족의 현실과 미래를 살리는 올바른 길인가?" 곰곰이 생각해 보아도 참 의문이다.

그렇다면 생각해 보자. 과연 한 나라의 전통문화라는 것이 과연 얼마나 될까? 위에서 말했듯이 문명은 흐른다. 우리는 과거에 세계 4대 문명의 하나인 중국의 문명을 받아들였다. 그리고 우리화 했다. 한자로 이두를 만든 것이 그 예이다. 중국문명뿐만 아니라 세계의 문명이 중국을 통해 우리나라에 들어왔다. 그 예로 고구려 소수림왕 때 중국을 통해 들어온 인도의 불교[1]가 있다.

그 외 쌀이나 철기 문화도 중국에서 들어왔다. 그리고 그것이 일본

---

1) 불교의 발생지는 인도로 알려져 있다. 그러나 네팔 사람들은 석가모니가 히말라야 기슭의 카필라왕국(지금의 네팔 티라우라코트)에서 태어났으므로 불교의 발생지는 네팔이라고 주장한다.

에 그대로 전래하였다. 고구려의 담징曇徵은 종이와 먹 만드는 법을, 백제의 왕인王仁은 천자문과 논어를 일본에 전했다. 또 불교를 전해 주었다. 도자기 기술은 임진왜란 때 납치된 도공들에 의해 일본에 전해졌다. 일본이 자랑하는 제련술, 즉 철기 문화도 한반도에서 건너갔다.

우리나라 사람들은 일본 여행을 할 때 나라켄奈良県에 있는 호류지法隆寺를 찾는 사람이 많다. 나도 처음 일본 전국여행을 할 때 가보았다. 고등학교 국어교과서에도 소개된 고구려의 담징이 그렸다는 금당벽화가 있어 보기 위해서였다. 그러나 어디에도 담징의 이름은 쓰여 있지 않았다.

이처럼 대부분의 일본 사람은 우리와 관련된 역사를 인정하려 하지 않는다. 그리고 배우지 않았다고 한다. 그 이유는 간단하다. 그렇게 문명을 깨우쳐준 조상의 나라를 쳐서 식민지화하고 수탈을 했으니 기본 양심상으로도 인간의 도리에 어긋나기 때문이다. 개인적인 인간관계로 봐도 은인을 배신하고 재산을 빼앗고 가족들을 죽인 행위나 마찬가지이다.

일본 사람들은 고려와 조선을 얕보았기 때문에 지금의 한국이나 북한을 얕본다. 그리고 옛날에 무역도 중국과 직접 했다고 강조한다. 견수사遣隋使나 견당사遣唐使를 직접 파견했다거나 불교의 교류를 직접 했다고 일본 교수님들도 말한다.

그리고 중국은 지금도 대국 취급한다. TV에도 중국에 관한 것은 자주 나온다. 그렇게 흉을 보지도 않는다. 중국에서 반일데모를 할 때도 이들은 감정을 억누르고 인내를 하고 있었다. 무역의 거대한 시장이어서 경제적인 이권 때문이라고는 하지만 우리를 대하는 것과는 전혀 다르다. 이에 대해 대학 때 내가 존경하는 Y 교수님도 "일본은 중국은 인정하고 대국 취급하면서 한국은 무시하는 경향이 있는 것은 사실입니다"라고 말했다.

현대의 문명은 이제 반대로 흐른다. 이제는 옛날과 달리 서양의 문명이 일본을 통해 한국을 경유 중국과 동남아시아로 간다. 오늘날처럼 교통이 발달한 시점에서 왜 직접 가지 않고 일본과 한국을 거치는가 하면 아시아에서의 성공이 검증되었기 때문이다.

일본은 아시아에서 제일 먼저 서양의 문명을 받아들였다. 우리와 같은 쇄국정책을 수백 년간 고수하다 1868년 메이지 유신明治維新을 일으키며 일시에 전면 개방을 했다. 그래서 신문명이 일본에 물밀 듯이 들어왔다. 철도나 선박, 각종 공업기술, 심지어 사치품에서 향락품까지 거의 서양화 되었다. 이는 도쿄 료고쿠両国에 있는 에도도쿄江戸東京 박물관에 가면 일목요연하게 볼 수 있다.

일본에서 히트한 상품이나 아이디어는 한국이나 중국, 동남아시아에서도 히트한다고 한다. 일본에 온 각 나라의 유학생[2]들은 일본의 성공을 배우기 위해서 온다. 또 일본과 무역을 하거나 관계된 일을 하기 위해 일본어를 배우러 온다.

이제 우리는 일본인을 미개한 '원숭이 족'이라든가 '쪽바리'로 부르며 흉보면 안 된다. 현실을 인정하고 배워서 이겨야 한다. 먼저 개방해서 축적한 기술이나 자본, 잠재력은 우리의 상상을 초월하기 때문이다.

---

2) 일본의 외국인 유학생 총수는 1999년에 약 45,000명이었으나 2014년에는 약 135,000명으로 늘었다.

친일파

친일파親日派란 일본과 친한 부류라는 뜻인데 단어만 가지고는 그리 나쁘다는 인상이 들지 않는다. 그러나 우리나라 사람들에겐 매국노의 의미가 강해서 듣기 거북할 것이다.

사실 친일파는 구한말에 나라를 파는 데 앞장섰고 일제강점기에는 같은 동포를 수탈하고 탄압하는 데 앞장섰다. 그리고 광복 후에는 미군정에 그대로 등용되어 독립투사를 빨갱이로 몰아 죽이고, 정치, 경제, 사회, 문화의 모든 분야에서 주도권을 잡았다.

나는 국어 시간에 배운 우리나라의 문학작품이나 시 등을 생각하면 "이제까지 친일파가 쓴 것을 명작이라고 열심히 외우고 시험 보기 위해 밤을 새우며 공부했단 말인가!"라는 생각에 한숨이 절로 나온다.

이는 글뿐만이 아니라, 음악, 미술 등 모든 분야에 걸쳐서 일어난 일이다. 참으로 서글픈 일이라 하지 않을 수 없다. 그렇다고 역사를 지울 수도 없는 노릇이고 또 미워도 당시 지식인이라고는 일제의 신지식을 배운 이들이 대부분이었으니 어쩌겠나?[3]

---

3) 이광수, 최남선, 김활란, 모윤숙, 홍난파, 현제명, 김성태, 안익태 등 일일이 헤아리기에는 수도 없이 많은 친일파가 교과서에 실려 있다.

우리와 같이 일본의 식민지를 경험했으면서도 타이완 사람들은 친일파가 많다. 그들의 친일은 우호적이다. 그래서 일본 사람들은 타이완 사람들을 좋아한다. 타이완사람들도 일본 사람을 좋아해 작은 나라이면서도 일본 연간 방문객 수에서도 2014년도에 타이완(282만) 한국(275만) 중국(240만)의 순으로 1위를 차지한다.

이를 보고 일본 사람 중에는 "왜 한국 사람은 타이완 사람과 다르죠? 언제까지 반일만 할 거죠? 그럴 거면 일본에 왜 옵니까? 전부 돌아가면 되잖아요!"라고 말하는 사람도 있다. 물론 우익 사상을 가진 사람들의 하는 소리다.

그런데 문제는 일본 사람 중에 우익사상을 가진 사람이 많다는 점이다. 야당인 민주당이 고작 몇 년도 정권을 못 잡고 오랜 여당인 자민당에 다시 내준 것을 보면 여실히 증명된다. 지금의 아베 총리도 극우보수파로 불리고 있는 사람이다. 일본국민은 모처럼 정권을 잡은 민주당의 실정에 혐오감을 느끼고 다시 자민당에 몰표를 주었다. 그래서 일본의 정치는 다시 옛날로 돌아갔다. 우리는 이를 우려하지 않을 수 없다. 일본의 옛날 정권이란 바로 일제강점기의 제국주의와 같은 정권이기 때문이다.

일본의 정치는 후진국 수준이라는 말이 있다. 메이지유신明治維新 이래 1당 독재정치나 마찬가지이기 때문이다. 당의 이름만 바뀐 것이다. 한국이 군사독재에서 민주정치로 바뀌어서 정치면에서는 일본을 앞서간다. 미국도 자기들의 지도로 한국이 민주화된 것이나 마찬가지이므로 즐겁게 환영하고 있다. 그러나 일본은 아직 민주화되어있지 않다고 보고 있다. 미국은 일본 총리의 야스쿠니 진자靖国神社(야스쿠니 신사) 참배에 대해 불만을 토로한 적도 있다. 그래도 미국이 일본을 무시하지 못하는 것은 세계 제3의 경제 대국으로 동맹국이며 아시아의 군사비를 상당 부분 부담하고 있기 때문이다.

일반 국민 중에는 한국과 친하게 지내는 것을 바라는 사람이 많다. 그러나 정치가나 고리타분한 노인, 우익성을 지닌 사람들이 "한국인은 일본을 떠나라!"라고 외친다. 또 "한국은 감정으로 움직이는 나라다."라고 헐뜯는다. 군국주의의 향수를 가지고 한국을 과거의 점령국이라고 무시하는 사람도 많다. 자민당이 다시 정권을 잡은 것을 보면 친한파보다 혐한파 우익이 더 많다는 것이 증명된다.

그래서 일본인과의 민간교류에 한계를 느낀다. 나는 되도록 민간인끼리는 정치 이야기를 피하려고 한다. 일본인들은 아무리 민간인끼리 친해도 정치적인 논쟁에서 절대 흐트러지지 않는다. 외국인과 교류할 때는 갈무리 하는 것뿐이다. 그래서 '일본인은 외국인과 친할 때만 친하다. 그러나 결국 다 한통속이다.'라는 말이 있을 정도로 결속력이 강하다. 일본인은 뭔가 대항할 때는 꼭 동지를 만들어 행동한다.

물론 우익이 전부 나쁘다는 뜻은 아니다. 그들도 다 나름대로 자기 나라를 사랑하는 사람들이다. 자기 나라를 사랑하는데 외국인이 뭐라고 나무랄 수는 없다. 단, 자기들의 조상이 남의 나라를 침략했으면 미안하다고 사과하는 흉내라도 내야 하지 않을까? 사과는커녕 무시하는 것은 죄를 감추려는 행동으로밖에 보이지 않는다.

그래서인지 일본 사람은 애들도 한국 사람을 무시한다. 도장에서 일본 사람끼리는 유단자 즉 검은 띠는 군대 선임자보다 더 깍듯이 인사를 한다. 그런데 나는 검은 띠에 대학에서는 주장을 지냈다. 그래도 나에게 먼저 인사하는 애들은 드물었다. 내가 한국인이기 때문이었다. 하물며 어떤 애들은 "어제 큰 소리로 떠드는 사람을 보았는데 역시 죠센징朝鮮人(조선인)[4]이었어!"라고 한국인을 깔보는 말을 하는 것을 우연히 들은 적도 있다.

일본 사람들은 전쟁이 일어나면 말로는 참전 안 하고 다 도망간다고 이야기한다. 어떤 이는 "요즘 젊은이들은 겁도 많고 나태해서 전쟁을 싫어하고 또 싸움도 못 해요. 그런데 한국 남자들은 모두 군대를 경험했으니 만약 한국과 전쟁을 한다면 우리가 게임이 안 될 것이 분명해요"라며 연막을 뿌리고 겸손을 떤다. 그러나 나는 일본 사람들은 위급할 때 절대 똘똘 뭉칠 것이 틀림없다고 본다.

그러나 우리는 남북이 분단된 상태에서도 또 전라도파, 경상도파 하며 싸우고 있다. 이 또한 나라가 당장 망해도 당파싸움만 하던 조상의 유전자가 흐르고 있기 때문일까?

한 번은 한국에 갔을 때 술좌석에서 우리도 잘못된 역사를 반성하자고 했더니 친구 부인이 "어머, 일본에 오래 사시더니 친일파가 다 되었네요."라고 말했다. 그 말은 오해다. 나는 일본에 오래 살았지만 한·일 관계를 객관적으로 보고 싶다. 우리나라에만 있으면 한·일 관계에 대해서 '우물 안의 개구리' 같은 평가를 하기 쉽다. 그래서 일본에 있을 때 일본인의 생각을 연구하지 않으면 안 된다고 생각했다. 나아가서 국제정세에 대해서 올바로 알려면 다른 여러 나라에도 다녀봐야

---

4) 말만 가지고는 욕 같지는 않다. 그러나 일본인들에게는 차별어로 욕이나 마찬가지다.

한다고 생각한다.

나는 일본인들과 정말 긴 세월 동안 개인적으로 친했다. 일본인과 친하다고 해서 다 친일파는 아니다. "한·일 간에 개인적으로 친한 사람이 많아지면 언젠가는 정치관계도 좋아지겠지?"라는 신념을 지니고 있을 뿐이다.

그러나 요즘의 정치관계나 한류가 식어가는 현상 등을 보면 역부족을 느낀다. 그리고 "한·일 간의 우호는 정말 머나먼 길인가!" 하는 회의감도 든다. 또 그렇다고 해서 포기하면 정말 더욱 힘들어질 것이라는 걱정도 생긴다. 그러니 어찌하면 좋을지 참 난감할 때도 있다.

일본과 진정한 우호 관계를 만드는 친일파는 바람직하다고 본다. 그리고 우리의 잘못을 반성하자는 의도를 매국 행위로 매도해서는 안 된다. 우리나라에 매국노가 아닌 우호적인 친일파가 늘고 또 일본에도 그런 친한파가 늘면 일본에 사과도 받고 좋은 관계로 발전될 수 있다고 믿는다.

일본의
경기악화

일본은 버블bubble(거품) 경제 이후 경기가 계속 침체하고 있다. 버블 경제의 붕괴가 1990년대에 들어서면서부터라고 하니 벌써 25년째이다. 그동안 경기가 좋아진 적은 없고 계속 하향곡선을 긋고 있다. 아베安部 총리가 '아베노믹스[5]'라고 불리는 경기부양책을 만들어 발버둥쳐도 좋아지는 기색은 별로 못 느끼겠다.

일본 경기가 악화하는 가장 큰 원인은 국민들의 저축에 있다. 즉 일본 사람들은 돈을 너무 안 쓰고 절약하여 저축한다. 너무 검소해서 탈이다. 우리나라 속담에 '외상이면 소도 잡아먹는다.'라는 말처럼 외국에 빚을 지면서까지 돈을 너무 써도 문제지만 반대로 돈을 너무 안 써도 문제다. 예를 들면 물건이 안 팔리면 공장에서 생산을 못 해 문을 닫게 되고 그러면 실업자가 생긴다. 실업자가 많아지면 더 경기가 움츠리게 되니 악순환이다.

2009년 2월에는 일본 정부에서는 돈 좀 쓰라고 '정액급부금定額給付金'

---

5) 2012년 12월에 재발족한 아베 총리가 내놓은 경제 정책이다. 대담한 금융정책, 기동적인 재정정책, 민간투자를 환기하는 성장전략, 이 3가지를 차차 진행하여 일본 경제의 발을 잡는 디플레이션에서 탈출해 경제성장으로 이어가겠다는 계획이다.

이라는 명목으로 전 국민에게 현찰을 나눠주었다. 일본에 사는 외국인도 혜택을 받았다. 그래서 나도 학교 기숙사가 있는 고다이라小平 시청에 가서 12,000엔을 받았다. 나는 공돈을 얼른 이자카야에 가서 한잔하고 필요한 물건도 사며 일본 경기 회복에 도움이 되라고 소비했다. 그러나 일본 사람 중에는 그 돈도 저축했다는 사람이 많다. 돈은 죽을 때 싸서 못 가고 유산으로 남기면 대부분의 자식들은 흥청망청 탕진한다. 그런 돈에 일본 사람들은 왜 그처럼 애착을 가지는지 모르겠다.

나는 일본에 와서 처음에 아사히朝日 은행 통장을 만들었는데 그 은행은 합병되어 이미 없어졌다. 그 후로도 여러 은행이 합병되었다. 지금 일본의 맘모스 은행의 하나인 '도쿄 미츠비시 UFJ東京 三菱 UFJ 은행'은 이름만 봐도 3개의 은행이 합병되었다는 것을 바로 알 수 있다.

은행들의 도산은 부동산의 하락에 그 원인이 있다. 은행들은 대부분 부동산을 담보로 돈을 대출하기 때문이다. 그런데 일본의 부동산은 버블 경제가 무너지면서 하락에 하락을 거듭했다.

내 친구는 아파트를 30년 상환으로 약 6,000만 엔에 샀는데 지금 팔면 600만 엔도 안 된다고 말했다. 아직 반도 못 갚았기 때문에 팔 수도 없고 전근을 해도 이사를 못 하고 울며 겨자 먹기로 살고 있다고 했다. 그는 지금 왕복 5시간이나 걸리는 장거리 통근을 하고 있다고 했다. 또 어떤 친구는 주말 부부라고 했다. 통근이 어려워 전근지에서 혼자 방을 얻어 사니 두집살림을 할 수밖에 없다고 했다.

나는 아이키도合気道[6] 중 특히 무기술武器術(검, 장, 단도)을 배우러 약 5년간 이바라기켄茨城県 츠치우라시土浦市까지 다녔다. 기숙사에서 왕복 7시간 정도 걸리는 중소도시다. 아이키도 수련이 끝나면 동료들과 대개 한 잔을 하는데 그때 느낀 것은 지방 상점가는 퍽 한산하다는 점이다. 반 이상의 점포가 셔터를 내리고 있었다. 장사가 잘 안 되기 때문이다. 츠치우라뿐만 아니다. 일본의 지방도시는 거의 다 그렇다.

'내 인생은 막차만 타나? 한국에서 IMF를 만나 일자리가 없어 일본에 오니 이젠 디플레이션을 만나네! 일자리가 없기는 마찬가지군!' 하고 한탄한 적도 있다. 그러나 '전쟁을 안 만난 것을 다행으로 알자. 지금도 중동이나 우크라이나, 아프리카에서는 전쟁으로 언제 죽을지 모르는 불안한 피난생활을 하는 사람이 많지 않은가?'라고 자위하며 이 정도는 고생이 아니라 행복이라고 생각을 바꿔 먹기로 했다.

일본경제가 디플레이션이어도 가격이 거의 내려가지 않고 변함없는 것이 있다. 바로 집세나 가게세다. 이유는 가진 자들의 일종의 담합에 있다.

나는 식당을 경영할 때 건물주에게 "불황으로 장사가 안되니 가게세를 좀 깎아주셨으면 좋겠습니다."라고 사정했다. 그랬더니 주인은 "가게를 비우면 비웠지 그럴 수는 없습니다."라고 명료하게 말했다.

그 사람뿐만이 아니었다. 정체원整体院(마사지점)을 경영할 때도 그랬다. 주인은 건물의 감가상각비가 있다고 핑계 대고 깎아주지 않았다. 세를 주면 오히려 건물이 닳고 부서진다고 허풍까지 떨었다.

---

6) 일본의 무도가 우에시바 모리헤이(植芝盛平)가 다이쇼(大正: 1912~1926) 말기에서 쇼와(昭和: 1926~1989) 전기에 걸쳐서 창시한 무도. 일본 고래의 유술과 검술 등 여러 무술을 연구해서, 독자의 정신철학을 정리해 만들었다.

일본은 예부터 땅 가진 자들이 잘사는 구조로 되어 있다. 그들이 처음부터 정치, 경제를 잡았으므로 자기들이 유리한 대로 법을 만들었다. 이는 지금도 변함이 없다. 즉, 한 번 야마노테山の手(고지대, 즉 부촌)에 살면 영원히 부자이고 시타마치下町(서민촌)에 살면 영원히 서민일 수밖에 없다. 왜냐하면, 서민은 집세 내면 먹고살기 빠듯하므로 자기 집을 갖기 힘들기 때문이다. 반대로 부자는 편하게 놀며 집세만 받아도 재산은 늘어만 간다. 일본도 변두리나 셔터를 내린 곳이 많지 중심가는 아직도 번화하다. 그리고 건물의 반이 비어있어도 건물주는 망할 일이 거의 없다. 그래서 대부분의 건물주는 비는 것을 그다지 두려워하지 않는다.

내가 처음 일본에 왔을 때인 16년 전, 한국과 일본의 물가는 약 3배 차이가 났다. 그러나 이젠 거의 같거나 한국이 오히려 비싸다. 아직 한국이 일본보다 싼 것은 교통비 정도다. 원인은 경제가 일본은 그동안 계속 디플레이션이었고 한국은 인플레이션이었기 때문이다. 둘 다 좋지 않다. 균형 있게 유지 되어야 경제가 안정된다.

우리나라는 정말 모든 분야에서 일본을 답습하고 있다. 그것도 2, 30년 전에 일본이 가던 길을 그대로 밟고 있다. 지금 우리나라는 버블 경제라고 한다. 실제로 부동산 가격이 일본을 앞지른 지 오래다. 그래서 걱정이다. 버블 경제가 붕괴될 시기가 분명히 오기 때문이다.

일본은 많은 외화를 보유하고 있고 중소기업이 탄탄하기 때문에 그나마 타격을 덜 입고 있다. 그런데 우리나라의 중소기업은 일본이나 타이완처럼 탄탄하지 못하다. 그리고 외화보유는 풍전등화 같아 언제 사그라질지 모르는 상태가 아닌가? 하루빨리 이에 대비해서 나쁜 면에서 일본을 답습하는 일이 없었으면 좋겠다.

재일동포

지금 일본에 거주하는 재일교포는 약 60만 명이라고 한다. 그 수는 수십 년간 거의 변함이 없는 것 같다. 내가 어릴 때도 거의 같은 숫자였다. 이는 먼저 있던 사람이 죽거나 일본에 귀화하면 뉴커머(new commer)가 새로 들어와 보충해 주기 때문이다.

재일교포 중에는 크게 세 부류가 있다. 일제강점기 때 징용으로 끌려온 사람 중에 조총련과 민단이 있고 1965년 이후 일본에 건너온 사람들이나 1980년대 이후에 건너와 급격하게 늘어난 뉴커머가 있다. 조총련은 북한을 지지하는 단체이고 민단은 한국을 지지하는 단체이다. 뉴커머도 한국에서 온 사람들이다.

민단 사람들은 한국말을 거의 하지 못한다. 이제는 3, 4, 5세가 많은 탓인데 한국학교도 별로 없기 때문이다. 1954년에 신주쿠구 와카마츠쵸若松町에 한국학교가 세워지긴 했으나 대부분의 민단 사람들은 일본 초·중·고를 다닌다. 반면 조총련은 초·중·고는 물론 대학도 있다. 그래서 그들이 말하는 '조선말'에 능통하다. 조선말은 북한식 발음과 문법이지만 우리말이라 물론 통한다. 조총련 학교는 학생 수가 매년 많이 줄어 학교 운영에 어려움을 겪고 있다. 더구나 조총련 본부 건물에 대한 일본 정부의 탄압으로 더욱 힘들어졌다고 한다.

나는 국사 시간에 재일교포는 다 일본에 강제 징용된 사람이라고 배웠다. 그래서 마음이 아팠고 그들의 후손을 동정했다. 그러나 어느 교수님과 토론할 때 "재일교포 중에는 자기 발로 전란을 피해서 혹은 돈을 벌기 위해서 온 사람도 많아요."라는 말을 들어서 충격을 받았다. 그 교수님은 한국전쟁과 제주 4·3항쟁, 여순사건 등을 예로 들었다. 조사해 보니 실제로 그때 일본에 피난 온 사람이 많이 있었다.

뉴커머는 그야말로 돈을 벌기 위해서 일본에 건너온 사람들이다. 일본의 버블 경제 때는 정말 엔을 벌기 쉬웠다. 아무 일이나 해도 인력이 달려 인건비가 한국의 몇 배였다. 기업에서는 신입사원 채용 때 운동선수처럼 계약금 조로 선지불까지 했다고 한다. 특히 화류계 여성들은 엔을 너무 쉽게 벌었다. 그래서 우리나라 사람들은 아직도 일본에 있으면 돈을 많이 번다고 인식하게 되었다고 한다.

광복 후 재일교포들은 일본에서 일이 없었다. 일본은 미국과의 샌프란시스코 강화조약[7] 이후 재일 조선인들의 일본 국적을 박탈했기 때문이다. 국적이 없으면 공무원도 될 수 없고, 대기업에 취직도 어렵다. 그래서 재일교포 중에는 운동선수나 연예인의 길을 선택한 사람이 많다. 심지어는 먹고 살기 위해 야쿠자やくざ(깡패)가 된 사람도 있다. 또 야키니쿠焼き肉(고기구이)집을 경영하는 사람도 많이 생겼다. 일본 사람들은 원래 고기를 먹지 않았다. 재일교포들이 야키니쿠를 먹는 문화

---

7) 1951년 9월 8일, 미국 샌프란시스코에서 맺어진 일본과 연합국의 평화조약.

를 퍼트린 것이다.

일본의 유명한 연예인이나 운동선수 중에는 한국계가 정말 많다. 취직자리가 없어 그나마 갈 길이 그것밖에 없어 죽자고 노력했기 때문이다. 그리고 귀화를 안 하면 차별을 받았으므로 어쩔 수 없이 일본 국적 취득을 선택한 사람도 많았다. 그러나 일본야구의 안타왕 장훈처럼 귀화를 안 해서 코치도 한 번 못 해 보고 은퇴한 사람도 있다.

일본의 극진가라테極真空手道를 창시한 최영의는 일본에 귀화해서 일본 사람이 되었다. 그는 한때 한국으로 돌아가려고 했다. 그런데 우리나라 태권도계가 너무 밥그릇 싸움만 하는 것에 염증을 느껴 귀국을 포기하게 되었다고 밝힌 바 있다.

1989년부터 약 3년간에 걸쳐 '바람의 파이터'라는 만화가 스포츠서울에 연재되었다. 최영의의 일대기를 다룬 작품이다. 작은 덩치로 일본인 야쿠자와 미국인 레슬러를 때려눕히는 무적의 그는 우리 모두의 자랑이었고 우상이었다. 그런데 그가 실제로는 이미 귀화한 일본 사람일 줄이야?

최영의의 일본 이름은 오야마 마스다스大山倍達이다. 일본에서 살려면 일본에 귀화하는 것이 편하다. 민족적 자존심을 찾다가는 쪽박만 차기 때문이다. 일본에 귀화하지 않으면 국민이 누려야 할 혜택을 전부 받지 못한다. 전쟁 연금이나 원폭 피해 보상 혜택도 없다. 선거권도 없다. 강제 징용해서 전쟁에 써먹을 때는 언제고 필요 없다고 버리다니 참으로 파렴치한 짓이라 아니할 수 없다.

최영의가 일본에 귀화했다고 욕할 필요는 없다. 우리나라에서는 미국시민권을 따면 부러워하면서 일본에 귀화하면 매국노라고 한다. 어찌 보면 미국이 우리에겐 더 나쁜 짓을 했는데도 말이다. 그 예로서 가쓰라 태프트 밀약[8]이나 광복 후 우리 임시정부의 무시, 친일파의 재등용으로 인한 역사적으로나 현실적인 폐해, 패전국 일본이 아닌 죄도 없는 피해자 한민족이 사는 한반도의 분단 강행 등이 있지 않은가?

지금 광복 전에 온 재일교포는 일본에 거의 흡수되어 일본사람이 되었다. 이는 세월이 지나 백제나 고구려 사람이 완전히 일본 사람이 된 것과 마찬가지이다. 북한을 지지하는 조총련의 중, 고등학교와 대학이 남아 있지만, 학생이 계속 줄어가고 있으므로 아마 앞으로 지속하기 힘들 것으로 보인다. 일본이 재일교포에게 귀화를 종용하는 것에는 일본에서 한국이나 조선국적을 가진 사람을 완전히 없애려는 목적이 있다고 본다.

일본에 귀화하는 것을 욕하려면 우리의 조상인 백제나 고구려 사람들을 다 욕해야 할 것이다. 삼국통일이 되는 과정에서 나라가 망하자 일본에 이주한 사람이 많기 때문이다. 사실 일본인은 도라이진[9]이 많다. 만약 재일교포의 일본귀화를 방지하고 싶다면 우리가 그들을 적극적으로 지원해 주어야 한다. 그런데 우리는 말로만 민족애를 부르짖으며 실질적으로는 재일교포에게 지원해 준 것이 거의 없다.

일본에 있는 백제나, 고구려, 고려, 조선의 후손들은 일본인의 압박

---

8) 1905년 미국과 일본이 필리핀과 대한제국에 대한 서로의 지배를 인정한 협약. 이로 인해 일본은 열강들의 승인 아래 우리나라를 식민지화할 수 있었다.
9) 한반도에서 일본으로 건너간 사람.

과 멸시를 받으면서도 이름을 남겼다. 그 예로 구다라무라百済村, 고라이진자高麗神社, 아리타야키有田焼[10]로 유명한 리산페이李三平(이삼평)의 후손이 그렇다. 그들의 조상은 우리와 같다. 그들은 정말 민족적 자긍심이 강하다. 우리는 예나 지금이나 그들을 외면하고 아무것도 해 준 것이 없는데도 말이다. 정말 고마워서 눈물이 다 나올 지경이다.

이제 재일교포도 그들이 자유롭게 귀화를 선택하게 하여 편하게 권리를 누리며 살도록 인정해야 한다. 그래서 그들을 통해 한국과 일본이 진정한 우호를 증진하는 다리 역할을 하도록 하는 것이 더 효과적일지도 모른다. 그들은 오래 일본에 살면서 일본에 대한 살아있는 경험이 풍부하고 또 우리와 같은 민족이므로 우리도 잘 알기 때문이다.

---

10) 후쿠오카켄(福岡県) 아리타(有田)에 있다. 임진왜란 때 끌려간 도공 이삼평(李三平)의 후손이 지금도 도자기를 굽고 있다. 그 기술은 지금의 우리를 능가한다고 한다.

한·일 국제결혼

　한·일 간의 국제결혼에서 한국 여자와 일본 남자 커플은 대부분 잘 산다. 그런데 그 반대의 경우는 많이 헤어진다. 끝까지 가는 커플은 통일교도 정도이고 정말 드물다. 통일교도 일본 여성들은 신앙심 때문인지 우리나라 시골까지 시집가서 사는 경우를 나는 수십 쌍이나 보았다. 우리나라 여성들도 꺼리는 농촌인데도 말이다.

　나는 초창기 일본인 친구 오리노상이 고려대학교에 유학을 해서 그곳 어학당 일본 친구를 많이 소개받았다. 그리고 일본에 유학하면서 지금까지 수많은 커플을 보아왔다. 대부분 위와 같은 결과였다.

　그리고 신오쿠보에서도 마찬가지다. 아무리 한류가 붐이라고 해도 일본 여성이 한국 남성과 결혼까지 골인하는 경우는 드물다. 혹 한다 해도 얼마 못 가서 이혼한다. 왜 그럴까?

　우리나라 여성들은 참을성이 강하다. 우리의 어머니들이 참고 살았다는 것은 '한恨'이라는 단어의 존재, 그 자체가 증명하고 있다. 그때는 여자를 삼종지도三從之道나 칠거지악七去之惡, 출가외인出嫁外人이라는 유교적 관습으로 묶었다. 그러니 이미자의 노래 가사처럼 한이 맺히도록 '참아야 하는 것이 여자의 일생'이었다. 이러한 역사가 있다 보니

우리나라 남자들은 전통적으로 일본말의 데이슈 간파쿠亭主関白(남편에게 실권이 있음)에 가깝다. 그래서 여자의 와가마마我侭(제멋대로 굶)를 못본다. 일본 여성은 서양의 신문명을 빨리 받아들여서 그런지 여성 상위 의식이 강하다. 한 마디로 가정이나 애인 사이에도 여자가 힘이 세다. 이를 일본말로 카카덴카かかあ天下(엄마가 실권을 쥠)라고 한다.

이는 서양 귀족의 레이디 퍼스트lady first 문화의 영향을 받은 것이 아닌가 생각한다. 지금도 일본의 고령 할머니 세대만 해도 남자를 받들어주는 사람이 많기 때문이다. 내가 아는 할머니 한 분은 올해 98세인데 "나는 남편 앞에서 평생 한 번도 방귀를 뀌어본 적이 없어요." 라고 말했다. 지금의 여성과 남편을 대하는 기본자세가 틀린 분이다.

그리고 어느 유명한 고령의 일본 여배우는 TV에서 "남편을 세워줘야 사랑받는다는 진리를 현대의 일본 여성들은 모르고 있어요. 무조건 이기려고만 해요. 참 바보 같은 짓입니다."라고 말했다.

나의 조선족 대학 동기는 일본어 능력시험에서 부인이 거의 만점을 받았다. 네 과목 중 한 과목에서만 한 개가 틀렸다고 들었다. 그런데 자기는 평균 80점이었다고 했다. 그런데 부인이 대학을 포기하고 남편을 대학에 보내 뒷바라지를 했다. 우리 민족의 남편을 우선시하는 전통이라고 본다. 얼마 전에 만난 그는 대학을 졸업한 후 취직해서 10년 만에 일본과 중국에 집을 세 채나 샀다고 말했다. 현명한 부인의 뒷바라지로 성공한 것이다. 마치 '바보 온달' 이야기 같다.

옛날에는 한국이나 일본이나 모두 남자를 우선하는 남존여비의 사회였다. 그러나 이제는 서양 문명화가 빨리 된 나라가 여성의 파워가 센 경향이 있다. 일본은 태평양전쟁에서 남자가 많이 죽어 여성의 인

구비율이 높은 나라였는데도 말이다. 이에 비해 우리나라는 남존여비
男尊女卑사상과 유교의 대를 잇는다는 이유로 태아가 여자면 많이 낙
태시켰다. 그래서 여성의 인구비율이 낮다. 그로 인해 돈 없고 학벌
없고 집안이 별 볼 일 없는 남자는 이제 장가도 못 가는 세상이 되었
다. 과거에 아버지들이 어머니들에게 심하게 했던 벌을 지금 그 아들
자식들이 받는 격이다.

　일본 여성들은 상냥하고 친절하고 배려 있는 남자를 좋아한다. 물
론 능력도 있어야 한다. 그런데 우리나라 남성들은 유교사상의 피가
흘러 그런지 여성에게 지금도 그다지 관대하지 못하다. 여성에게 잘
하고 해달라는 대로 들어주는 것은 대부분 처음 사귈 때뿐이다. 자기
사람이 되면 좀 무관심해지거나 무시하는 경향이 있다. 일본 여성은
남편이 죽을 때까지 변함없이 상냥하기를 바란다. 그런데 그게 어디
한국 남성들에게 있어 쉬운 일인가?
　일본 여성들이 한류에 빠진 것은 드라마에서 한국 남성들이 여성에
게 상냥하고 너무 이상적으로 대하는 것으로 묘사되었기 때문이다.
그러나 실상은 그렇지 않은 경우가 많기 때문에 깨지는 것이다. 드라
마와 현실을 착각하면 안 된다.
　〈겨울연가〉 팬들은 대개 중년을 넘긴 여성들이다. 그녀들은 젊어
서 순수한 연애를 해 보았거나 그것을 동경한 사람들이다. 우리로 이
야기하면 신파극 세대이다. 〈겨울연가〉가 자기들 세대와 맞으므로
옛 추억이 생각나 모두 빠졌다고 한다.
　나의 한글 제자 중에 "선생님! 욘사마는 실제로도 그렇게 마음이 착

하다면서요? 불우한 사람들에게 기부도 많이 한다고 들었어요."라고 묻는 할머니가 있었다. 그래서 "그럼요. 정말 좋은 사람이에요. 드라마에 나온 이미지 그대로인 사람입니다."라고 대답했다. 그랬더니 할머니는 소녀처럼 해맑은 미소를 지으며 그렇게 좋아했다. 사실 나는 배우들의 사생활은 모른다. 그러나 연로한 제자의 소녀 같은 꿈을 북돋워 주기 위해서 맞장구를 쳐준 것이다.

일본 남성들은 여성에게 상냥하고 해달라는 것을 다 들어 주며 여왕처럼 모시는 사람이 많다. 누가 싫어하겠는가? 한국에서 아버지에게 시달림만 받던 엄마를 보다 일본 남편을 만나니 이건 완전히 천국인 것이다. 그러니 누가 이혼하겠는가? 더구나 일본 남자는 여자에게는 아낌없이 주는 사람이 많다.

그래서 일본과 무역을 하려면 미인계를 써야 한다는 말이 있을 정도이다. 나도 실제로 몇 번이나 본 적도 있다. 옛날에 일본 친구가 한국에 올 때 나에게는 그저 담배 한두 갑이 선물이었다. 그 정도면 일본 사람으로서는 큰 선물이다. 어떤 사람은 마음이라며 고작 사탕이나 초콜릿 한 개 주는 사람도 있다. 그런데 그 친구가 내가 일본어 회화 연습하라고 소개한 고향 친구 여동생에게는 이화여자대학교 앞 패션상점가에서 고가의 고급 브랜드 옷을 선물했다는 이야기를 들었다. 또 어떤 일본인 친구는 한국 여자 친구를 만나기 위해 한 달에 한두 번씩 한국에 와서 거금을 쓰기도 했다. 남자가 맘에 드는 여자에게 선물하는 것은 당연하다. 그러나 일본 남자들은 무역에서는 짜면서 여자에게는 과잉으로 쓰는 사람이 많은 것 같다.

아는 아주머니는 일본 남편이 자기 자식에게는 재산을 안 주고 자기에게 몽땅 줘서 한국에 집을 몇 채나 사두었다고 자랑했다. 그 아주머니는 지금 76세인데 86세인 남편 병수발을 수년째 들고 있다. 비슷한 경우를 나는 대여섯 쌍 이상 보았다.

일본의 어느 변호사가 한 잡지에 쓴 고백을 하나 소개해 보자.

저는 일본인 부인이 있는데도 한국인 스낵바 마마와 사귀며 이중 살림을 했어요. 조심했는데도 제 마누라는 눈치가 빠른 여자예요. 다 알고 있으면서도 모른 척하더군요. 그런데 제가 정년퇴임을 하자 이혼서류를 내밀더군요. 역시 변호사 마누라답게 증거를 많이 확보하고 있더군요. 그래서 퇴직금에 집까지 다 빼앗기고 빈손으로 쫓겨났습니다. 할 수 없이 한국인 스낵바 마마 집으로 갔죠. 그녀는 빈털터리 껍데기만 왔다고 큰소리로 투덜거렸죠. 그러나 받아는 주더라고요. 과거에 도와줬다고 의리를 지킨 셈이죠. 제가 술을 마시고 퇴근하면 바가지를 긁습니다. 그러나 아침엔 해장국을 끓여줍니다. 같은 경우 전 일본인 부인은 아무 말도 않습니다. 그러나 아침상은 없었습니다. 저는 지금 행복합니다!

이 이야기를 보면 우리나라 여성들의 성격이 정말 잘 나타나 있다. 우리나라 여성들은 좀 시끄러워도 의리가 있다. 같이 살다 일본 남편이 병들거나 중풍에 드러누워 살아도 몇 년을 대소변 받아 내며 수발한다. 정이 깊고 의리를 저버리지 못하는 것이다. 그러나 일본부인은 같은 경우 남편을 요양시설에 맡기는 사람이 많다.

한국 남성들은 이렇게 차가운 일본 여성과 오래가지 못하는 것이다. 내가 처음에 추구하던 나비 부인이나 엔카演歌의 노래 가사에 나오는 순종하는 일본 여성은 이미 과거의 이야기이거나 소설 속의 인물이 되었다.

벌써 30여 년 전 일인데 오리노상은 이런 나에게 "유상! 지금 일본은 에도江戸시대나 쇼와昭和 초기도 아닙니다. 유상이 찾는 일본 여성은 이제 심심산골에도 없어요."라며 크게 웃던 기억이 새삼스럽다.

일본에는 독신이 많다. 즉 남자도 여자도 평생 혼자 사는 사람이 많다. 결혼을 안 하는 이유를 몇몇 친구에게 물어본 적이 있다.

"잔소리 안 듣고 혼자가 편해요."

"이상에 맞는 상대가 없더라고요!"

"좀 구속받지 않고 놀고 싶어서요."

라는 대답을 많이 들었다.

국제결혼은 엑조티시즘exoticism(이국정서)을 동경하는 사람들이 많이 한다. 이국정서 하면 고구려의 2대 유리왕이 생각난다. 그는 도망간 중국인 치희를 못 잊어 그녀를 그리며 '황조가'를 지었다고 한다. 또한, 고려의 공민왕도 원나라의 노국공주를 극진히 사랑했다. 원나라는 원수인데도 부인이 죽자 시름에 잠겨 정치를 등한시하게 된다.

음식도 '신토불이'라고 자기 나라 것이 맞는 것처럼 결혼도 같은 민족끼리 하는 것이 무난하다고 생각한다. 해 보면 문화와 관습의 마찰을 많이 겪게 되기 때문이다. 끝까지 가는 사람들은 이들을 극복할 수 있는 사랑과 이해가 정말 깊은 사람들이라고 생각한다.

신오쿠보

나는 유학 와서 첫 1년간은 일본어 학교에서 어학연수를 했다. 한국에서 일본어 능력시험 1급을 따고 왔는데도 대학 강의를 듣기는 벅찼다. 그리고 일본영화를 보아도 반도 이해되지 않았다. 유학 와서 대학에 들어가는 사람들은 대개 1년이나 2년 정도 일본어 학교에서 어학 공부를 한다. 그리고 대학원에 들어가는 사람들은 어학연수나 연구생 과정을 1, 2년 거쳐 입시를 치른다. 물론 어학연수만 마치고 귀국하는 사람도 있다.

나는 일본어 학교에 다니며 일본인과 사귀어 회화연습을 하고 싶었다. 그래서 일본인 친구의 소개로 아이키도 도장에 다녔다. 그리고 이자카야에서 동료들과 자주 술을 마셨다. 일본 사람들은 운동이 끝나면 한잔하고 돌아가는 사람이 많다. 그 재미에 도장에 다니는 사람도 상당수 있다. 〈아이키合気〉라는 영화에서도 사범이 "사람들과 어울려 한잔 마시는 재미에 도장을 다니다 30년이 지나니 내가 이 자리에 있더군요."라고 말한 것이 인상적으로 기억에 남는다. 인간답고 솔직한 표현이다. 원래 술을 좋아하는 나로서도 그런 모임은 반가운 일이었다. 그렇게 어울리다 보니 일본말이 빨리 늘었다.

한국에 유학 온 내 친구 중에도 밤에 술 마시고 돌아다닌 쪽이 한국말을 잘했다. 학교 숙제를 착실하게 집에서 한 애들보다 성적이 좋아 장학금까지 받는 것을 본 적이 있다. 그렇다고 유학 가서 술 마시고 돌아다니라는 이야기는 아니다. 언어는 그 나라 사람과 어울려야 빨리 는다는 것을 강조하려는 말일 뿐이다.

나는 일본에 처음 와서 몇 달간은 돈을 절약하려고 일본요리만 먹었다. 그러다 보니 가끔 한국요리를 먹고 싶을 때가 있었다. 그래서 일본 친구들을 데리고 한국식당이 많은 신주쿠구 신오쿠보를 자주 가게 되었다. 신오쿠보는 일본의 코리아타운이라고 불릴 정도로 한국음식점 등 한국가게가 많은 곳이다.

일본서 한국 사람이 그립고 한국말을 하고 싶거나 향수병이 생겼을 때는 혼자서도 자주 갔다. 자주라고 해도 학생이니 한 달에 한 번 정도 싼 곳에나 갔다. 그러다 보니 단골집도 생기고 마마(여주인)와도 친해졌다. 하루는 친한 마마가 다음과 같은 말을 했다.

제가 처음 오쿠보(大久保) 지역에 온 것이 1985년경인데요, 그때는 이곳에 한국가게가 없었어요. 그리고 일본 사람들은 우범지역이라고 오지도 않았어요. 당시는 환각제 같은 약을 밀매하는 지역으로 알려진 곳이었지요. 그런데 그때는 일본이 버블 경제 시기라 사람들이 엔(円)을 뿌리고 다녔어요. 당연히 일본 제일의 환락가인 가부키쵸(歌舞伎町)에 접대하는 여자들이 딸리기 시작했죠. 그래서 먼저 있던 재일교포들이 일본에 오면 금방 돈을 벌 수 있다고 한국의 친척 여자들을 부르기 시작했어요. 그녀들이 실제로 와보니 정말 엔을 벌기 쉬웠죠. 그래서 또 친구나 친척들을 부르게 된 거죠. 점점 한국 여성들이 늘기 시작했어요. 그녀들은 가부키쵸 옆에 자리한 오쿠보에 방을 얻어 살기 시작했어요. 그런데 일본에 살면서 일본 음식을 먹는 것도 하루 이틀이지 매운 한국 음식이 먹고 싶더란 말이죠. 한국 사람이 매일 오뎅, 초밥, 우동, 주먹밥만 먹을 수는 없잖아요. 그래서 한 여자가 친척을 불러 한국 음식점을 차리게 한 것이죠. 이를 계기로 식당이 하나둘씩 늘더니 나중에는 세탁소나, 약국, 양품점, 비디오 가게 등 다른 한국 업소도 늘어났어요. 그래서 지금은 마치 한국 같아요. 일본말 못해도 얼마든지 살 수 있고요.

나는 그 말을 듣고 '아! 그랬었구나!'하고 수긍하는 한편 좀 실망했다. '아니 무역하는 상사맨이나 외교관들, 문화인들이 만든 거리가 아니라 술집 여성들이 만든 거리란 말인가?'라는 생각에 좀 씁쓸했다. 그러나 어쩌랴! 세상사 교과서대로 되는 것이 아닌 것을….

처음에 신오쿠보의 가게들은 한국 사람끼리만 이용했지 요코하마橫浜의 차이나타운처럼 일본인의 관광 거리는 아니었다. 그런데 2011년 3월 11일에 일어난 히가시니혼다이신사이 (東日本大震災 : 동일본대진재) 후 일본 여성들의 발길이 끊이지 않고 있다. 왜 그런지 이유는 잘 모르겠으나 대지진으로 인해 도쿄타워나 디즈니랜드 등 관광지가 폐쇄되어 갈 만한 곳도 없고 일본인들이 마음의 상처를 치유할 돌파구가 없었다는 것이다. 그래서 한류韓流로 그 돌파구를 찾았다는 말도 있다. 일본 사람들은 누가 모이면 확 몰리는 습성이 있으므로 한류 붐으로 발전한 것이다.

그렇게 조성된 한류 붐이 이제 서서히 식어가고 있다. 나는 한류 붐이 일기 시작할 무렵 좀 우려했었다. '과연 언제까지 지속될까? 좀 오래갔으면 좋겠구나!'하고 기원했다. 왜냐하면, 나의 원래 꿈이 한국과 일본이 문화교류를 통해 우호 관계를 지속하는 것을 보는 것이고 또 그런 일에 종사하는 것이기 때문이다.

그런데 우려했던 것은 '아마 곧바로 일본의 정치가들은 또 망언을 할 것이 틀림없다. 그러면 이곳도 파리 날리겠지.'라는 기우였다. 아니나 다를까 그 예상이 적중되었다. 일본의 우익 정치가들은 한국과 잘되는 꼴을 못 본다. 우리의 친일파들이 비열하게 반일을 정치도구로 써먹었듯이 그들도 반한, 혐한이 정치도구의 하나이고 또한 기반이기도 하기 때문이다. 또 어떻게든 한반도로 다시 침략해야 하므로 그들에게 우호는 어느 면에서는 장해물이 될 수 있다.

지금도 정기적으로 일본 우익단체가 신오쿠보나 한국 대사관, 영사관 앞에서 데모한다. 확성기로 군가를 크게 틀고 다니며 "조센진 가에레朝鮮人帰れ(조선인 꺼져)!"를 외친다. 그들은 일단 폭력은 삼가고 있으나 말은 야쿠자보다 더 험하게 한다. 그러나 이는 모르는 일이다. 관동대지진 때 우익이었던 자경단이 대창으로 조선인을 6,000여 명이나 학살했다. 그래도 경찰은 모르는 척했다. 그 조선인 위령비는 도쿄 스미다구墨田区 요코즈나横綱에 있다. 나는 대학 때 희귀한 건축물 사진과 리포트를 제출하려고 스미다 강隅田川 옆길을 조사차 걷다 이 비를 우연히 발견했다. 비에는 다음과 같은 글이 쓰여 있다.

1923년 9월 말 발생한 관동대지진 재해의 혼란 속에 잘못된 책동과 유언비어 때문에 6,000명이 넘는 조선인이 귀중한 생명을 빼앗겼습니다. 우리는 재해 50주년을 맞이하여 조선인 희생자를 마음으로부터 추도합니다. 이 사건의 진실을 가르는 것이 불행한 역사를 되풀이하지 않고, 민족차별을 없애고, 인권을 존중하며, 선린우호와 대도를 선택하는 기반이 될 것으로 믿기 때문입니다. 사상, 신조의 서로 다름을 넘어서 이 비의 건설에 이바지한 일본인의 성의와 헌신이 일본과 조선 양 민족의 영원한 친선의 힘이 되기를 기원합니다.

1973년 9월

관동대진재 조선인 희생자 추도행사 실행위원회

조선인의 후손으로서 참으로 분통이 터져 죽을 일이 아니고 무엇이란 말인가? 그나마 양심적인 일본인 후손이 추도비라도 세워줬다는 사실이 있어 일본과의 친선에 일말의 희망이라도 보인다. 그러나 우리는 이런 역사를 절대로 잊어서는 안 될 것이다. 이처럼 한국과 정치관계가 험악해지면 일본에서 험악한 사태가 일어나지 않는다는 보장이 없다.

우익단체의 불법 고성방가를 일본 경찰은 묵인한다. 이만 봐도 우익의 뒤에는 일본 정부가 있다는 것이 입증된다. 아마 한국인이 같은 행동을 하면 유치장에 들어갔다가 강제 추방될 것이 뻔하다.

나는 욕을 하는 일본인은 우익단체 이외에 야쿠자밖에 못 보았다. 그러나 일본 야쿠자는 일반인은 절대 안 건드린다. 자기들끼리는 칼싸움이나 총싸움도 한다. 어느 면에서는 신사적이다. 돈도 자기들이 사업을 해서 번다. 상인들에게 돈을 뜯는 일은 없다. 그리고 매너가 좋다. 남자답고 멋있는 신사들이 많기 때문인지 미인들이 많이 따른다.

사실 욕은 우리나라 사람들이 더 잘한다. 우리말은 문자가 발달해서 그런지 욕이 지나칠 정도로 다양하게 많다. 이놈, 개새끼, 쌍놈의 자식, 엿 먹어라, S팔 새끼, X 같은 놈 등등 셀 수도 없을 정도이다. 더이상은 상스러워서 여기에 싣기도 낯 뜨겁다.

그러나 일본말은 욕이 몇 개 안 된다. 참 이상하다. 이 사람들은 진짜 본성이 착한 것일까? 우리 욕에 비하면 욕도 아니다. 욕이 너무 착하다고 느껴질 정도다. 가령 '야츠やつ(놈)', '야로やろう(놈)', '소이츠そいつ(그놈)', '고노메このめ(이 자식)', '바카馬鹿(바보)', '아호アホ(푼수)' 정도다. 그나마 일반인은 바카, 아호 이외에는 거의 사용하지 않고 나머지는 야쿠자와 우익단체, 불량 청소년들이나 쓴다.

요즘 신오쿠보는 한국인만의 거리가 아니다. 중국인도 많고 동남아시아나 아랍, 아프리카 사람도 많다. 우리가 자리는 잡았어도 이제는 글로벌 지역이 되었다. 이에는 일본 정부의 보이지 않는 조정이 있었다는 말도 있다. 신오쿠보 지역을 코리아타운으로 지정하자는 여론이 있었으나 일본 정부는 허락을 안 했다고 한다. 일본인들은 자기 나라에서 다른 나라의 세력이 커지는 것을 경계한다. 그래서 허락은커녕 오히려 우익단체들의 데모를 방관, 묵인해서 방해하니 한국가게의 장사가 잘될 리가 없다.

다들 장사가 안된다고 아우성인 이유가 한·일 관계의 악화나 데모에도 있지만 일본 사람들이 원래 돈을 잘 안 쓰는 것에도 있다. 한류 손님들은 대개 여자들인데 가만히 살펴보면 아이쇼핑만 하는 사람이 적지 않다. 그리고 줄을 서 있는 곳은 고작 1개에 200엔짜리 호떡집 정도다. 절약이 몸에 배어서 그런지 이들은 정말 싼 것만 찾는다. 또 할인 쿠폰이나 세일을 하지 않으면 관심도 없다. 음식이나 물건의 질이 높아질 수가 없다. 모두 할 수 없이 '울며 겨자 먹기로' 가격 내리기 경쟁을 하는 것이다. 그러다 보니 내놓는 가게가 많아지고 그 자리에 다른 나라 사람들이 들어오게 된 것이다.

이제 신오쿠보는 한국을 중심으로 한 글로벌 지역이 되었다. 신오쿠보의 식당 고기가 한국보다 더 맛있다는 사람도 많다. 일본은 외국 고기 수입 검열이 철저하다 보니 나쁜 고기나 가짜 고기가 없어서 그렇다. 그리고 경쟁이 심해서 이익이 없어도 맛이 개발되고 재료를 좋은 것을 써서 그렇다. 내가 먹어봐도 정말 맛있는 고깃집이 많다. 그런 집들이 망해서 주인만 바뀌지 말고 오래 지속되어서 한·일 문화교류의 장이 되었으면 좋겠다.

빠찡코

재패니즈 드림을 안고 일본에 온 사람들이 타락의 늪에 빠지는 이유 중의 하나가 빠찡코パチンコ, 自動球遊器이다. 여기서 빠찡코는 어떻게 하는 오락인지 설명할 필요까지는 없다고 본다. 한때 우리나라에서도 성행했었기 때문에 아는 사람도 많을 것이다. 정말 몰라서 궁금한 사람은 인터넷에 들어가 일본말로 'パチンコ'라고 치면 동화까지 자세히 나와 있다.

나는 일본에 와서 빠찡코 이야기는 들었어도 관심을 두지 않았었다. 옛날에 아버지가 화투나 마작 등 도박을 좋아해서 어머니 속을 썩이는 것을 많이 보았기 때문이다. 어린 나이에도 "엄마! 나는 평생 술도 안 마시고 노름도 안 할 거야!"라고 말하며 어머니를 위로해 드렸다고 한다. 그래서 나는 명절에 친척들이 모여도 고스톱도 못 친다. 그러나 술을 안 마신다는 약속은 지키지 못해 죄송스럽게 생각하고 있다.

그런데 식당을 할 때 손님 중에는 빠찡코를 하는 사람이 많았다. 그들의 이야기 상대를 해 주다 관심을 갖게 되었다. 그래서 빠찡코 책과 잡지를 사서 공부했다. 이왕 하는 거 제대로 알고 하기 위해서였다.

우리나라 사람들은 도박을 좋아한다. 일본인들이 퍼트린 화투가 지금은 국민도박이 되어 있을 정도이니 말이다. 일본인들은 화투를 통해 우리 백성들의 봉기를 잠재우려고 했다. "농한기에 할 일이 없으면 화투나 즐기며 데모할 생각 말고 식민지 정책에 잘 따르세요!"라는 취지가 있었다는데, 참으로 그들의 뜻대로 적중된 것이다.

도박을 하면 열심히 성실하게 일할 마음이 싹 없어진다. 빠찡코도 도박이다. 일본 정부에서는 유희遊戱라고 규정하고 있으나 현금을 잃거나 따는데 도박이 아니고 무엇인가? 그것도 하루에 10만에서 20만 엔이 왔다 갔다 하니 큰 도박이다. 20만 엔이면 일본 대졸자의 한 달 초봉 정도의 금액에 해당한다. 그렇게 큰돈을 잃거나 따거나 한다. 물론 대부분 잃는다. 그와 함께 일본 정부는 막대한 세금이 들어오므로 없애기는커녕 도박을 조장하고 있는 것 같다.

빠찡코에 가는 사람은 대부분 노인들이다. 젊은이들이 대낮부터 죽 때리고 빠찡코를 한다면 직업이 없거나 제대로 된 사람이 아니다. 노인들은 대부분 연금을 받아 생활하는데 그 돈을 빠찡코에 갖다 바치는 사람도 많다. 결국, 일본 정부가 연금을 주었다가 세금으로 회수하는 격이다.

빠찡코 게임방식을 가만히 보면 하는 사람을 열 받게 해서 돈을 쓰게 하는 비열한 수법을 쓴다. 재미는커녕 돈을 잃으니 약이 올라 더하게 된다. 그러나 이게 함정이다. 돈을 꿔서라도 하면 딸 것 같은 기분이 들게 줬다 빼앗기를 한다. 그리고 일단 자리에 앉으면 못 일어나게 유인하는 기계를 연구 개발하여 만든다. 그를 위해 도쿄대 등 명문대학을 나온 수재들을 높은 연봉을 주고 스카우트한다고 한다. 그런 수재들의 머리를 고작 노인들 돈을 갈취하는 데 쓴단 말인가? 일본 정부가 세금이 많이 들어오니까 방관 내지는 조장하는 격이다.

빠찡코에서 딴 구슬은 바로 돈으로 바꿔주지 않고 순금이 들어가 있는 경품으로 준다. 그러나 경품은 바로 현금으로 바꿀 수 있다. 가게 안이 아니고 밖에서 바꾸게 되어 있을 뿐이다. 괜히 번거롭기만 하다. 여기서도 교묘한 수법을 합리화하는 일본인들의 습성을 볼 수 있다.

일본 정부는 한술 더 떠서 이제 카지노까지 합법화하려고 하고 있다. 미국의 라스베이거스나 마카오처럼 외국인 관광객을 유치하기 위해서란다. 어쨌든 도박을 정부가 인정하고 조장하면 엄청난 대가를 치르게 된다는 것을 위정자들은 나라를 막론하고 잊지 말아야 한다.

나는 빠찡코가 일본에 있어서 일본인들만 하는 줄 알았다. 그런데 우리 식당 사람들도 다하고 있었다. 주방장, 덴쵸店長(점장), 아르바이트까지 "돈이 있으면 다 하고 싶죠. 재미있고 돈을 딸지도 모른다는 스릴도 있잖아요?"라고 말했다.

그리고 대학 동기의 어머니는 일본에서 밤에는 스낵바를 경영하는데 낮에는 매일 빠찡코점에 출근한다. 한 번 가면 10만 엔 이상 들고 간다고 한다. "매일 빠찡코라도 하지 않으면 이 삭막한 일본 땅에서 무슨 재미로 살아?"라고 말할 정도이다. 어떤 마마에게는 "매일 화투를 안 하면 일본땅에서는 사는 재미가 없어! 이게 유일한 낙이야!"라는 말을 들은 적이 있다. 빠찡코나 화투를 하다 양이 안 차는 사람은 불법 카지노에 다니는 사람도 많다. 일본은 아직 허가된 카지노가 없기 때문이다. 대마초를 피우다 양이 안 차 마약을 맞는 격이다. 카지노는 단위가 크므로 하루에 몇백만 엔을 잃었다는 사람도 있다. 이처럼 노름은 일본 땅에서 많은 우리나라 여성들에게 삶의 낙이요 희망이란다. 그만큼 일본에서의 삶이 정신적으로나 육체적으로나 힘들다는 이야기이리라.

나는 친한 한국인 아줌마가 "3일에 30만 엔을 잃었어. 아이고! 곗돈인데 어떡해? 내가 미친년이야! 돈 좀 있어? 내가 달러 이자 쳐서 바로 줄게!"라고 말해서 놀란 적이 있다. 그리고 "세상에나! 아들 장가 밑천인데 석 달 만에 딱 300만 엔을 날렸어. 어쩜 좋아! 난 인제 죽어야해."라고 한탄하는 이야기도 들었다.

또 어떤 사람은 매일 식당 매상을 빠찡코에 갖다 바쳤다고 한다. 그래서 가게세는커녕 직원들 월급도 못 줘서 사채를 쓰다 결국 야반도주를 했다. 또 어떤 사람은 열심히 벌어 어렵게 한국에 사둔 부동산을 다시 팔아서 돈을 가져와 빠찡코를 했다고 한다. 결국, 평생 모은 재산이 다 없어져 돌아갈 수도 없고 일본서 노년에 남의 집에서 일하고 있다.

처음에는 대개 친구의 꼬임이나 호기심에 무심코 빠찡코를 한다. 그런데 참 이상하게도 처음 가면 대부분 딴다. 기계가 초심자를 알아보는 것인지? 사장이나 덴쬬가 모니터로 보고 메인 컴퓨터를 조작해서 구슬이 나오게 하는 것인지? 신기하게도 땄다는 사람이 많다. 어떤 사람은 "저는 빠찡코에 갈 때 일부러 허름한 옷차림을 하고 가요. 그리고 행동을 어수룩하게 해요. 일부러 초보자인 척하는 거죠. 그런데 이놈들은 귀신같이 알아차려요. 진짜 처음처럼은 안 터지더라고요"라고 말했다. 어쨌든 처음에 따면 이게 미끼다. 따니까 또 가게 되는데 가면 갈수록 잃게 된다. 그럼 일도 안 하고 빚을 내서까지 한다. 결국, 사회악의 구렁텅이에 빠지게 되는 것이다.

빠찡코에서 돈을 땄다는 이야기는 거의 듣지 못했다. 그리고 간혹가다 돈을 딴다고 해도 기분 좋다고 술을 마신다거나 공돈 생긴 것 같으니까 사치를 해서 바로 없어진다. 노름으로 돈을 따서 집을 짓기는 힘든 것이다. 그런 이야기를 좀 들어보았으면 좋겠다.

신오쿠보 주변에도 빠찡코 점포가 널려있다시피 하다. 오쿠보도리 大久保通り 한 길에만 4개나 있다. 그리고 일본의 어느 역이든 빠찡코 점이 없는 곳이 없다. 불경기 탓인지 일본 내의 빠찡코점 수는 매년 줄고 있다. 내가 일본에 오던 해인 1999년에는 전국에 16,413개의 점포가 있었으나 2011년에 11,392개로 줄었다. 이는 일본 전국의 우체국 수의 약 반에 해당한다. 참고로 2007년 일본의 전국 우체국 수는 24,520개였다. 일본 빠찡코의 연간 매출이 우리나라 1년 예산을 능가한 적도 있다니 참으로 어마어마하게 큰 시장이다.

신오쿠보나 신주쿠의 빠찡코점에 가면 우리나라 사람들이 많다. 그리고 빠찡코를 하려고 일부러 비행기를 타고 오는 사람도 많다. 그들은 자금을 어느 정도 가지고 오는데 그게 떨어지면 돌아간다. 사실 따서 돌아가는 사람은 극소수다.

옛날에 일본인 친구 중에 서울 W 호텔에 카지노를 하러 오는 사람이 있었다. 그는 호텔 정사원을 그만두고 일부러 아르바이트 출장 웨이터를 한다고 했다. 그래서 한 100만 엔 정도 모이면 서울에 와서 카지노를 하다 돈이 떨어지면 돌아가곤 했다. 그럼 또 아르바이트해서 돈을 모아 카지노를 하러 왔다. 체류를 얼마나 길게 하는가의 문제지 돈을 땄다는 이야기는 못 들었다. 그는 약 30년을 넘게 같은 일을 반복했다. 그는 "저는 박정희 대통령 정권 때 한국에 처음 관광을 왔다가 호기심에 카지노를 했어요. 그런데 많이 땄어요. 한 1년 월급 정도 땄죠. 그래서 빠졌어요."라고 말했다.

일본에서 어떤 친구는 노름은 아니지만, 취미생활을 하려고 정사원을 그만두고 아르바이트를 하는 경우도 있었다. 그는 세계의 '동굴탐험가'였는데 돈이 있으면 무조건 배낭을 메고 외국으로 나갔다. 이들에게 결혼이나 미래는 중요하지 않다. 단지 인생에서 지금 현재를 즐기는 것만 있다.

빠찡코점에는 거의 슬롯 코너가 같이 있다. 슬롯도 빠찡코와 비슷하다. 구슬이 아니고 코인이 나온다는 점이 다를 뿐이다. 대개 슬롯은 젊은 층이 많이 하고 빠찡코는 노년층이 많이 한다. 슬롯은 좀 복잡하고 손이 피곤하지만 빠찡코는 손잡이만 잡고 있으면 되니 쉽다. 그래서 90세 이상 된 노인이나 중풍 걸린 환자가 손을 떨면서도 한다. 집에 가만히 있는 것보다는 돈이 없어져서 그렇지 뇌 건강에 좋을 수도 있다.

빠찡코를 하는 사람 중에는 사람을 사서 같이 하거나 돈을 대주고 대리로 시키는 경우도 있다. 하고 싶은 기계를 놓치지 않기 위해서이다. 이는 참 위험하다. 둘이 해서 같이 따면 2배이지만, 잃으면 마찬가지로 2배로 잃기 때문이다. 빠찡코는 따도 결국 잃게 되어있으므로 더 빨리 망할 확률이 높다. 빠찡코에서 딸 확률은 20%가 채 안된다고 한다. 나머지는 가게 운영비와 세금이라고 한다. 그런 낮은 승률에 인생을 건다는 것은 참으로 무모하다.

모두 재패니즈 드림을 가지고 돈을 벌려고 일본에 온다. 그리고 힘들게 일을 한다. 빠찡코를 하면 그렇게 고생해서 번 돈을 다시 일본인에게 바치는 꼴이 된다. 그러므로 아무리 외로워도 빠찡코는 하지 말아야 한다. 호기심에라도 하다 한 번 빠지면 헤어나기 힘들다. 열심히 번 돈을 탕진하는 것까지는 좋은데 빚을 지고 도망 다니는 인생이 되어서야 되겠나? 화투로 일본인들이 우리 백성들의 봉기를 잠재웠듯이 또 그들이 만든 빠찡코에 빠져 인생을 버리고 국가적인 손실까지 주어서는 안 될 것이다.

우리는 왜,
사돈이 땅을 사면 배가 아플까?

우리나라 사람들에게 "사돈이 땅을 사면 배가 아프다."는 속담이 너무 잘 맞는 것 같다. 하긴 맞으니 그런 말이 생겼겠지만 정말 우리에게 딱 맞는 말 같다. 일본에도 비슷한 말은 있다. 바로 "남의 불행은 꿀맛이다他人の不幸は蜜の味."이다. 이를 보면 인간의 심리가 원래 그런 본성을 가지고 있나 보다. 실제로 일본의 어느 뇌 과학 보고서에서 우리 뇌가 남의 불행을 보고 희열을 느끼는 자극을 받는다는 연구결과를 발표한 적이 있다.

신오쿠보의 가게세는 정말 비싸다. 비싼 곳은 평당 10만 엔이 넘는다. 20평 가게가 월세 200만 엔이라고 해서 입을 딱 벌린 적이 있다. 가게세에 원재료비, 공과금, 종업원 월급 등을 합하면 월 600만 엔이 원가 상한선이라는 곳도 있었다. 테이블 15개 정도가 하루 종일 꽉 차도 이익을 남기기 힘들다.

신오쿠보는 근 10년 사이에 한국가게가 많이 늘어 서로 경쟁하다 보니 음식가격은 내려가 있다. 지금 한식 런치가 500엔 하는 곳이 대부분이다. 이는 서울보다 싸다. 500엔짜리 밥 200그릇을 팔아야 10만엔이다. 밤에 한 테이블 매상을 평균 5,000엔으로 잡는다 해도 20테이블이 되어야 10만 엔이다. 단순히 계산해도 정말 한심한 장사다.

그런데 실제로 하루에 100만 엔 이상의 매상을 올리는 가게가 몇 곳은 있다. 그런 곳은 신오쿠보 가게의 3%도 안 된다. 모두 그것을 꿈꾸고 도전하다 망해 주인만 바뀌는 것이다.

일본에서는 작은 가게도 맛만 있으면 성공할 수 있다. 일본 사람들은 줄을 서주기 때문이다. 우리나라 사람들은 식당이 붐비면 기다리지 않고 딴 곳으로 간다. 그래서 한 번에 많은 손님을 수용해야 하기 때문에 가게가 대형화되어있다. 그만큼 초기 투자금이 든다.

그런데 신오쿠보의 가게들은 작아도 초기 투자금이 많이 든다. 바로 한국 사람끼리 집세를 올려놓았기 때문이다. 게다가 일본 사람들에게는 없는 권리금도 생겼다. 이는 일본의 건물 주인이나 부동산에서는 인정하지 않는다. 팔고 사는 당사자끼리만 인정하고 주고받는다.

우범지역이었던 신오쿠보의 건물 주인이나 부동산은 어느 날 갑자기 봉을 만난 것이다. 가만히 앉아서 떼돈을 벌게 되었으니 말이다. 정말이지 어느 가게나 가게세 주고 나면 남는 것이 없다고 한탄한다. 속된말로 '죽 쒀서 개 준다'는 격이다. 고생만 세가 빠지게 해서 일본인에게 다 갖다 바치는 것이다.

이게 다 남이 잘되는 꼴 못 보는 우리의 관습에서 나온 벌이다. 일본 사람들은 가령 반경 100m 이내에 같은 종류의 가게가 있으면 안 차린다고 한다. 더구나 외국에서는 이런 규칙을 더 철저하게 지킨다고 한다. 그런데 우린 뭐가 하나 잘된다고 하면 바로 옆집에다가도 차린다. 식당만 바로 옆에 차리는 것이 아니다. C 정수기 대리점 사장님은 "제가 처음에 신오쿠보에 비디오 가게도 차리고 화장품 가게도 차렸어요. 그런데 좀 장사가 되는 것 같으니까 너도나도 옆에다 차리고 세일 이라며 반값에 팔아요. 그래서 뭐가 남아요. 서로 죽자는 것이지요." 라고 말했다.

아무리 시장경제에 맡기는 세상이라지만 외국에서 우리끼리 과열 경쟁하는 것은 자제하는 의식이 있었으면 좋겠다. 동족끼리 같이 망 하고 일본인에게 또 어부지리를 주기 때문이다.

그런데 나는 우리가 정말 반성해야 할 충격적인 말을 듣게 되었다. 가령 앞 가게가 장사가 잘되면 주방장이나 종업원 중에 불법체류자가 있다고 경쟁 가게에서 일본 출입국관리소에 신고한다는 것이다. 그래 서 일본 출입국관리소에서는 같은 민족끼리 신고하는 것은 한국 사람 뿐이라고 깔보고 흉을 본다고 한다.

일본에서 어떻게든 돈을 벌어 귀국해 가족과 함께 잘살아 보겠다고 소위 재패니즈 드림을 갖고 온 그들이다. 강제 송환되면 유치장에 있 다가 맨주먹으로 돌아가야 한다. 나는 지금은 시나가와品川로 옮긴 쥬 죠十条에 있던 유치장에 몇 번이나 아는 사람 면회를 간 적이 있다. 안 타깝게도 "일본에서는 일본 사람보다 한국 사람과 재일교포를 조심해 야 해요"라는 말도 돌고 있는 현실이다.

나는 번역사무실을 열어 벼룩시장에 광고를 낸 적이 있다. 그런데 하루는 공중전화가 걸려와 한국 여자가 느닷없이 "야! 이 새끼야! 너 여자 꼬시려고 번역사무실 차렸지? 빨리 걷어치워 이 ×같은 자식아!" 라고 쌍욕을 했다. 분명히 경쟁업체였다. 왜 그런 짓을 할까? 경쟁을 하려면 정정당당하게 하면 되는데 말이다.

그리고 편의점 배송 일을 할 때이다. 하루는 출근했더니 동료가 "강상이 오늘부터 그만둔대요. 누가 투자경영 비자인데 취직했다고 본사에 찔렀대요."라고 말했다. 그래서 나도 비자 심사를 받았다. 나는 당시 학생비자였으나 주 28시간 아르바이트를 할 수 있는 '자격외활동허가서'가 있어서 목이 잘리지는 않았다. 참 서글픈 일이다.

일본에서는 허가된 비자 외에 다른 일을 하면 안 된다. 걸리면 비자가 없는 것과 마찬가지 취급을 받아 강제 송환된다. 그러나 많은 사람들이 일본에 있기 위해서 비자를 만들어 허가된 것과는 다른 일을 한다. 그것을 누군가가 찌른 것이다. 아마 같은 한국인에게 미움이나 시기를 받았을 것이다. 일본인은 그런 짓까지는 거의 하지 않기 때문이다. 혹시 일본인이라면 치정관계에서나 그런 일이 있을 수 있다. 실제로 일본 여자에게 미움을 받아 한국 남자가 회사에서 쫓겨나는 것을 본 적이 있다. 애인이었던 여자가 배신당하니까 억울하다고 본사에 전화했다고 한다. 그래도 그렇지 사생활을 가지고 일을 못 하게 하다니 너무하다. 이는 한국인이기 때문에 목이 잘린 것이라고 밖에 생각되지 않는다.

우리 민족끼리 이래서야 되겠는가? 우리 민족이 서로 헐뜯고 이렇게까지 삭막하게 된 데는 일제의 식민지 수탈 역사가 무관하지 않다. 다 빼앗기고 먹을 것이 없으니 인정이 메마를 수밖에 없었다. 게다가 동족상잔의 6·25전쟁을 겪었다. 피난생활 속에 일단 나와 내 가족만이라도 살아남아야겠다는 이기주의가 팽배해지지 않을 수 없었다. 그 후에도 우리는 군사독재의 횡포에 많은 국민이 희생되었다. 발단은 일본의 침략에 있었던 것이다.

조선 시대까지만 해도 우리는 인정이 많은 민족이었다. 봉이 김선달이 무일푼으로 전국을 여행할 때 '이리 오너라!' 한마디에 먹여주고 재워주는, 인정이 많은 백성이 우리의 조상이 아닌가? 그런데 지금은 일본까지 와서 왜 우리 민족끼리 서로 잡아먹으려고 피 튀기는 싸움을 하는 세상이 되었는지 참으로 비통할 따름이다.

일본은 이민을 받지 않는 나라다. 이 나라에서는 취업비자를 잘 내주지 않는다. 비자를 준다면 자국인들이 힘들어 잘하지 않는 병간호하는 일이나 간호사에게나 준다. 그리고 언어 통역비자는 관련 분야에 종사하는 일본인이 많지 않고 특수업이므로 잘 준다. 그리고 일본이 필요로 하는 사람은 하루 만에도 준다. 가령 축구나 야구 등 운동선수 자격으로 급히 국가대표로 뽑힌 경우다. 그런 외국인 선수들이 실제로 많다.

그래서 불법체류를 하면서 돈을 버는 외국인이 많이 생긴 것이다. 그러나 수년 전에 도쿄도지사였던 초극우파超極右派 이시하라 신타로石原新太郎가 경찰도 불법취업을 단속하도록 조치했다. 그전까지는 출입국관리소에서만 단속했다. 이때 강제 송환된 외국인이 많다. 내가 아는 사람만 해도 수십 명이 넘는다. 우리가 아무리 사돈이 땅을 사면 배 아파하는 민족이라지만 우리끼리 신고하는 어리석은 짓은 정말 해서는 안 될 것이다.

그렇게
믿었는데…

내가 일본에서 식당을 경영하게 된 것은 아버지가 중풍으로 쓰러졌기 때문이다. 어머니가 돌아가신 후 아버지는 강원도 산골에서 혼자 살았다. 그리고 정미소를 운영하며 채소 농사도 지었다. 그런데 쓰러지던 해인 2006년 7월에 강원도에 엄청난 수해가 있었다.

우리 집도 다 휩쓸려갔는데 아버지는 마침 집에 안 계셔서 화를 면했다. 그런데 불행하게도 동네 아주머니가 한 분 우리 집에 놀러 왔다 화를 당했다. 그분의 시체는 약 한 달 후에 소양강댐 호수에서 찾았다는 말을 나중에 전해 들었다.

나는 걱정이 되어 급히 귀국해 고향에 달려가 보았다. 정말 설악산 계곡에 다리란 다리는 하나도 남아있지 않았다. 외갓집 사촌 누나가 살던 한계령 밑의 민박촌도 아예 흔적조차 없이 사라졌다.

아버지는 "내가 74년을 살아오면서 그렇게 세차게 퍼붓는 비는 처음 보았다야!"라고 말씀하셨다. 몸은 겉으로는 괜찮아 보였는데 수심이 가득 찬 표정에 어깨가 굽어있었다. 그리고 무엇보다 맥이 없어 보였다. 나는 아버지의 어깨와 허리를 펴 드리려고 아침에 척추를 교정하고 마사지를 해드렸다. 아버지는 그때 "야! 정말 시원하고 몸이 가뿐

하구나! 너 이런 거 어디서 배웠냐?"라며 좋아하셨다.

그리고 일본으로 돌아왔는데 그해 9월 어느 날, 동생에게서 아버지가 중풍으로 쓰러졌다는 연락을 받았다. 발견이 늦어 반신불수에 언어장애가 왔다고 했다. 정미소 바닥에 쓰러져 있는 것을 동네 사람이 놀러 왔다가 발견했는데 의사의 진단에 의하면 쓰러진 후 10시간은 넘었다고 한다. 3시간 안에 발견했으면 주사 한 대로 거의 회복되는 세상인데 참으로 안타깝다. 그때부터 아버지의 회복 불가능한 병상 생활이 8년간이나 계속되었다. 그리고 결국 작년 1월에 돌아가셨다.

나는 평생 아버지를 원망하며 살아왔다. 왜냐하면 술과 놀음에 바람까지 피우며 폭력을 휘두른 아버지 때문에 속을 썩으시다 어머니가 병이 나고 돌아가시게 되었다고 생각했기 때문이다. 그러나 그 시대의 우리나라 아버지들은 거의 다 어머니들을 고생시켰다. 즉 우리 아버지만 그런 것도 아니었다. 좀 더 큰마음을 가지고 아버지를 용서 못 한 옹졸했던 내가 후회스러울 따름이다.

하루는 아이키도의 동료인 아오야기상이 다음과 같은 말을 했다. "유상! 혹시 괜찮다면 내가 자금을 대줄 테니 한국 식당을 한번 해 볼 생각 있어요? 우리 아버지도 유상 아버지와 같은 병으로 긴 투병생활을 하다 돌아가셨어요. 아마 병원비가 많이 들어갈 거예요. 그런데 유상이 학비도 필요한데 아르바이트만 해서는 병원비를 댈 수 없잖아요? 마침 한류韓流 붐이고 나도 회사를 언제 그만둘지 모르니 한번 투자해 보고 싶어요."

나는 정말 구세주가 나타났다고 생각했다. 드라마 같은 이야기가 아니고 무엇인가? 학비와 병원비에 목이 말라 있던 터라 그 친구가 눈물이 나올 정도로 고마웠다.

그날부터 팔려고 내놓은 식당을 찾아다녔다. 그런데 내가 아는 누님이 식당을 내놓았다는 소문을 듣게 되었다. 벼룩 신문에 광고도 나와 있었다. 바로 확인전화를 해 보니 정말 그분이었다. 망설임 없이 도쿄 변두리 오메시靑梅市에 있는 그 식당을 방문했다. 그분은 내가 학부때 아이키도 부원들을 데리고 자주 회식을 하며 알게 되었다. 그리고 식당에 방도 많아 한국어 개인레슨 교실로 빌려 쓰며 6년 정도 친하게 지냈는데 한동안 연락이 안 되었었다. '누님'이라 부르며 친하게 지냈으니 정말 반가웠다.

"동생! 사실은 내가 병원에서 정기검진을 받았는데 간암이래. 그래서 누구에게도 연락을 끊고 요양 차 이곳 관광지에서 식당을 했던 거야. 난 앞으로 1~2년도 못사는 시한부 인생이야! 내가 권리금도 싸게 줄 테니 내 식당을 인수해. 부탁이야."라고 말하며 흐느껴 울었다. 나의 어머니도 당뇨병의 합병증인 간암으로 돌아가셨다. 그래서 나는 동정심에 어머니 생각도 나서 같이 울었다.

누님은 경치가 좋은 곳을 안내하며 "이곳은 마쓰리祭り(축제)가 1년에 대여섯 번 있는데 그때는 한 달 매상을 단 3일에 올릴 수 있어. 돈은 금방 벌 수 있을 거야. 내 몫까지 대신 좀 많이 벌어!"라고 말했다.

나는 누님을 믿었으므로 앞뒤 재지도 않고 식당을 인수하기로 했다. 요리는 한 달간 주방에서 일해 주고 내가 배우기로 했다. 그러나 잔금을 치르고 나니 사람이 달라졌다. 매일 아침부터 술이나 마시고 잠만 잤다. 손님이 와서 아무리 깨워서 일어나지도 않았다. 손님이 많다는 것도 거짓이었다. 내가 가게를 보러 간 날은 딸과 사위, 친척 등 아는 동네 사람까지 불러다 먹이며 손님이 많은 것으로 위장했다는 말을 나중에 어느 한국 여자 손님에게 들었다. 더구나 "며칠 후 누가 싸게 계약하러 오기로 했는데 바보 같은 개가 아니었으면 큰 손해 볼 뻔했다야!"라며 좋아했다는 말까지 들었다.

나는 하늘을 쳐다보며 "아버지 병원비 대려고 학교도 휴학하고 친구에게 돈까지 빌려서 하는 식당인데 이런 사기꾼을 보내서 시련을 주십니까? 너무하십니다."하고 한탄했다.

그러나 하늘을 원망한들 무슨 소용이 있겠나? 속은 내가 잘못이다. 좀 더 시간을 두고 신중하게 생각해야 했다. 알고 보니 이처럼 동포를 대상으로 사기 치는 사람이 일본에만 있는 것이 아니었다.

"어떤 사람이 친구를 믿고 가족 모두 함께 미국으로 이민을 갔다. 그런데 공항에 마중 오기로 한 친구는 보이지 않았다. 사업 선수금과 거처지 마련 자금을 한국에서 미리 다 주어 차비도 없는 상태였다. 그때부터 그 가족의 미국에서의 고난의 여정이 시작되었다." 이러한 내용의 미니시리즈 드라마를 몇 년 전에 한국 TV에서 본 적이 있다. 난 가족이라도 없으니 천만다행이라고 생각했다.

나는 요리를 가르쳐준다고 주방장으로 있던 먼저 주인에게 그만두라고 했다. 그리고 다른 사람을 기용해 하루 3시간도 안자고 열심히 일했다. 사기를 치는 사람은 정말 비열하다. 없는 병도 있는 것처럼 눈물로 호소하다니 참으로 가증스럽다.

왜 우리는 같은 민족끼리 외국에서 이런 행동을 하는 사람이 많을까? 일심으로 단결해도 강대국에 끼여 살아남기 어려운 현실인데 참으로 개탄하지 않을 수 없다. 이는 앞에서도 말했듯이 일본의 식민지 수탈과 무관하지 않다. 그 점 잊지 말아야 한다고 생각한다.

아!
재패니즈 드림

아메리칸 드림American dream과 마찬가지로 버블 경제 이후 일본에 온 뉴커머들은 누구나 다 재패니즈 드림Japanese dream을 갖고 있다. 일본에는 '개같이 벌어 정승같이 쓰라'는 우리말처럼 무슨 짓을 하든지 돈만 벌면 장땡이라고 생각하는 사람이 많은 것 같다. 그리고 금의환향하는 꿈을 모두 꾼다. 돈을 벌어 잘살아 보겠다는 것은 인간의 본능인가보다.

나는 보통사람보다 늦게 공부를 시작했다. 그리고 대학원까지 다녔다. 그런 나를 주변에서는 다 흉을 보았다. "그 나이에 학교는 다녀서 뭣에 쓸려고? 빨리 돈이나 벌어! 정신 나갔군!" 맞는 말일지도 모른다. 그러나 누구나 꿈이 돈 버는 데만 있는 것은 아닌데 좀 서운한 맘도 든다. 늦깎이 공부는 정말 외로운 것 같다.

그리고 나는 '아저씨 유학생'이라는 소리를 많이 들었다. 나이 들어 유학하는 것이 결코 평범한 일은 아니다. 대학 때 여자 체육교수님은 "안타, 에라이네あんた、偉いね(당신, 대단해요)!"라고 말했다. 그러나 그것은 결코 칭찬하는 말은 아니었다.

또한, 타이완 여학생들은 나를 '교수님!'이라고 불렀다. 부르며 웃었으니 일종의 놀림이다. 하긴 내가 교수를 해야 할 나이에 학생이니 당연할 수도 있다. 나이 먹고 공부하는 것을 예사롭지 않게 보며 차별하는 것은 어느 나라나 마찬가지 같다. 그나마 일본 학생들은 나이보다 선후배 관계를 따지므로 좀 나았다.

그런 가운데도 주변에서 늦공부를 격려해 준 분은 대학원 때 지도교수님과 부전공 교수님, 교무과 직원 중 친구가 된 H 상이 있었다. 그분들은 "저는 부모님이 돌아가셔도 아무것도 한 것이 없습니다! 불효막심한 놈입니다!"라며 낙심하는 나에게 한결같이 "대신 좋은 글을 써서 여러 사람을 위해 큰일을 할 수 있잖아요?"라고 격려해 주셨다. 정말 감사하게 생각한다.

처음에 일본에 오는 사람들은 어느 나라 사람들이나 거의 다 유학비자로 온다. 그러나 유학이 끝나 비자가 끊기면 불법체류를 하거나 다른 비자를 만들어야 한다. 취업비자, 투자경영비자, 혼인비자, 종교비자 등이다.

일본은 이민을 받지 않는 나라이다. 정상적인 비자를 받아 취업하기는 참으로 힘들다. 그래서 불과 몇 년 전까지만 해도 불법체류자가 많았다. 한국 사람은 이제 불법체류를 하는 사람이 별로 없다. 그 이유는 단속의 강화에도 있지만 기나긴 불황으로 인해 이제 일본에서는 돈벌이가 안 되기 때문이다. 그러나 아직도 일본보다 돈의 가치가 떨어지는 중국이나 동남아시아, 중동 지역 사람들은 계속 늘고 있다.

일본에 온 외국인들은 대부분 돈을 벌려고 온다. 간혹가다 선진기술을 배우거나 아이디어를 배우러 온 사람도 있으나 그것도 결국 돈과 관련이 있다. 내 대학 동기 중에 "한국 사람들은 일본에 정말 공부를 하러 오거나 놀러 온 사람이 개중에 있지만, 우리 조선족이나 중국 사람은 100% 돈 벌러 와요! 한 사람을 일본에 보내기 위해서 전 친척이 돈을 긁어모으다시피 했으므로 빨리 돈을 벌어 송금하지 않으면 안 돼요."라고 말했다.

한국 사람 중에는 돈을 떠나 자존심 때문에 온 경우도 있다. IMF 때 우리나라는 이혼율이 높았는데 남편이 얼마나 미웠으면 "같은 하늘 밑에 살고 싶지 않아서 일본에 무조건 왔어요."라고 말하는 여성을 몇 명이나 본 적이 있다.

나는 고향이 강원도 산골이라 초등학교 때 한 학년에 두세 개 클래스밖에 없었다. 그런데 일본 땅에서 같은 초등학교 출신을 세 명이나 만났다. 한 명은 1년 후배이고 한 명은 2년 선배, 한 명은 10년 선배였다. 완전히 한동네 사람인 것이다.

'세상 참 좁구나!' 하고 느낀 사연은 또 있다. 스낵에서 옆에 앉아 있던 아줌마가 나를 보고 싱글싱글 웃었다. 그래서 마음이 철컹했다. '누구지? 내가 과거에 무슨 죄라도 지었나?'라는 생각이 들어 "저를 아세요?"라고 조심스럽게 물어보았다. 그랬더니 "네, 저 오빠를 알아요. 모습은 변했어도 목소리는 여전하시네요."라고 대답했다. 나는 아무리 생각해도 기억이 없는 여인이었다.

한참이나 뜸을 들이던 그녀가 "저 Y의 여동생이에요."라고 말했다. 20대에 서울 강남에서 같이 일했던 직장 동료의 여동생이었다. 그때는 중2였는데 언니를 마중 왔을 때 몇 번 저녁을 사준 적이 있었다. 벌써 30대 후반이 되어 못 알아보았다.

"언니는 건강해요?"라고 물었더니 "한 10년 전에 죽었어요."라고 대답했다. 나는 좀 충격을 받았다. 사원여행 때 같이 춘천에 가서 즐거웠던 추억이 주마등처럼 스쳐 지나갔다. 결혼해서 애 낳고 살다 병으로 저세상 사람이 되었다고 했다.

그녀도 결혼해서 애를 둘 낳았는데 남편과 이혼하고 일본에 왔다고 했다. 그리고 얼마 전부터 이 스낵바에서 일하기 시작했다고 말했다. 나이를 먹어 얼굴이 변해 몰라봤어도 목소리가 귀에 익어 자세히 보니 나였다는 것이다. 처음에는 자기 눈을 의심했단다. 그리고 설마 도쿄에서 나를 만날 줄은 몰랐다고 말했다. 어린 마음에 맛있는 것을 사준 내가 인상에 깊이 남아 지금까지 잊지 않고 있었단다. 그리고 처음으로 연정을 품었었다는 고백까지 했다.

또 한 명은 중국집에서 만났다. 한국 사람들은 세계 어디를 가도 한국식 중화요리를 먹는다. 그래서 짜장면, 짬뽕집이 일본에도 많다. 나도 짜장면을 좋아해 먹으러 갔는데 옛날 강남 직장 근처 단골집 주방장을 만난 것이다. 내 목소리가 컸는지 그도 나를 금방 알아봤다. 참 반가웠다. 그 뒤 나는 그가 있는 중국집을 한동안 자주 찾아갔다.

그 외에도 한국에서 알던 사람을 많이 만났다. 이제 이들은 거의 다 비자 때문에 돌아갔다. 힘들게 일본까지 와서 꿈을 이루지 못하고 쫓겨난 것이다.

일본에서 두 마리 토끼는 잡기 어렵다. 즉 공부를 하든지 돈을 벌든지 둘 중의 하나를 택해야 한다. 물론 거의 다 돈을 택한다. 그러나 돈이 어디 맘대로 벌어지나? 월급쟁이를 하는 편이 안정적인데 다들 욕심을 내다 빚을 진다. 즉 빚을 내서 사업을 벌여 실패하는 경우다. 신오쿠보에서 장사하는 사람들의 반 이상이 빚더미에 앉아있단다. 더구나 요즘 한·일 관계가 좋지 않으므로 더 심하다. 참으로 안타까운 일이다.

앞에서도 말했으나 처음에 내가 일본에 온 해인 1999년에는 일본이 한국보다 세 배 정도 물가가 비쌌다. 그러나 이젠 거의 같거나 역전되었다. 오히려 일본이 싼 것도 많다. 의류나 식료품이 그렇다. 앞에서 500엔 하는 런치가 있다고 했는데 500엔짜리 짜장면도 있다. 마사지도 요즘은 거의 다 1시간에 2,980엔이다. 우리나라보다 훨씬 싼 가격이다. 아무리 시장경제에 맡기는 세상이라지만 상도덕이라는 것도 있다. 너무 싸게 하면 같이 망하는 것이다. 실제로 500엔짜리 짜장면집은 다 망해서 이젠 거의 없다. 같은 민족끼리 싸우고 고생해서 일본 사람에게 다 갖다 바치는 꼴이다. 일본에 와서까지 일본인의 경제적 식민지 노예가 된 것이다.

우리나라 사람들은 해외에 나가면 정말 잠 안 자고 열심히 일한다. 그 예로 〈택시〉라는 프랑스 영화에서 트렁크에 자면서 교대로 운전하는 한국인이 묘사된 적도 있다. 그렇게 해서라도 성공하면 좋은데 그렇게 못한 경우가 더 많다. 참으로 안타깝기 그지없다.

어느 재일교포 노인은 "일본에서 일본 놈들에게 그렇게 수모를 당하면서 올 필요가 있나? 한국서 일하지 뭐하러 와?"라는 말을 했다. 더불어 "한국 여자들은 돈을 꿔주면 소식이 없어. 전에는 아버지가 돌아가셨다고 급하다 해서 돈을 꿔줬더니 이번엔 엄마가 돌아가셨다는 거야. 그래도 오죽하면 거짓말을 할까? 하고 또 꿔줬어. 그런데 난 한 번도 돌려받은 적이 없어. 이렇게 신용이 없어서야 어떻게 일본을 이겨?"라고 말했다. '자기는 같은 민족이 아닌가? 동족끼리 감싸기는커녕 무슨 말을 하는 거야? 여자에게 돈을 꿔줄 때는 뭔가 꿍꿍이가 있었던 것 아닌가? 그런데 어디다 하소연하는 거야?'라는 생각에 상대하고 싶지도 않았다.

그런데 사실 우리나라 사람들은 돈을 잘 꾼다. 조금만 친해지면 돈 이야기를 스스럼없이 한다. 그리고 우리나라 사람들은 계도 잘 만들고 보증도 잘 선다. 그래서 망하면 같이 망한다. 그래도 어찌 보면 이도 우리나라 사람들의 정 같다.

반면 일본 사람들은 부모와 자식 간이나 형제자매 사이에도 금전적인 면은 철저하다. 빌려주거나 빌리는 일은 거의 없고 보증은 더욱 안 선다. 돈과 사람 소개도 잘 안 한다. 보증을 서면 같이 망한다고 이미 사회적으로 인식되어 있기 때문이다. 그리고 돈을 빌리면 그 길로 인연을 끊는 것이 일본 사람들의 습성 같다.

일본 친구 중의 한 명은 "친구가 돈을 빌려달라고 하면 한 번은 떼일 생각하고 줍니다. 그게 내 맘도 편해요. 그러나 두 번은 없습니다."라고 말했다. 어찌 보면 그게 현명할지도 모르겠다.

일본에 대해서 속 깊은 자세한 정보가 없었기에 선배들이 겪었던 똑같은 실패를 되풀이하는 경향이 있다. 또 일본에 대해 정직한 이야기는 누구나 하기를 꺼린다. 겉은 번드레한데 속이 추잡한 경우가 많기 때문이다. 이제 우리는 일본과 거의 대등한 사회가 되었다. 숨길 것도 없다. 재패니즈 드림이라는 허상은 이제 더는 갖지 않는 것이 좋을지도 모른다.

CHAPTER 3

문화와 관념의 장벽

한국인과 일본인,
이런 면도 어렵구나!

우리는 지난 과거에 너무 연연한다. 가령 고구려의 땅이었던 만주를 회복해야 한다고 역사 시간에 가르치니 말이다. 옛날에 내 고향 군부대 앞에도 "만주회복!"이라는 간판이 만주 땅 지도와 함께 크게 걸려 있었다. 그런데 그게 어디 현실적으로 가능한가? 고구려가 언제적 나라인가? 망한 지 1300년이 넘지 않았는가? 꿈같은 소리를 하고 있는 것이다.

물론 세계가 인정해서 2000년 전의 가나안 땅을 찾아 이스라엘을 세운 유대 민족이 있다. 그러나 동북공정을 하려는 중국을 상대로 그게 가능할까? 북한조차 백두산을 반 이상 빼앗기지 않았는가? 연변의 조선족 교포들은 백두산을 중국식 이름으로 장백산이라고 부른다. 그들은 현실적으로 한국보다 중국을 믿는 사람이 더 많다고 느껴진다. 만주회복은 좀 비현실적인 것 같다.

과거에 연연하는 것은 국민성인지 나도 개인적으로 젊었을 때 그런 경향이 있었다. 어려서 전교 어린이회장을 했다는 둥, 젊어서 대기업에 있었다는 둥, 강남에 살았다는 둥, 친구 중에 자가용을 제일 먼저 샀다는 둥, 동생을 시골서 전학시켜 S대에 합격시켰다는 둥 취하면 과거에 연연했었다. 그러나 이는 아무 소용이 없다. 현실을 직시하고 순응해서 살아야 한다. 이 점은 옛날에도 술 깨면 항상 반성했었다.

일본에도 홈리스homeless(노숙자)는 많다. 그런데 그들 중에는 과거에 정말 대단한 사람이 많다. 그러나 과거는 아무 필요 없다. 일본 연예인 중에는 디스크가 150만 장 이상 팔린 초대형 스타가 50살이 넘어 식당에서 아르바이트하는 경우도 있다. 이혼했는데 부모가 함께 병에 걸려 재혼도 포기하고 더블 병수발을 하기 때문이었다. 젊어서 화려했어도 인생 후반에 불행이 겹친 경우다.

그런데 중요한 것은 일본 사람들은 과거는 전혀 보지 않는다는 점이다. 지금 현재를 중시한다. "우리가 미개한 너희에게 문화를 전해 주었지 않았느냐? 그래서 지금의 너희가 있다."는 식으로 과거만 말하는 한국이 한심스럽고 이야기 상대를 하고 싶지 않을 수도 있다. 더구나 일본 입장에서 보면 차관은 갚지 않으면서 과거사만 들추어내려는 한국이 미울 것이다. 사실 우리나라는 일본에 돈을 많이 꿔 쓰고 있다. 개인적으로도 이유야 어쨌든 돈을 빌리면 약해질 수밖에 없다.

그러나 우리로 볼 때는 독일처럼 과거의 침략을 사과하지 않고 망언이나 하는 일본이 괘씸하다. 이렇게 서로 엇갈리니 어찌 가까워질 수가 있겠나?

문제는 우리가 약하기 때문이다. 일본은 강자에게는 정말 꼬랑지 내린다. 미국이나 유럽 국가들을 중시하고 잘하는 것을 보면 안다. 그리고 개인적으로 일본인에게는 영어를 해야 꼼짝 못 한다. 한국말을 하면 째려보거나 노골적으로 조용히 하라고 화를 낸다.

나는 친구 가족이 일본에 여행 와서 아사쿠사浅草를 안내한 적이 있다. 시내버스에서 한국말로 관광지를 설명하는데 어떤 노인이 험악한 얼굴로 "떠들지 마!"라고 반말로 고함을 질렀다. 나는 굴욕을 느꼈으나 '여기는 일본이다! 참자!' 하고 이를 악물고 조용히 내리고 말았다.

또 옆방 노인이 나에게 무슨 원한이 있었는지 주인 할머니에게 말해 짓궂은 짓을 한 적이 있다. 어느 날 집에 돌아오니 방문에 '조용히 해!'라고 크게 쓰여 있었다. 나는 학교와 아르바이트에 바빠 집에는 잘 없는데 너무 어이가 없었다. 방을 소개한 사람까지 불러 뭐라 했다니 정말 열 받았다. 그러나 가난한 유학 시절이라 돈이 없으니 당장 나갈 수도 없었다. 억울해서 머리가 다 희어질 정도였다.

생각해 보니 얼마 전 그 노인이 방 열쇠를 잃어버렸다고 해서 "업자에게 연락하는 것이 좋지 않겠습니까?"라고 말한 적이 있었다. 그런데 그게 못마땅했었나? 그는 아마 젊은 내가 2층 창문으로 넘어가 방문을 열어주기를 바란 것 같았다. 그 외에는 아무런 이유가 없었다. 나는 그럴 시간도 없었고 그런 위험한 짓을 하고 싶지도 않았다. 내가 자기 의향대로 안 해 주었다고 치사한 짓을 한 것이다.

그 후로도 그는 이사하는 날까지 내가 집에 돌아가면 벽을 치고 라디오를 크게 틀며 잠을 못 자게 괴롭혔다. 나중에 주인에게 내가 한국인이었기 때문에 싫어했다는 말을 들었다. 그렇다면 내가 노랑머리에 파란 눈의 미국인이었다면 어땠을까? 감히 그러지 못했을 것으로 생각한다.

그런 예를 한 번 보았다. 하루는 전차를 탔는데 서양인이 위스키를 병나발 불며 영어로 뭐라고 큰소리를 쳤다. 그리고 조금 후에는 아무에게나 시비를 걸고 난동을 부렸다. 그런데 조용히 하라거나 말리는 일본 사람은 아무도 없었다. 일본에서는 전차에서 휴대전화만 받아도 모두 째려본다. 아예 끄거나 진동으로 하라고 수시로 방송도 한다. 내가 말리려고 했더니 일본 친구가 "유상! 괜히 사건에 휘말리지 않는 것이 좋아요."라고 말하며 제지했다.

우리나라에서 비슷한 경험이 있었다. 젊었을 때 서울 이태원에서 차를 운전하고 가던 중 정지신호에 섰다. 그런데 술 취한 미군 병사가 윗옷을 벗고 양팔을 벌리며 가로막았다. 그리고 내 차 보닛에 엎드렸다. 아마 택시들이 만취한 그를 보고 다 그냥 간 모양이었다. 내려서 비키라고 하니 주먹을 날리는 것이 아닌가? 반사적으로 피하며 그를 걸어 넘겼다. 그는 아스팔트 위에 나동그라졌다. 아무리 정당방위라지만 미국 군인을 건드렸으니 좀 귀찮아질 것 같아 겁이 났다. 그런데 사람들이 모여 나에게 "젊은이! 정말 잘했어요. 통쾌합니다. 우리나라를 깔보는 미국 놈 더 혼내주세요. 그리고 그 사람 아까부터 난동을 부려 신고해서 헌병이 오고 있으니 빨리 가요."라고 박수를 치며 모두 나를 감싸고 응원해 주었다. 이만 보아도 우리나라 사람들은 미국인이라고 굽히거나 모르는 척하는 사람은 별로 없는 것 같다.

일본인을 꼼짝 못 하게 하려면 영어로 말해야 한다. 나는 처음 교토를 여행할 때 금각사金閣寺 앞에서 무심코 무단횡단을 했다. 바로 경찰이 호각을 불며 다가왔다. 나는 얼른 영어로 "I'm sorry."라고 말했다. 경찰은 나를 빤히 보더니 그냥 돌아갔다. 아마 내가 한국말을 하거나 일본말을 했으면 귀찮아졌을 것이다.

일본 사람들은 일본어나 자기 나라말을 하는 아시아인은 무시한다. 영어를 하면 얌전해진다. 동경하고 잘 따른다. 그래서 영어권 출신은 초등학교도 못 나온 무식한 사람이라도 대학까지 나온 일본인 세레브(고급족) 애인을 간단하게 만들 수 있다. 우리나라의 서울 이태원 같은 거리가 도쿄의 롯폰기六本木다. 그곳에 가면 미국인을 만나 회화라도 하려는 일본 여성들이 넘쳐나고 있다. 어떤 미국인은 일본에 약 2년 정도 살면서 돈과 여자에 곤란한 적이 하루도 없었다고 고백했다. 그 정도로 일본 여성들은 영어만 하면 돈을 싸 들고 못생겼든 무식하든 관계없이 만나지 못해 안달이다.

결혼식만 봐도 그렇다. 일본의 젊은이들은 눈이 파랗고 코가 큰 서양 목사나 선교사가 교회서 주례를 서는 결혼식을 선호한다. 내가 아는 일본 교회는 일요일 낮에 예배를 드리지 않는다. 목사들이 모두 호텔이나 예식장에 주례를 서러 갔기 때문이다.

그러니까 일본인은 결혼은 교회서 하고 애를 낳으면 진자神社에서 시치고산七五三[1] 기념식을 하며 죽으면 화장하여 절에서 공양한다. 일본에는 종교법인 수가 무려 182,000여 개나 된다고 한다. 이를 비웃을 것이 아니라 이제는 '왜 그렇게 종교가 많이 생겼을까?' 하고 그들 입장에서 연구해야 한다. 그래야 진정한 일본을 알 수 있기 때문이다.

우리는 과거에 너무 연연하여 일본을 무시한다, 그러나 일본은 강자에 아부하고 약자는 멸시하기 때문에 우리를 무시한다. 일본은 세계에서 미국 이외에는 자기들보다 강자로 인정하지 않는다. 그래서 영어

---

1) 남자아이는 3살과 5살, 여자아이는 3살과 7살이 되는 해의 11월 15일에 예쁜 옷을 입히고 아이의 무사한 성장을 신사에서 기원한다. 우리의 백일, 돌잔치와 비슷하다.

로 말하면 꼼짝 못 하는 것이다. 일본은 중국과 러시아도 청·일, 러·일 전쟁에서 이겼다. 그러니 자기들 식민지였던 한국은 상대할 만한 가치도 못 느낀다는 식이다. 그러나 이들이 무턱대고 큰소리치는 것이 아니라는 점을 각성해야 한다. 이들은 잠재력이 있다. 그 점 무서움을 느끼고 대비해야 한다. 우리는 과거에 일본에 해 준 것에 연연하지 말고 현재의 힘을 키워야 한다는 것을 이들이 우리를 대하는 행동에서 간파해야 할 것이다.

앙갚음은
꼭 하는구나!

우리나라 사람들은 직선적이고 화끈한 것을 좋아하고 '빨리빨리'를 선호한다. 그리고 상대방이야 어떻게 생각하든 간에 싫고 좋음을 확실히 한다. 또한, 친구와 싸워도 화해를 하고 소주라도 한잔 같이 마시면 대개 서로 뒤끝은 없다.

그러나 일본 사람들은 그렇지 않다. 아무리 싫고 마음에 안 들어도 그 자리에서는 내색을 안 한다. 하지만 원한을 산 일이 있으면 화해를 하고 세월이 많이 흘러도 절대로 잊지 않는다. 이것을 일본말로 네니모쯔根に持つ(꽁하고 앙심을 품음)라고 한다.

일본 사람과 혹시 말다툼한 후에 화해했다고 해서 '이젠 괜찮겠지?'라고 생각하면 큰 오산이다. 그들은 겉으론 웃지만 몇 년이 지나도 절대로 안 잊고 있다가 복수를 하기 때문이다. 그래서 나는 백제의 앙갚음을 임진왜란에서 당한 것이 아닌가 하는 의문을 갖지 않을 수 없다. 일본인의 앙갚음에 대해서 내가 경험한 세 가지 예를 들어보기로 하겠다.

나는 일본어 학교 때나 대학에서 대부분의 선생님이나 교수님에게 사랑을 받고, 나도 존경심을 가지고 무난히 지내왔다. 그러나 한 분의 선생님과 두 분의 교수님들과는 마찰이 있었다. 그래서 일본이 싫어지고 한국으로 돌아가고 싶다는 생각을 수없이 했다.

첫 번째 이야기는 일본어 학교 때의 담임선생님과의 마찰 건이다. 내가 다니던 1급 반의 담임을 맡고 있던 분은 여자였다. 그분은 나보다 나이가 많고 경력도 풍부해 보였는데 수업을 너무나 성의 없이 했다. 가르쳐 주는 것은 없고 허구한 날 시험만 보았다. 이럴 바엔 비싼 돈 내고 일본까지 유학 올 필요가 없다는 생각마저 들 정도였다. 서울에도 일본어학원은 많기 때문이다.

나는 그때까지만 해도 일본에 온 지 1년도 안 되어 싫으면 금방 표현을 하는 성격을 버리지 못하고 있었다. 그래서 앞뒤 생각 없이 "선생님! 시험 좀 그만 보시고 진도를 나가면 안 되나요?"라고 말했다. 그 말을 한 후로 그 선생님의 나를 대하는 표정이 험악해졌다.

나는 '아뿔싸!' 했다. 그러나 이미 엎질러진 물이었다. 선생님은 꽤 자존심이 상했던 것 같았다. 나도 선생님의 고유 영역까지 상관했으니 좀 심했다고 반성했다.

그 후 약 6개월이 지나 일본어 학교 수료 직전에 장학금 수혜자 명단이 발표되었다. 나는 생활도 쪼들리고 해서 어느 정도 장학금을 기대하고 있었다. 그런데 게시판의 명단을 보니 내가 빠져 있었다. 아무리 보아도 내 이름은 없고 나보다 성적이 좋지 않은 학생들이 장학금을 받는 것이었다.

자랑하려는 것은 아니지만 나는 나중에 그 일본어 학교 역사상 처음으로 국립외국어대학에 합격했다. 성적으로 장학금을 준 것은 아닌 것 같았다. 아무래도 원인은 내가 약 6개월 전에 선생님께 의견을 제시한 점에 있는 것 같았다. '그 건의가 그토록 기분 나빴나?'라는 생각과 함께 '아무리 그래도 장학금으로 복수하다니 선생님이 너무 속이 좁구나!'라는 생각이 들었다. 그러나 '내가 자초한 화였으니 누굴 탓하랴?' 하고 단념하고 말았다.

'국립대학国立大学 합격비결'이라는 제목으로 일본어 학교 후배들에게 강연을 하러 갔을 때의 일이다. 다른 선생님들께서는 다 축하를 해주시며 반겨 주셨는데 담임선생님은 건성으로 인사를 받았다. 먼저 인사를 한 내가 오히려 무안해질 정도였다.

이를 보고 나는 '일본 사람들은 기분이 상한 일이 있으면 정말 꽁하고 잊지 않는구나!'라는 생각과 함께 '이제부터 일본 사람들에게는 열번 생각하고 말을 하자. 건의사항도 생각나는 대로 함부로 말을 해서는 절대 안 된다!'라고 결심했다.

두 번째 이야기는 대학 1학년 때 '영어 과목낙제에 대한 의혹'에 대해서이다. 대학에 입학해서 나는 두 개의 영어 클래스를 배정받았다. 하나는 작문, 하나는 독해였다. 어쩌다 입학시험을 잘 보았는지 레벨이 높은 클래스였다. 작문 교수님은 여자였는데 일본의 유명한 영어사전의 저자 중 한 분이었다. 그래서 나는 메이지학원대학明治学院大学 영어교수 친구가 입학 선물로 사준 영어사전을 들고 가 사인을 받기도 했다. 그 후 그 여자 교수님은 유달리 나를 기억해 수업시간에 지명하시곤 해서 공부를 하지 않을 수가 없었다.

그런데 독해는 좀 무뚝뚝한 표정의 남자 교수님이었다. 아니나 다를까 수업이 하나도 재미가 없고 지루하기만 했다. 수업 시간에 이분은 가르쳐 주는 것은 없고 숙제로 내준 번역을 앉은 순서대로 읽고 해석하게 하는 것이 다였다.

그래서 예습을 하지 않은 아이들은 수업 시작 벨이 울리기 전에 서로 뒤에 앉으려고 법석을 떨었다. 수업의 단순함에 질린 나는 하루는 참다못해 "교수님! 가끔 칠판에 좀 써 가며 직접 설명해 주실 수는 없나요?"라고 건의했다.

그랬더니 교수님은 "대학은 고등학교가 아닙니다. 스스로 공부해 와서 발표하세요."라고 말했다. 나는 할 수 없이 "예! 알았습니다!" 하고 순종했다. 일본어 학교에서 호되게 당한 교훈이 있었기 때문이었다.

그런데 화는 벌써 자초하고 있었다. 그로부터 약 10개월이나 지난 후 학년 말 성적표를 받아보니 영어 독해과목이 낙제가 아닌가? 너무 충격이었다.

나는 낙제를 도저히 이해할 수 없었다. 그래서 교수님 연구실로 찾아갔다. 그랬더니 교수님이 내 답안지를 보여 주었는데 빨간 글씨로 54점이라고 쓰여 있었다. 60점 합격인데 6점이 모자란 것이었다. 점수가 나쁜 문제를 보니 한 문제에 10점짜리 번역 문제가 몇 개나 2~3점으로 채점되어 있었다.

정답과 비교해 보아도 뜻에 그리 차이는 없는 것 같아 교수님께 다시 여쭤보았다. 그래도 교수님은 내가 쓴 답이 정답과 많이 다르다고 말하는 것이었다. 교수님이 그렇다는 데는 할 말이 없었다.

하지만 나는 "유학생에게 이런 정도 애매한 채점으로 낙제를 주시면 학교를 그만두라는 것입니까?"라고 따졌다. 그래도 소용이 없었다. 일본에서는 관공서 등에서 행정상 잘못이 있어도 그것을 번복해 고쳐주는 일은 거의 없다. 국립대학 교수도 국가 공무원이다. 그래서인지 고리타분하게 고지식하고 씨가 안 먹혔다.

일본의 공무원들은 관료의식과 엘리트의식에 젖은 사람이 많아서 그런지 자기의 잘못은 좀처럼 인정하려 않는다. 학교성적도 마찬가지다. 한번 낸 성적은 오기도 잘 고쳐주려 하지 않는다. 나는 과목을 포기했는데도 성적이 나와 학교와 끝까지 싸운 적도 있다. 그 교수님은 "이제라도 리포트를 내면 안 되겠나?"라고 말했다. 그러나 나는 "그럴 수는 없습니다."라고 대답했다. 나도 융통성 없이 곧이곧대로만 하려는 고지식한 면이 있기는 하다. 그러나 과목 포기 허락을 받고 리포트도 안 냈는데 확인도 없이 적당히 점수를 줬다는 것은 도저히 이해할 수가 없었다. 솔직히 말해 성적을 A를 줬어도 용납할 수 없는데 B였다.

할 수 없이 교수님 방을 나오면서 영어를 포기하는 수밖에 없다고 생각했다. 집에 와 곰곰이 생각해 보니 이건 학기 초에 교수님께 한 가지 제안을 했다가 거절당한 사건과 아무래도 관련이 있었다. 그때 교수님은 기분이 언짢았으나 내색을 안 하고 있다가 1년이나 지난 후에 영어 과목낙제라는 형태로 나에게 복수를 한 것이었다.

왜 그런 생각이 드는가 하면 이 문제를 선배들에게 상담했더니 "그 정도 점수면 유학생을 낙제시키지는 않아요. 영어는 부전공의 하나여서 이수하지 않으면 졸업을 못 하기 때문입니다. 유학생에게 낙제라니? 그 교수님에게 어지간히 미움을 산 것 아닙니까?"라고 말했다.

또 "유학생은 먼 이국땅까지 와서 아르바이트해 가며 힘들게 공부를 하므로 시간도 부족합니다. 그러므로 어지간해서는 낙제를 주지 않는 것이 관례입니다. 만약 유학생이 학교를 포기하고 귀국하면 국가 간의 이미지가 나빠질 수도 있습니다. 그렇기 때문에 어리석은 교수가 아니라면 그렇게까지 할 이유가 없어요."라는 것이었다.

덧붙여 "일본에 온 유학생은 일본어를 배우러 왔지 영어를 배우러 온 것이 아닙니다. 그래서 영어 성적은 그리 엄하게 하지 않는 것이 관례입니다." 그리고 다른 선배들도 "유학생이 영어과목 낙제를 받은 것은 지금까지 처음 보았습니다."라고 말했다.

더군다나 나는 1년간 결석, 지각 한 번도 없이 수업에는 성실하게 참가했었다. 결석도 많고 시험에서 커닝이나 하는 친구는 주의나 주고 합격을 시키며 나는 낙제라니? 이수안내에 보면 분명히 영어 독해과목의 성적 산출은 출석 점수 30%, 학기 말 성적 70%를 합산해서 최종 성적을 낸다고 쓰여 있었다.

그렇다면 나는 분명히 낙제는 아닌 것이다. 100% 출석으로 30점은 따고 들어갔으니 말이다. 그러나 다음 해엔 이수 안내책자에서 영어 독해과목의 성적산출방식 설명이 변경되었다. 이를 보아도 아무래도 나는 교수님의 수업방식을 참견한 것에 대한 보복을 당한 것으로밖에는 생각되지 않았다.

나는 심경이 복잡해졌다. 평상시에 완벽하게 공부를 안 하고 벼락공부로 대처한 나 자신이 괘씸하기도 했다. '성적이 월등히 좋았으면 이런 일도 없지 않았나?'라는 생각을 해서이다. 반성했지만 때는 이미 늦었다. 잠이 안 왔다. '학교를 그만둘까?'하고 고민도 많이 했다.

며칠을 고심한 끝에 영어 한 과목 때문에 학교를 포기할 수는 없다고 스스로 다짐했다. 여기까지 온 것이 너무나 억울해서라도 섣부른 행동을 해서는 안 된다고 생각했다. 그리고 부전공을 바꾸기로 결론을 내렸다.

그런 속 좁은 교수님을 또 1년간 본다는 것이 싫었다. 영어 작문 한 과목을 이수한 것이 아깝기는 했지만, 어차피 영어는 공부해서 나쁠 것이 없다고 생각했다. 나는 결국 중국어를 부전공으로 선택해 처음부터 다시 시작했다. 그 교수님 덕분에 중국어 기초를 배웠으니 지금은 고맙게 생각하고 있다.

세 번째 이야기는 일본어과의 젊은 교수님과의 트러블 건이다. 그 교수님은 독신이었는데 내가 1학년 말 때쯤에 결혼했다. 나하고는 처음엔 참 친하게 지냈다. 그 교수님의 혼자 사는 아파트에 가서 맥주를 같이 마시기도 했으니 말이다.

그런데 1학년 말의 신년 어느 날 교수님은 수업에 들어오시더니 다짜고짜 크게 화를 냈다. 이유인즉 지난주 토요일에 있었던 학교행사의 하나인 '카루타 대회'라는 일본식 카드놀이 행사에 유학생이 한 명도 안 나와 실망했다는 것이었다.

그러더니 이번 기말시험의 자기 과목은 유학생 전원을 낙제로 성적처리를 하려고 했으나, 부인이 말려서 점수는 준다는 식으로 말했다. '좀 심하시지 않나?' 하고 생각했다. 그래서 나는 교수님과는 친하므로 유학생들을 대변해서 "교수님! 정말 죄송합니다. 유학생들은 아르바이트에 바빠서 토요일이나 일요일에 있는 학교 행사에는 나오고 싶어도 어렵습니다. 그러니 양해해 주셨으면 합니다."라고 모두의 형이나 오빠의 입장에서 말했다.

그러자 교수님은 "아! 그렇습니까? 잘 알았습니다."라는 한 마디 후더는 말 안 하셨다. 그래서 "교수님이 내 말을 들어 주시는구나!" 하고속으로 기뻐했다. 수업이 끝난 후 유학생들에게 우리를 대변해 주어고맙다는 말까지 들었다.

그런데 그게 아니었다. 교수님이 내 말을 들어주었다고 생각한 것은혼자만의 어이없는 착각이었다. 이번에도 성적으로 앙갚음을 당했다. 2학기 성적표를 받아 보니 50점이었다.

나는 내 눈을 의심했다. 교수님을 우연히 식당에서 만났을 때 나는묻지도 않는데 "유상은 이번 시험에서 몇 문제의 정답을 다음 문제의 정답과 한 칸씩 잘못 썼더군요."라고 말했다. '말이나 하지 말지 일부러 불러 그런 변명을 하다니 너무 유치하군. 나를 무슨 바보로 아나? 교수라는 양반이 참 치사하다!'라고 생각, 울분이 터지려는 것을참았다.

다행히 나는 그 과목에서 1학기 때 90점을 받았기 때문에 낙제는면해서 무사히 진급할 수 있었다. 그러나 '일본 사람들의 복수심은 정말 굉장하구나! 앞으로 무사히 졸업하려면 조심하자'라는 생각을 하지 않을 수 없었다.

정말 속이 보였다. 교수라는 사람이 그때 그 한마디 때문에 성적으로 앙갚음을 하다니 믿어지지가 않았다. 아무리 생각해도 내가 무엇을 잘못했는지 알 수가 없었다. 더욱 한심한 것은, 그 교수님은 내가졸업을 할 때까지 복도에서 부딪혔을 때 인사를 해도 받지 않고 외면을 했다는 점이다.

지금까지 일본에 대해서 쓴 책들을 보면 써서 이익될 것이 없다고
생각되면 사실을 사실대로 밝히지 않는 경향이 있다. 내가 솔직하게
나에게도 별로 명예롭지 못한 일들을 밝히는 것은 우리나라 사람들
이 일본 사람들의 속을 이해하는 데 조금이나마 도움이 되었으면 해
서이다.

지금까지 우리나라와 일본은 어딘가 거리감이 있고 진심으로 가까
워지지를 못했다. 가장 큰 이유는 지금까지 서로의 문화나 관습을 이
해하려 하기보다는 경원하며 서로 자기의 주장만을 내세웠기 때문이
라고 생각한다.

내가 이 세 가지 경험에서 얻은 교훈은 일본 선생님이나 교수님들에
게는 무조건 "예, 알았습니다!" 해야지 반론을 제기해서는 절대로 손
해를 본다는 점이다. 그러니까 일본에 유학해서 무사히 졸업하고 싶으
면 말없이 참는 수밖에 도리가 없다.

그래도 우리나라 선생님들이나 교수님들이 한번 넘어간 일을 가지
고 1년이나 지난 후에 학생한테 성적으로 복수했다는 이야기를 나는
본 적도 들은 적도 없다. 어떤 후배는 한국에서 자기의 지도 교수님께
큰 잘못을 저질렀다고 한다. 그런데 싹 씻어 버리라고 하시면서 소주
한 잔 사 주시고 용서는 물론 성적도 좋게 주셔서 무사히 졸업했다고
했다. 참 부러운 이야기가 아닐 수 없다.

물론 이들 세 가지 예처럼 일본 교수님들이 다 속이 좁고 한국 교수
님은 다 속이 넓다는 이야기는 아니다. 일본 교수님 중에도 내가 존경

하는 분은 많다. 그분들은 사심도 없고 오로지 학문탐구에만 열중하는 진정한 학자이다. 저절로 존경하는 마음을 샘솟게 한다.

나는 처음에 일본에 와서 무언가 안 맞으면 '일본은 나와는 안 맞아!' 하고 생각한다든가, 어떤 한 사람에게 불만을 가지면 '일본 사람은 다 그래!' 하고 싸잡아 편견을 가졌다. 그러나 이는 잘못된 생각이다. 편견은 위험하다.

나라마다 그 나라 사람의 특성이 있다. 편견을 가지면 안 되나 그 특성이란 것을 이해는 해야 한다. 일본 사람을 한국적인 시각이나 습관적 차원에서 보고 대했기 때문에 나는 손해를 많이 본 것이다. 이를 극복하지 못하고 돌아가는 한국 유학생도 많이 있다.

그 후로 나는 일본 교수님들과 충돌을 하는 어리석은 짓은 안 하고 잘 지냈다. 위와 같은 경험을 통해 싫어도 싫다는 내색을 안 하고 자기의 감정을 다스리는 법을 배운 것이다. 그리고 서둘지 않고 시간을 들여서 서서히 자기의 뜻대로 만들어 가는 법도 배웠다.

일본인들의 처세의 특성은 한국인의 '빨리빨리'와는 달리 끈기와 인내 같다. 그리고 '네이모츠'라는 '꽁하고 잊지않는 성격'이 강하다. 일본인은 이런 점을 알고 상대해야 한다는 것을 나는 위와 같은 쓰라린 경험에서 터득한 셈이다.

한번 정하면
절대 번복하지 않는다

일본 사람들은 정말 융통성이 없는 사람이 많은 것 같다. 한 번 정하면 무슨 일이 있어도 번복을 안 한다. 일반 회사나 은행도 그렇지만 관공서는 절대적이다. 일본말로 유즈가 기카나이融通が利かない(융통성이 없음)라고 해서 많이 쓴다. 그것이 정직해서 좋은 것이라고 이해하려 하다가도 좀 심했다는 생각이 드는 일이 있어 몇 가지 소개하려 한다.

나는 대학 3학년 때 학내 내정이 되어 장학금을 받게 되어 있었다. 연 66만 엔이었는데 공부를 계속하기 위해서는 절대 필요한 돈이었다. 나는 늦게 공부를 시작했으므로 부모님의 송금을 기대하기는 어려웠다. 아니 내 나이쯤 되면 부모님을 모셔야 한다. 그래서 역으로 송금을 해야 하는데 어머니는 병이 들었으면서도 "돈 보내지 말고 학비에 보태 쓰거라! 물가도 비싼 나라에서 혼자 벌어서 늦공부 하겠다고 발버둥 치는데 학비를 보내주지 못해 미안하구나!"라고 말씀하시며 나를 응원해 주셨다. 부모님이 모두 돌아가신 지금 생각하면 지난날이 너무 후회스러워 눈물이 앞을 가린다.

장학금은 나에게는 정말 가뭄의 단비 이상 고마운 것이었다. 또한,

장학금이 있으면 아르바이트를 덜 하게 된다. 그런데 하늘이 도왔는지 대학 내 추천을 받게 되어 안심하고 있었다. 대학 내 추천을 받으면 거의 장학금을 받기 때문이다. 그런데 유학생과 직원의 실수로 문부과학성文部科学省에 내 이름을 누락시켜 올렸던 모양이다. 안심하고 있었는데 최종발표 게시판을 보고 내 이름이 없어 나는 깜짝 놀랐다.

유학생과에 갔더니 담당 직원이 "정말 이상하네요, 조사해 보겠습니다."라고 말했다. 며칠 후 연락이 와서 가보니 그가 갑자기 "정말 죄송합니다. 제 실수로 이름을 누락시켰습니다."라고 머리를 조아리며 사과하는 것이 아닌가? 나는 "공부는커녕 일본 땅에서 당장 굶어 죽게 생겼습니다."라고 엄살까지 떨며 다시 문부과학성에 올려 달라고 요청했다. 그는 "그렇게 하겠습니다."라고 대답했다.

나는 일말의 희망을 걸고 기다렸다. 그러나 일본의 행정은 참 늦기도 하지, 약 두 달이나 지난 후에야 안 되었다는 연락을 받았다. 나는 포기하는 수밖에 없었다. 자기들의 잘못인데도 일본에서는 통하지 않았다. 그 직원이 양심적으로 실수를 인정한 것은 참으로 훌륭하다. 감탄스럽기까지 하다. 그는 그 실수 때문인지 다음 해 전근을 갔다. 그러나 난 공부 대신 아르바이트를 더 할 수밖에 없었다.

또 한 번은 대학원 때의 일이다. 나는 아르바이트를 하다 깜박 잊고 장학금 면접시험에 좀 지각을 했다. 처음엔 늦어서 안 가려고 했으나 혹시나 하고 가 보았다. 그랬더니 역시나 이미 시간이 늦어서 면접시험을 볼 수 없었다. 장학금은 연 86만 4,000엔이었는데 그해 면접시험 본 유학생은 다 받았다. 참으로 억울한 일이 아닐 수 없다. 그러나 내

실수이니 어쩌랴. 일본에서 시간약속은 생명과 같다. 우리나라처럼 조금 늦는 것은 절대 용납이 안 된다.

그리고 일본에서 나이 만 40세가 넘자 가이고介護(수발) 보험료가 청구되었다. 그래서 나는 당시 기숙사가 있던 도쿄도 고다이라시 국민보험과에 일부러 갔다.

"나는 유학생이어서 학업이 끝나면 귀국합니다. 가이고보험 내가 일본에서 병들고 늙어야 받는 돈인데 좀 심합니다. 나이 많은 학생은 이런 것까지 내야 합니까? 선진국에서 평생교육은 말뿐으로 연령차별하는 것이 아닙니까? 나는 오히려 나이 먹었다고 장학금 혜택이 없어 생활이 더 곤란합니다."라고 따졌다. 그러나 역시 안 통했다. 그 직원은 나중에 귀찮았는지 후생노동성厚生労働省 전화번호를 가르쳐 주며 직접 전화해 보라고 했다.

그래서 나는 일본 정부 후생노동성에도 전화해서 약 1시간을 상담했다. 그러나 담당자는 "일본에 있으려면 일본법대로 따르고 청구된 돈은 내야 합니다!"라고 말했다. 말은 안 했어도 내기 싫으면 이 나라에서 나가라는 식이었다. 안 통했다. 융통성이 없었다.

그래서 나는 대학원 세미나에서 안건을 내 일본의 젊은 학생들에게 호소해 보았다. 결과는 "외국인 유학생에게 가이고보험료 징수는 부당합니다!"라고 모두 말했다. 일본의 미래를 짊어질 젊은 학생들이 조금은 나를 위로해 준 셈이다.

그러나 나는 1년간 가이고보험료를 내야만 했다. 그런데 그다음 해에는 가이고보험료 청구되지 않았다. 이를 보면 고다이라시의 착오인데 절대 고쳐주지 않았던 것이다. 후생노동성도 팔이 안으로 굽어서인지 같은 공무원끼리 감싸준 것이 아니고 무엇인가?

한 번은 병원에서 2시간을 넘게 기다렸다. 그런데 나중에 온 사람이 먼저 진료실에 들어가는 것을 보았다. 일본 사회에서는 보기 드문 일이다. 그래서 "내 차례는 왜 안 오고 늦게 온 사람이 먼저 진료를 받죠?"라고 물었다. 그랬더니 아니나 다를까 "그는 급한 환자예요."라고 퉁명스럽게 말하며 더욱 불친절했다. 그 병원은 피부과여서 급한 환자를 안 받고 순서대로 진료하는 곳이었다. 일본 사람들은 무언가 건의를 하면 더 싫어한다. 개선하려고 하지 않는다. 무조건 정한 대로 따라주기를 원한다.

또 한 번은 밤에 출근하다 K 시에서 버스를 잘못 탄 적이 있다. 버스가 출발하고 나서야 잘못 탔다는 것을 알았다. 그래서 바로 운전사에게 가서 "잘못 탔는데 좀 내려주세요."라고 말했다. 그런데 운전사는 "안 됩니다. 다음 정류장에서 내리세요."라고 말했다. 우리나라에서도 같은 일이 있었다. 그때 운전사는 웃으며 친절하게 바로 버스를 세워서 내려 주었다. 그러나 일본에서는 절대 안 통했다. 버스가 몇 미터 굴러가지도 않았다. 너무 융통성이 없었다. 일본의 버스 한 정류장 거리는 대개 우리나라보다 짧은 편이다. 그런데 그곳은 의외로 길었다. 내려 보니 밤이라 버스는 너무 뜸하게 오고 택시도 눈에 띄지 않았다. 뛰는 수밖에 없었다. 나는 그날 지각한 것은 말할 필요도 없다.

젊은 일본 학생들도 융통성이 없기는 마찬가지다. 유학생 기숙사에는 튜터tutor(조언자)제도가 있어서 일본인 학생들이 각층에 한 명씩 같이 생활한다. 그들의 임무는 유학생들의 시중을 들거나 보살피는 일이다. 나는 규율을 어기고 공부할 분위기를 방해하는 유학생이 있어 조처해 줄 것을 건의했다. 그는 공동 식당을 점거하고 친구들과 밤새 떠들고 술이나 마시며 청소도 안 했다. 정말 모두에게 피해를 주는 사람이었다. 그런데 튜터는 귀찮게 생각했는지 그 후 오히려 나를 미워하고 피했다. 나중에 들리는 말에 의하면 튜터는 모두가 참고 그냥 넘어가 주기를 바랐다고 한다.

이와 같은 일들을 통해 일본에서는 '한 번 규칙을 정하면 절대 번복을 안 한다'는 것을 나는 절실하게 깨달았다. 그리고 정해진 규칙은 그냥 따라줘야 좋아하고, 말을 하면 손해인 사회라는 것도 알았다. 일본에서 편하게 살려면 '그러려니!' 하고 지금까지의 관념이나 관습을 버릴 줄도 알아야 할 것 같다.

나이 차별하는
선진국

일본 사람들은 결혼에서는 나이 차별을 별로 하지 않는다. 젊은 여성이 자기 아버지보다 나이 많은 사람과 서슴없이 결혼한다. 그게 요즘 도시노사 겟콘年の差結婚(나이 차 결혼)이라고 해서 유행이라고 한다. 왜냐하면, 나이를 든 신랑은 수입이 안정되고 재산이 있어서 인기가 있단다.

그러나 구태의연한 일본 정부에서는 나이 차별을 한다. 예를 들면 국비 유학생의 연령제한이 만 35세까지이고 국립대학 전임 강사 응모 자격이 만 40세 미만이다. 우리나라는 공무원 시험의 나이제한이 경찰, 소방직 외에 거의 폐지되었다. 이 점에서는 우리가 한 발 더 앞서가는지도 모르겠다.

나는 30대 중반에 일본의 정규대학에 입학했다. 그래서 정말 자식뻘 되는 나이의 일본 학생들과 같이 학교에 다녔다. 그들은 고등학교를 갓 졸업했으니 대부분 만 17~18세였다.

그러나 우리나라 유학생은 여학생은 20대 초중반, 남학생은 20대 후반이 많았다. 남학생의 경우 군 복무를 마친 후에 유학을 오기 때문이다. 개중에는 30세를 넘은 학생도 있었다. 늦었지만 향학열이 솟

아난 경우다

그런데 우리나라 유학생들은 나이 차이가 좀 나는 나를 꺼렸다. 왜냐하면, 앞에서 자유롭게 담배를 피우기도 그렇고 술도 조심스럽게 마셔야 하기 때문이다. 이는 유교적인 관습 중에 웃어른에게 예의를 지키는 좋은 점의 하나이다. 일본 사람들도 우리나라 드라마를 보고 "한국 사람들은 윗사람 앞에서는 고개를 돌리고 술을 마시더군요. 참 인상적이었어요."라고 칭찬했다. 이처럼 외국인도 인정하는 우리의 좋은 관습은 지켜져야 한다.

그러나 이런 관습이 오히려 연장자를 따돌림 하기도 한다. 모임을 할 때도 나를 빼고 저희끼리 하는 경우가 많았다. 나는 이해를 했다. 아니 오히려 좋았다. 왜냐하면, 우리의 경우 한 잔 마시러 가면 나이 많은 사람이 돈을 다 내야 하고 또 이성 간에는 남성이 내야 하는 관습이 있기 때문이다. 요즘은 우리나라도 각자부담으로 많이 바뀌었다고는 하나 우리 나이 때는 대부분 연장자인 남자가 냈다.

그런데 일본 사람들은 마시러 가면 무조건 와리깡_{割り勘}(각자부담)을 한다. 그리고 나이에 상관없이 스스럼없이 대한다. 나는 처음에 일본 학생들과 같이 술을 마시러 갔다 정말 곤란한 적이 있었다. 4명에서 16,000엔 정도 나왔는데 내가 다 내려니 돈이 좀 모자라서였다. 그런데 한 애가 똑같이 나누자며 4,000엔씩 걷는 것이었다. 정말 이때는 속으로 '아이고! 망신살 뻗지 않아 천만다행이구나!'라는 생각과 함께 안도의 한숨이 저절로 나왔다.

복지국가일수록 고령자가 혜택을 받고 살기 좋다. 일본은 아시아 최고의 복지국가이다. 그런데 점점 연금이 줄고 의료 복지시설에 대한 예산이 적어지고 있다. 처음에 주던 유학생의 의료비 지원도 차츰 줄더니 이제는 완전히 없어졌다. 장학금도 많이 줄었다. 이는 일본 정치가들의 실정에 의해 정부 예산이 부족하기 때문인데 누구도 책임을 지지 않는다.

오히려 우리나라가 경제가 성장함에 따라 복지혜택이 늘어가는 느낌이다. 나의 아버지가 중풍으로 쓰러진 2년 후인 2008년부터 부분적으로 수발보험 혜택을 받았다. 이것이 없었다면 우리 형제들은 정말 힘들었을 것이다.

이제 평균수명이 일본, 한국 모두 80세를 넘었다. 곧 90세를 넘을 것이다. 있던 복지혜택도 줄면 그 나라는 거꾸로 가고 있는 것이다.

또한, 고등학교 때 정한 진로가 평생 가서는 안 된다. 정년 후의 제2의 인생도 생각해야 한다. 과거에 장, 차관이나 국회의원을 했다고 해서 정년 후에 수위를 하면 어떤가? 이제는 나이를 의식하거나 차별을 해서는 안 되는 시대가 되었다고 생각한다.

나는 일본에 유학하며 장학금 혜택을 별로 받지 못했다. 신청자격에 연령제한이 있었기 때문이다. 일본에서는 국비 장학금은 물론 민간 기업이 주는 장학금에도 대부분 연령제한을 둔다. 그래서 나는 석사 때 성적이 올A여도 장학금 신청도 못 해 본 곳이 많다. 아르바이트를 많이 하니 공부를 못하고… 악순환의 연속이다. 물론 늦게 공부를 시작한 내가 잘못인지도 모른다. 누구를 원망하랴!

혹 모집요강에 연령제한이 쓰여 있지 않아도 심사에서 제외하는 곳도 있다. 나는 일본 정부가 출자하여 운영하는 'T학생회관'이라는 기숙사에 응모했다가 떨어진 적이 있다. 그때 그들은 모집요강에는 쓰지 못하고 대학유학생과에 별도의 공문을 보내서 30세 미만을 추천해달라 했단다.

나는 아르바이트를 쉬어가며 응시했다. 몰라서 그랬지만 뻔히 떨어질 면접을 보러 갔던 것이다. 그들이 별도의 공문을 보낸 이유가 비슷한 나이끼리 국제교류를 하게 하기 위해서란다. 말이 안 된다. 나이가 많으면 국제교류가 안 되는가?

일본의 사회 분위기는 나이 차별이 없다. 같은 클래스에서도 아들딸 같은 일본 학생들이 한국 유학생들보다 오히려 스스럼없이 나를 대했다. 어느 여학생은 "저, 유상을 한국말로는 어떻게 부르면 좋아요?"라고 물어서 "오빠라고 불러요."라고 가르쳐 준 적도 있다.

내가 아마 우리나라에서 같은 나이에 대학에 붙었다면 다니기 어려웠을 것이다. 위에서 말했듯이 주변의 젊은이들과 적응이 안 되었을지도 모르기 때문이다.

약 30년 전인가, 서울대학교 법과대학이 정원 미달인 적이 있었다. 그때 검정고시를 본 늦깎이 학생이 배짱으로 원서를 접수해서 합격했다는 뉴스를 들었다. 그런데 얼마 후 그 학생은 적응을 못 하고 자퇴했다고 한다. 면학도 학력 레벨과 분위기가 따라줘야 지속되는 것이다. 반면 우리나라의 방송대학은 늦깎이 공부를 하기에 참 좋은 분위기이다. 학생들이 너무 진지하게 공부하므로 교수님들도 열심히 준비한다. 나는 그런 학업 분위기가 너무 좋았다.

그런데 이런 좋은 사회 분위기와는 달리 일본 정부는 늦깎이 공부나 취직을 외면한다. 물론 젊은 사람에게 장학금 혜택을 많이 주어 공부를 하게 하는 것은 바람직한 일이다. 그러나 정년퇴임 후에도 평균 수명까지 살려면 30년은 족히 넘는 세상이 되었다. 일본 정부에서는 각 시나 구청에 평생학습센터를 두고 있다. 사회적 분위기도 평생교육을 외치며 공부는 죽을 때까지 해야 한다고 강조한다. 그러나 말로만 외칠 것이 아니라 실질적으로 면학을 위한 장학금이나 국가공무원 시험 등에 연령제한을 두지 않아야 진정한 선진국이 아닐까?

남의 여자도
상관없네!

나는 술을 좋아해서 일본에서도 이자카야에 자주 갔다. 술 중에서는 맥주를 좋아하는데 소주는 일본에서는 잘 안 마신다. 소주는 한국 음식과 맞는 것 같다. 일본에서는 음식이 담백해서 그런지 물과 공기가 안 맞아서인지 소주를 마시면 금방 취한다. 그런데 한국에 가면 안주가 맞아서 그런지 매일 소주를 마셔도 몸에 아무 이상이 없다. 술과 음식은 정말 신토불이身土不二가 좋은 것 같다.

술은 취하려고 마신다지만 어느 정도 기분 좋은 상태를 유지하며 대화하는 것이 좋다. 그래야 스트레스도 해소된다. 그런데 술에 취하면 180도 변하는 사람이 있다. 말이 거칠어지고 행동이 폭력적이 된다거나 변태적으로 변하는 것이다.

내 일본 친구 중에는 술에 취하면 노골적으로 남의 여자를 빤히 쳐다보는 사람이 있었다. 한 번은 그와 술을 마시러 갔는데 내 이야기는 뒷전이고 옆자리의 파트너가 있는 여자 얼굴만 뚫어지게 쳐다보고 있었다. 우리 같으면 아무리 맘에 들어도 남의 여자는 뒤로 호박씨를 깔망정 그렇게 노골적인 표현은 안 한다. 나는 좀 놀랐다. 그리고 싸움이 날 것 같아 "한국에서는 그럼 안돼요. 상대방 남자가 알면 병 날아

와요."라고 말렸다. 겁주는 것이 아니라 우리나라에서는 사실이 그렇다. 나는 그때 '술 주사가 좀 별난 놈이다. 다음부턴 같이 마시면 안 되겠구나! 괜히 나까지 휘말리면 곤란하다.'라고 생각했다. 그런데 일본에 와보니 그런 것은 이곳에서는 전혀 문제가 되지 않았다.

나중에 그에게 "왜 그렇게 쳐다봤어요?"라고 물었다. "그 여자는 피부가 너무 희고 고왔어요. 반했어요. 일본 여자는 피부가 거칠고 털이 많은 사람이 허다해요."라고 대답했다. 일본 사람들이 우리나라 사람들보다 털이 많은 것은 사실 같다. 목욕탕에서 보면 털북숭이 사람들이 많긴 많다. 여성들도 피부미용실이 성업인 것을 보면 마찬가지인 것 같다. 이는 일본이 우리나라보다 습도가 높아서 땀샘이 넓어졌기 때문이다. 그래서인지 일본 남자친구들은 하나같이 한국 여자가 피부가 좋다고 부러워했다.

추운 나라일수록 피부는 희고 곱다. 햇볕에 타지 않고 땀을 별로 흘리지 않기 때문이다. 도쿄와 서울의 온도 차이는 겨울에 7~8℃ 정도로 서울이 낮고 여름에는 비슷해서 그리 큰 차이는 없다. 그러나 연평균 강수량의 차이가 약 500㎜ 정도로 한국보다 일본이 높다. 그리고 한국은 대륙성 기후라 건조한 날이 많고, 일본은 태평양성 기후라 습도가 높은 날이 많다.

일본이 습도가 높아 여름에 얼마나 더운지를 말해 주는 일화가 있다. 대학원 때 하루는 부전공 교수님이 수업에 들어와 "조금 전에 이란 학생이 연구실에 와서 '교수님! 일본의 여름은 너무 더워서 방학은 아직 시작하지 않았지만, 예정보다 빨리 귀국하고 싶습니다.'라고 말하네요. 일본이 이란보다 덥습니까?"라고 물었다. 모두 웃었다. 상식적으로 생각해도 적도에 가까운 중동의 사막 지역인 이란이 온도가 더 높다. 그러나 습도가 낮고 건조해서 그늘은 시원하다고 한다. 그런데 일본은 그늘도 더워서 숨이 막힌다. 이란사람이 말할 정도이니 체감온도는 이란보다 일본이 더 더운 것 같다.

땀을 많이 흘리면 피부가 거칠어진다. 그것은 운동선수들을 보면 안다. 피부가 고운 것은 세계 어느 나라 여성이나 다 부러워한다. 그런 분들은 요즘 세상에 복 받은 것이니 감사해야 할 것이다.

이야기가 좀 벗어났다. 내가 아는 상식으로 우리나라에서는 포장마차나 식당에 여자 친구와 같이 가면 누구도 말을 걸지 않는다. 특히 남의 여자에게 말을 걸었다가는 얻어맞기 딱 좋다. 그러나 일본에서는 남의 여자도 상관하지 않고 말을 붙이고 심지어 손을 몸에 대며 스킨십을 한다거나 춤까지 추자고 한다.

나는 식당을 경영할 때 주방장 아주머니와 스낵바에 한 잔 마시러 간 적이 있다. 요리에 대해 의논도 할 겸 경영자로서 직원에게 힘내자고 한턱내는 격이었다. 같이 간 스낵바도 한국 마마가 경영하는 곳인데 우리 식당의 단골손님이기도 했다. 그래서 답례로 팔아주는 의미도 있었다. 이를 일본말로 츠키아이付き合い(교제)한다고 한다. 일본 도심의 변두리나 시골에서는 이것을 하지 않으면 한 동네서 서로 장사하기 힘들다.

바에 앉아 둘이 한잔하며 중요한 이야기를 하는 중이었다. 주방장 옆에 앉은 노인이 자꾸 그녀에게 말을 걸어왔다. 무시하니까 이번에는 주방장의 어깨를 짚고 자기를 보라고 했다. 나는 너무 화가 나서 "당신, 지금 뭐하는 행동입니까?"라고 경고를 했다. 그런데 스낵바 마마가 "일본에서는 남의 파트너도 맘에 들면 말을 거니 참아요. 그 정도로 뭘 그렇게 화를 내요?"라며 오히려 나를 나무랐다. 일본에서 장사하니까 그 사람을 더 중요시한 것 같았다. 기분이 나빠 우리는 그냥 나오고 말았다.

그런데 그런 일이 또 있었다. 하루는 일본 여자친구와 집 근처의 식당에 갔다. 안에는 몇 명의 노인들이 앉아 있었는데 자꾸 우리를 쳐다보았다. 아니, 여자라고는 내 친구밖에 없었으니 그녀를 쳐다본 것이었다.

그런데 조금 후 한 노인이 "거참 좋은 여자군. 이리 와서 한잔해요."라고 말하는 것이 아닌가? 너무 엉큼하고 노골적으로 여자를 밝히는 인상의 노인이었다. 참 기가 막혔다. 그런데 더욱 한심한 것은 그녀가 나를 두고 그쪽으로 가서 한참을 마시다 왔다는 점이다. 아무리 친구지만 내가 두 번 다시 그녀와 술을 마시는 일은 없게 되었다. 우리나라였다면 내 상식으로 있을 수도 없는 일이었다.

또 한 번은 아는 마마와 스낵바에 가서 술을 마시는데 노래를 하던 남자가 우리에게로 왔다. 그러더니 느닷없이 마마의 팔을 잡고 나가 블루스를 추는 것이었다. 참 황당했다. 부인일지도 모르는데, 남자가 같이 있는 여자를 잡고 춤을 추다니 우리나라 같으면 대판 싸움이 났을 것이다.

어느 날, 한국어를 배우는 여제자와 한 잔 마시는데 덴쵸店長(지배인)

가 오더니 "저쪽 테이블 손님이 여자 분을 좀 보자고 합니다."라고 말했다. 쳐다보니 야쿠자(폭력배) 같은 사람이었다. 나는 정중하게 거절하라고 시키고 나오고 말았다.

내 기억으로는 남의 파트너에게는 말을 걸지 않는 것이 우리나라 사람들의 매너다. 정 맘에 들면 남자가 화장실 갔을 때를 기다렸다가 몰래 쪽지를 건넨다. 그리고 난파ナンバ(헌팅)를 해도 여자 혼자 있다거나 여자끼리 있는 경우에 하는 것이 상식이다. 여자도 파트너가 있으면 다른 남자에게 눈길을 주지 않는다. 그게 매너이기 때문이다.

그런데 알고 보니 일본의 이자카야나 스낵바는 안에 있는 사람이 모두 스스럼없이 대화하고 사귀며 즐기는 곳이란다. 남의 파트너도 상관없단다. 내가 너무 한국적인 시각으로 보았는지 몰라도 이 점은 이해할 수가 없다.

더 가관인 것은 남의 부인의 메일주소를 남편 앞에서 대놓고 묻는 사람도 있다는 점이다. 남편도 자신 있으면 해 보라는 식이다. 이자카야에서는 임자가 있어도 상관없이 유혹하는 것이 당연한 문화였다.

일본이 우리보다 먼저 서양문명을 개방해서 성이 좀 문란하다는 말은 들었다. 편의점이나 서점에 가도 포르노 잡지가 진열되어 있으니 애들도 쉽게 본다. 그래서 이성에 대한 접촉이 스스럼없고 자연스러워진 것일까?

식당을 경영할 때 어느 날 단골 여성이 술에 취해서 말했다. "이탈리아 음식점 쿡을 사귀고 있어요. 그런데 오늘 그의 레스토랑에 갔더니 아무도 없는 가게에서 시집간 내 딸을 안고 키스하고 있었어요. 내가 갔는데도 취해서 딸에게 계속 스킨쉽을 하더군요. 나도 같이 마시고 왔어요." 사귀는 여자 앞에서 그 여자의 딸에게 그런 행동을 하다니 참 욕이 나온다. 그런데 그걸 보고 아무 말도 없이 같이 마시는 엄마는 또 뭐 하는 사람인가? 딸을 중학교 때부터 딸의 남자친구와 한집에서 동거시키고 낙태도 시켰단다. "어차피 어린 딸이 동거한다면 부모와 같이 사는 것이 낫잖아요?"라고 말했다. 우리가 생각하는 상식으론 도저히 이해가 안 된다. 그러나 이들에겐 별로 대수롭지 않은 것 같았다.

나는 일본의 술집, 특히 이자카야와 정서가 맞지 않아 지금은 이성과 가는 것은 절제하고 있다. 괜히 기분을 상하게 되기 때문이다. 그러나 '일본을 진정으로 알려면 그 정도 이해하려는 노력이 있어야 하지 않을까? 그까짓 춤 정도야 어떤가? 같이 한 잔 마시는 정도 이해해야지. 메일 교환해도 바람만 안 피운다면야!'라고 생각을 고쳐보려고도 했다. 그러나 아무래도 난 거기까지는 힘들 것 같다.

장사에서는
부인도 팔아야 돈을 버나?

도쿄의 변두리 오메시에서 한국식 왕갈비 집을 경영할 때의 일이다.
마침 대학 동기의 어머니가 한 정거장 떨어진 곳에서 스낵바를 경영하
고 있었다. 그래서 나는 영업이 끝나고 가끔 술을 마시러 갔다.

하루는 동기의 어머님이 "이 동네에는 참 재미있게 장사하는 곳이
있어."라고 말했다. 나는 궁금증이 발동해서 "어떻게 장사하는데요?"
라고 물었다. "한국 사람이라면 도저히 이해할 수 없는 일인데 일본
사람들은 대수롭지도 않게 생각하는 일이야. 아니 장사를 위해서는
오히려 당연하다고 생각할지도 모르지. 바로 부인을 미끼로 장사하는
집이야."

나는 더욱 궁금해져서 "도대체 무슨 말입니까?"하고 말을 재촉했다.
"남편은 주방 일을 하고 부인은 기모노着物(일본 여자의 전통 옷)를 입고
홀에서 서빙을 하는데 부인이 손님 옆에서 에로틱한 시중을 들어. 즉
술 취한 손님에게 자기의 가슴이나 은밀한 곳을 만지도록 하는 것이
지. 기모노는 원래 엉덩이에 팬티 자국이 나므로 노팬티로 입어. 그것
을 잘 이용하는 거야. 그래도 남편은 일부러 모른 척을 해. 그런데 가
슴을 만지면 10,000엔, 은밀한 곳을 만지면 20,000엔이 술값 계산할

때 추가가 돼. 그렇게 해서 10년 새에 집을 세 채나 샀데."라고 말했다. 나는 우리 상식으로는 도저히 이해가 안 돼서 "에이, 설마 그럴 리가 있나요?"라고 대꾸했다. 그랬더니 "내 말이 정말인가, 거짓말인가, 못 믿겠으면 한 번 가봐."라고 말했다.

나는 호기심이 발동하여 며칠 후 우리 가게에 숙식하고 있던 대학 선배와 둘이 가보았다. 그런데 그 말이 사실이었다. 벽이 없이 트인 다다미疊(일본식 돗자리) 방에서 서빙을 보는 아가씨가 나에게 술을 따라주는데 주인 마담이 다가왔다. 그러더니 "에이! 너무 재미없게 술을 마시네. 얌전한 양반이구먼!" 라고 말하더니 슬며시 내 손을 잡아 옆의 여자 가슴에 넣어주는 것이었다. 뭉클한 촉감에 나는 깜짝 놀랐으나 내 손을 계속 누르고 있는 마담의 성의를 생각해 가만히 있었다. 솔직하게 말하면 나도 남자인지 싫지 않은 기분이었다. 분위기도 익어 선배와 같이 호탕하게 웃으며 즐겁게 술을 마셨다.

그런데 나중에 계산할 때 보니 술값 외에 선배의 분까지 정말 20,000엔이나 가산되어 있었다. 이런 경우 대부분의 남자는 자기가 진 죄가 있어 군말 없이 돈을 낸다. 그런 심리를 주인 마담은 잘 이용하고 있었다.

나는 주방의 남편을 쳐다보았다. 그는 흰 요리 모자를 눌러쓰고 묵묵히 회를 썰고 있었다. 주방이라고 해도 카운터바 식이라 홀이 훤히 다 보였다. 홀의 행동을 모를 리가 없었다. 참으로 그 일본 남편 속을 이해하기 어려웠다. '돈이 부인보다 그렇게 중요한가? 저 양반은 남자 자존심을 아예 무덤에 버렸나 보구나!'라고 생각되었다.

내가 인수하기 전에 우리 식당의 전전 주인은 조선족 교포였다고 한다. 그들도 부인이 홀을 보고 남편이 주방을 보았다고 한다. 그런데 장사가 잘 안되자 부인이 미인계를 좀 썼단다. 즉 가슴이 깊이 파인 옷을 입고 손님 삼겹살을 구워주었던 것이다. 아니나 다를까, 부인의 가슴이 훌륭했던 탓에 그곳을 보는 재미로 남자 손님이 많이 늘어 장사가 번창하기 시작했다고 한다. 그런데 하루는 주방의 남편이 냄비를 던지고 부인을 프라이팬으로 때리며 대판 싸움을 했다고 한다. 물론 얼마 후 가게 문을 닫았다고 한다.

남편은 참다, 참다 감정을 억누르지 못하고 부인을 때렸을 것이다. 그러나 부인 입장에서 보면 타국에서 가족이 어떻게든 잘살아 보려고 그런 아이디어를 내며 노력을 했을 것이다. 남편이 주방에 있는데 좋아서 그런 일을 하는 부인은 절대 없을 것이기 때문이다. 참으로 안타까운 일이다.

우리 민족은 조선족이든, 재일교포든, 재미교포든, 한국 사람이든 다 마찬가지 같다. 부인에게 그런 일을 시키려는 남편은 없다. 하지만 IMF 시대 이후 우리나라도 조금은 인식이 바뀌었다는 이야기를 들었다. 즉 과거에는 상상도 못 했던 부인의 야간 외출도 남편이 간섭을 못 하는 집이 늘었다는 것이다. 그래도 남의 남자가 자기 부인을 만지는 현장을 보면 못 참는 것이 한국 남편들이다. 그런데 일본 남편들은 같은 경우 대부분 모른척한다고 한다. 장사를 위해서는 부인도 팔 수 있다는 이야기이다.

그런데 일본에 오래 산 우리나라 여자들은 거의 다 위와 같은 방식의 이자카야 부부를 이해할 수 있다고 말했다. 어떻게 해서든 돈만 벌면 장땡이라는 것이었다. 물론 우리나라 남자들은 "굶어 죽으면 죽었지 그런 꼴을 어떻게 봐요?"라고 하나같이 말한다. 도둑놈 소굴에 들어가면 도둑질을 하는 것이 당연하다. '괴도 뤼팽'이나 '홍길동'처럼 해야 훌륭하고 영웅시되는 것이다. 그러나 그들은 소설이나 만화에나 등장하는 인물이다. 아무리 불쌍한 사람들에게 나눠 준다고 해도 남의 돈을 훔치면 도둑질이다. 도둑질하는 사람은 영창에 보내야지 표창장을 줄 수는 없는 것이다.

우리나라도 불과 얼마 전만 해도 노름에서 부인을 잡히고 했다는 예는 있다. 그리고 '해동죽지 탁견희' 편에 조선 시대에는 사랑하는 여자나 부인을 걸고 택견 시합을 했다는 기록이 있다. 그러나 바로 옆에서 외간남자에게 자기 부인을 만지게 하는 남편이 있다는 예는 들은 적도 본 적도 없다.

일본 사회에서 잘살려면 부인에게 그런 일을 시켜도 된다고 하는 사람이 많으니 나도 혼란스럽다. 하도 들으니 어느 쪽이 맞는 말인지 모를 때가 있다. 그래서 나도 일본에 사니 일본식으로 생각을 바꾸려는 노력도 해 보았다. 그러나 과연 막상 내가 같은 일을 당했을 경우 이해할 수 있을지는 아직 미지수다.

부인에게
너그러운 일본 남편들

나는 한국 남성으로서 일본 남편들에게 놀란 일이 있어 몇 가지 소
개하고자 한다. 오리노상에게 소개받은 미야타宮田상이 친구 요시다吉
田상과 한국에 놀러 온 적이 있다. 당시 나는 일본 친구를 소개받으면
성심성의껏 우리나라 관광 안내를 해 주었다. 그게 마음에 들었는지
그들은 한국에 올 때마다 나를 찾았고 또 많은 친구를 소개해 주었
다. 어떨 때는 미야타상의 여동생이 친구와 나를 찾아온 적도 있었다.

일본유학을 하기 1년 전 일본에 갔을 때 나는 요시다상을 찾았다.
미야타상은 당시 결혼해서 남편과 함께 네덜란드에 가서 살고 있었다.
남편의 해외 전근에 가족이 같이 간 것이다.

요시다상 부부는 나를 반갑게 맞아 주었다. 부부가 함께 결혼 전에
도 후에도 한국에 놀러 온 적이 있었기 때문이다. 도쿄의 명동明洞이
라는 긴자 미쓰코시三越 백화점 앞에서 저녁을 대접받고 기타센쥬北千
住 아야세綾瀬에 있는 그들의 신축 신혼집에까지 초대를 받았다. 그리
고 밤늦게까지 술을 마셨다. 술자리가 끝나고 나는 1층에서 자고 부
부는 2층에서 잤다.

그런데 새벽에 남편이 나를 깨웠다. "유상! 저는 일이 있어 먼저 일

찍 나갑니다. 천천히 푹 쉬다 가세요!"라고 말하는 것이었다. 그를 배
웅하고 좀 더 자는데 이번에는 요시다상이 "유상! 아침밥 먹으러 나가
죠?"라며 나를 흔들어 깨웠다.

일본의 젊은이들은 집에서 아침밥을 대개 안 먹고 출근한다. 그리
고 역 근처에서 커피와 토스트 정도를 먹거나 거른다. 요시다상 부부
는 구청의 공무원이다. 남편은 그날 일이 있어 새벽부터 나갔으나 부
인은 나를 위해서 일부러 늦게 출근한 것이었다. 나는 곰곰이 생각해
보았다. '혹시 내가 반대 입장이었다면 과연 술 취한 외국인을 신혼인
새색시와 함께 집에 두고 출근할 수 있었을까?' 좀 어려울 것 같았다.

그 후 미야타상 부부가 7년간의 네덜란드 생활을 마치고 귀국해서 도
쿄도 히노시日野市에 살았다. 그녀 부부는 해마다 그녀의 모교인 츄오中
央대학에서 벚꽃놀이를 했다. 츄오대학은 산 중턱에 자리한 우리나라 서
울의 대학들과 많이 닮았다. 도쿄는 일본에서 제일 넓은 관동평야関東
平野에 자리 잡고 있다. 그래서 도쿄의 대학들은 대부분 넓은 평지에 있
다. 그러나 츄오대학은 도쿄가 끝나가는 서쪽 야산 중턱에 있다.

나는 이 대학에서 우리나라의 서울대학이나 중앙대학, 국민대학 등
강의실을 이동하려면 헉헉대야 하는 이미지를 느꼈다. 그리고 입학식
때 보니 시골에서 올라온 듯한 부모님과 시로몬白門[2]에서 사진을 찍

---

2) 도쿄대학의 상징적인 문이 아카몬(赤門)이다. 도쿄대학은 처음에 설립취지가 정부관료 양
성에 있었다. 즉 국가공무원을 키우는 것이 목적이었다. 특히 도쿄대학 법학부에 합격하는
것은 권력의 상징이다. 아카몬에 들어갔다고 하면 도쿄법과대학 법학부에 들어간 것을 의
미하므로 다 우러러보는 것이다. 일본의 사립대학에서 법과대학이 유명한 것은 츄오대학이
라고 한다. 그래서 시로몬(白門)에 들어갔다고 하면 이 대학의 법학부에 합격했다는 뜻이라
고 한다. 지금은 전 학과의 상징적인 문이 되었다.

는 장면이 많이 보였다. 나는 그게 너무 보기 좋았다. 이도 우리나라 정서와 너무 닮았기 때문이다. 일본의 국립대학 입학식에서는 부모와 자식 간, 혹은 조부모와 손자 간의 그런 훈훈하고 정이 넘치는 장면을 본 기억이 별로 없다.

츄오대학의 벚꽃은 매우 아름답다. 사실 일본 대학의 벚꽃은 모두 아름답다. 대학의 역사가 다들 100년이 넘고 벚꽃이 일본의 국화여서 일찍 심었기 때문이다.

히토츠바시—橋대학은 벚꽃길이 2㎞가 넘는다. 미야타상의 남편이 나온 도쿄대학도 말할 필요도 없이 벚꽃이 아름답다. 그런데 남편은 츄오대학 벚꽃이 최고라며 부인을 치켜세워주었다. 정말 약간 경사진 곳에 앉아서 벚꽃을 바라보며 술을 마시면 세상이 온통 환상적으로 보였다. 다른 곳의 벚꽃놀이는 걸어가며 꽃을 봐야 하는 곳이 많고 또 사람이 너무 많아 고생만 하기 일쑤다.

그런 중요한 가족이 단란하게 모이는 자리에 미야타상은 항상 나를 초청했다. 나는 술을 좋아해서 몇 번 같이 즐겁게 마셨다. 그런데 가끔은 '여기가 과연 내가 낄 자리인가?'라는 생각이 들었다.

미야타상은 "유상! 전혀 관계없으니 신경 쓰지 마세요!"라고 몇 번이나 말했으나 남편이 어떻게 생각할지 좀 미안했다. 여기서도 '나라면 과연 마누라 남자친구를 불러 해마다 가족끼리 오붓하게 보낼 때 술을 같이 마실 수 있을까?' 하고 자신에게 물어보았다. 답은 역시 힘들다는 것이었다. 그래서 그 후로 나는 초대를 받아도 핑계를 대고 가지 않고 있다.

우리나라에서는 예부터 이성 간의 친구는 어렵다는 말이 있다. 그리고 결혼하면 옛날 이성 친구의 이야기는 절대 서로 하지 않는다. 그것이 우리의 매너다. 그러나 미국영화를 보면 몇 번이나 결혼한 부부가 전남편이나 전처를 현재의 남편이나 아내에게 스스럼없이 소개하는 장면이 많이 보인다. 역시 서양문물을 우리보다 빨리 받아들인 일본은 우리와 다르다는 생각을 하지 않을 수 없었다.

오리노상은 미치에짱과 같이 한국에 왔던 농림성의 사토상 여동생과 결혼했다. 사토상은 나와 재회하기도 전에 암으로 저세상 사람이 되고 말았다. 처음 회현고가도로 밑에서 눈물로 우정을 나눈 친구인데 안타깝기 그지없다.

오리노상은 취미가 일본의 당시 톱 가수 나카모리 아키나中森明菜의 노래를 듣는 것이었다. 그의 방에 가보면 부인과의 결혼사진은 안 보이고 나카모리 아키나 사진으로 도배되어 있었다. 그래서 부인에게 물어보았다. "기분 나쁘지 않으세요? 결혼사진은 없고 아이돌인 아키나 사진뿐이니…" 그러자 부인은 "개인적인 취미인데 어때요?"라고 대답했다. 참 관대하다는 생각이 들었다.

하루는 고베神戸에 간 김에 그들이 사는 오카야마岡山에 가려고 오리노상에게 연락을 했다. 그런데 연결이 되지 않았다. 그는 전에 자기가 혹시 출장 중이면 집에 가서 자라고 말한 적이 있다. 부인도 괜찮다고 부담 없이 연락하라고 했다. 나는 오카야마岡山에서 가까운 세계유산인 히메지성姬路城까지 갔으나 오리노상 집에 가는 것을 포기하고 말았다. 일본 사람들은 친한 친구는 믿는 것 같다. 그러나 나라면 출장 중에 친구를 부인과 둘이 집에서 묵으라고 하기는 어려웠을 것이라고 생각한다.

일본에서 한류 붐이 일어나면서 한류 스타가 일본에 오면 옷카케[3]를 하는 여성이 많다. 어떤 여성은 지방에서 올라와 며칠씩 밤을 새운다. 그래서 나는 궁금해졌다. '가정주부가 집을 며칠씩 비우면 남편은 뭐라고 할까?'라는 생각에 이자카야에서 술을 마시다 친해진 옆자리 남자에게 물어보았다. 그리고 몇 명의 친구들에게도 물어보았다.

"취미인데 좋지 않아요?"

"집에만 있지 말고 주부도 가끔 스트레스를 풀어야지요"

"난 잔소리를 안 들어서 너무 편해요"

"난 이때다! 하고 찍어둔 스낵바 마마를 만나러 가요."

라는 대답을 들었다.

나의 한글 제자 중에는 온천 사우나에 중독이 된 사람이 몇 명 있다. 그녀들 중에는 몇 달씩 집에 안 들어가고 아예 사우나에서 먹고 자고 살림을 차린 사람도 있다. "아니 남편과 자식은 어찌하고 그렇게 살아요?"라고 물었다. "알아서들 밥해 먹고 잘 살아요."라고 마치 남의 일처럼 이야기했다. 그리고 가끔 사우나에 남편이 만나러 온다고 덧붙였다.

어떤 부인은 매일 사우나에서 자고 아침부터 술에 취해 있다. 그래도 75세를 넘은 남편이 재혼인데 그녀가 데려온 서른이 넘은 히키코

---

3) 일본말의 오이가케루(追い掛ける: 쫓아다니다)의 준말. 스타가 가는 곳은 다 따라다닌다는 말.

모리引き篭もり(방콕)인 남의 자식 밥도 해 주며 내버려 두고 있었다. 우리 상식으로는 좀 이해하기 힘들었다.

일본 남편들은 부인에게 이처럼 관대하다. 나는 일본 남편들을 보고 유교적인 속박만 받던 우리 어머니들이 생각나 가슴이 아팠다. 더불어 '우리의 어머니들은 그동안 너무 남편에게 구속당하며 인생을 즐기지도 못하고 자식들을 위해 희생만 하다 가셨구나!'라는 생각에 너무 가엾다는 생각을 했다.

당신, 비자 때문에
나와 결혼했어?

우리나라 여자들이 일본에서 결혼해서 살다 남편에게 가장 많이 당하는 설움 중의 하나가 바로 "당신! 비자 때문에 나와 결혼했어?"라는 말이다. 앞에서 말했듯이 일본에는 일본 남자와 한국 여자의 결혼 커플이 많으므로 대개 여자들이 당하는 설움이다.

내가 아는 스낵바 마마 한 분은 일본 남자 둘과 결혼해서 각각의 애를 한 명씩 낳았다. 첫 남편과 헤어진 이유는 딸을 낳았는데 애 출생신고를 하려고 혼인신고를 하자고 했단다. 그랬더니 남편이 다짜고짜 "당신, 비자 때문에 나와 결혼했어?"라고 말했다고 한다. 우리나라 여자들은 자존심이 강한 편이다. 그 마마도 못 참고 "당장 애와 굶어 죽어도 너와는 안 살아, 이 X새끼야!"라고 욕하고 그날 밤에 애만 둘러업고 무작정 집을 나왔다고 한다.

그리고 얼마 후 자기에게 호감을 가지고 있던 노인과 재혼해서 아들을 낳았는데 그는 첫애도 자기의 딸로 같이 호적에 올려주었다고 한다. 그런데 처음에는 상냥하던 노인이 어느 날부터 생활비도 안 주고 첫 남자와 같은 말을 해서 두 번째 남자와도 헤어졌다고 한다. 지금은 애들이 모두 일본 국적이어서 모자가정의 정주 비자를 받아 혼자 키우고 있다고 말했다.

나는 이런 예를 몇 명 보았다. 그래서 한때는 '우리나라 여자들이 왜 일본까지 와서 그런 수모를 당하지?' 하고 정말 이해가 안 갔다.

그녀는 "제 고향은 강원도 정선 산골이에요. 집이 가난해서 중학교만 겨우 졸업하고 부산에서 일하며 야간 고등학교에 다녔어요. 그런데 한 번 도시에 나오니 시골 가기가 싫더라고요. 마치 문명 세계에 있다 원시 세계로 돌아가는 느낌이 들어서요."라고 말했다.

하긴 인간의 마음은 비슷한 것 같다. 나도 같은 생각이었으니 말이다. 지금은 시골도 도시 못지않은 시설이 있다. 인터넷, 휴대전화, TV, 냉장고, 세탁기 등 없는 것이 없다. 그러나 내가 사춘기 때는 그렇지 못했다. 나는 산골짜기에 집도 딱 2채밖에 없는 곳에서 외롭게 운동을 하며 지낸 적이 있다. 그때는 전기도 없어 호롱불을 켜고 수련했다. 그런데 한 번 도시에 나오니 산골로 돌아가기가 싫었다. 한 번밖에 없는 인생, 원시적인 생활보다는 문명생활을 누리고 싶었다. 이런 마음은 인간의 본능 같다.

그녀는 그 후 부산에서 서울로 옮겼단다. 그런데 일본에 가면 더 큰 돈을 벌 수 있고 최고의 생활을 할 수 있다는 말을 들었단다. 그래서 버블 경제 때 댄서로 연예인 비자를 받아 일본에 왔다고 한다. 물론 목적은 돈을 버는 데 있었단다. 그리고 정말 열심히 돈을 벌어 가족을 위해 송금했다고 한다. 그런데 그녀는 가엾게도 송금한 돈을 언니가 다 가로채서 한국에는 한 푼도 없다고 말했다. 언니의 행동으로서는 좀 드문 예 같다.

옛날 경제 성장기, 새마을 운동 시기나 7080 세대의 우리나라의 장남, 장녀들은 동생들의 학비를 조달하기 위해 농촌을 떠나 공장에서 일하는 경우가 많았다. 열심히 일해서 꼬박꼬박 집으로 송금했다. 그게 장남 장녀들의 책임이었고 미덕이었다.

내가 아는 어느 장녀는 술집에서 일본 남자들의 시중을 들어가며 자기 여동생을 미국에 유학 보냈다. 그런데 돈이 너무 많이 들어 자기를 좋아하는 남자와 내키지도 않은 결혼까지 했다. 뻔뻔한 것은 여동생이 학교를 마치고도 돈을 자꾸 보내달라고 하더란다. 안 보내줄 수도 없어 무리하게 보내주다 보니 자금이 달린 남편의 회사가 도산하고 말았다.

그래서 이제는 부부가 최악의 서민 생활을 하고 있다. 그래도 그녀는 자기를 도와준 남편을 버릴 수 없다고 말했다. 미모가 대단한 그녀는 마음만 먹으면 돈이 있는 남자를 만나 얼마든지 사치스러운 생활을 할 수 있었다. 그래도 그녀는 의리가 있었다. 아니 우리나라 여자들은 대개 같은 경우 남자를 버리지 않는다. 돈 벌러 왔으니 외면할 수 있는데도 말이다. 그런데 그 후 미국의 여동생은 돈이 많은 갑부와 결혼했다고 한다. 그러나 지금 언니가 못사는데도 전혀 모른척한다고 한다.

장남 장녀가 동생들을 도와주면 당연하다고 생각한다. 그러나 동생들은 잘되어도 형이나 언니가 못사는데 외면하는 경우가 많다. 이제는 우리나라도 선진국과 같이 핵가족화되었기 때문에 이와 같은 예는 별로 볼 수 없는 시대가 되었다.

그런데 장남 장녀들이 객지로 돈벌이 나가던 풍습은 사실 일본이 먼저 했다. 일본의 경제 성장기는 우리보다 수십 년 앞선다. 그때 일본의 기업들도 농촌의 처녀들을 모아 공장 근처에 기숙사를 지어 합숙을 시키며 밤낮으로 물건을 생산했다. 전시에도 군수품 생산은 여자들의 몫이었다. 지금은 세계유산이 된 도미오카 세이시죠富岡製糸場4)의 이야기는 유명하다.

일본에 온 우리나라 여성들은 열심히 돈을 벌어 한국으로 보냈다. 그때는 엔의 가치가 있다 보니 월급이 한국에서 일하는 것의 몇 배나 되었다. 그래서 "나만 희생하면 가족이 잘살 수 있다"고 생각하며 이를 악물고 참았다.

그러나 일본에 오래 살다 보면 비자 문제에 접하게 된다. 그래서 혼인 비자를 만들어주는 브로커가 생기게 된 것이다. 혼인 비자를 만들어주는 일본 남성은 대개 서민으로 돈이 없으니까 계약결혼에 응한다. 그리고 한 달에 얼마씩 받거나 한꺼번에 목돈을 받는다. 고령자로 일을 못 하는 사람도 많다. 개중에는 야쿠자도 있다. 그래서 트러블도 많다.

내가 아는 여자는 시어머니와 사이가 안 좋단다. 결혼을 반대했는데도 무릅쓰고 했더니 시어머니가 출입국관리소에 전화해서 영주권을 내주지 말라는 말까지 했단다. 좀 심했다는 생각이 든다. 자식과 결혼했는데 그렇게까지 해야 했을까?

계약 결혼을 하고 부인이 집에 들어가지 않자 출입국관리소에 신고

---

4) 군마켄(群馬県) 도미오카시(富岡市)에 있는 1872년에 준공된 제사공장이다. 면적은 약 55,000㎡로 2014년에 세계유산으로 지정되었다. 지금은 관광지가 되어 하루에 수천 명이 방문하고 있다.

한 남편도 있다. 그래서 내가 잘 가던 단골집 마마는 강제 송환을 당했다. 계약 결혼한 남편은 돈을 받아놓고 잠자리까지 원했다. 그것이 싫어서 집에 들어가지 않고 가게에서 자자 비겁한 짓을 한 것이다.

물론 서로 사랑해서 결혼하는 사람도 많다. 그들은 행복하게 산다. 남편이 몇 년째 병상에 있어도 성심껏 수발하는 부인도 많다. 사랑이 없으면 감당하기 힘든 일이다.

이제 일본도 경기가 좋지 않아 과거처럼 돈을 벌 수 있는 나라가 아니다. 그리고 우리나라도 이젠 경제성장을 많이 해서 일본이라는 먼 타국까지 돈 벌러 올 필요도 없다. 또한, 핵가족화로 인해 부모님이 그다지 연로하지도 않고 형제도 많지 않으므로 부담도 없어졌다. 이제라도 일본인에게 비자에 대한 설움을 당하지 않아도 된다고 생각하니 참으로 다행스러운 일이 아닌가 생각한다.

한국 사람 목소리가
너무 커서 싫단다

한국 사람은 실제로 목소리가 크다. 일본 사람이 들으면 다 싸움하는 소리로 들린단다. 한글은 세계에서 제일 많은 소리를 원음에 가까운 글자로 표기할 수 있다. 모음도 많고 받침도 많기 때문이다. 일본어의 모음은 5개밖에 없다. 게다가 받침은 ん(응) 1개인데, 굳이 발음을 나눠도 3개(뒤에 오는 글자에 따라 ㄴ, ㅁ, ㅇ 받침소리가 남)다. 촉음っ(ㅅ)까지 넣는다면 4개 정도라고 할까? 이에 비하면 한글은 모음이 21개다. 받침은 16개에 겹받침이 11개나 있다. 그래서 11,172자나 글자로 표현할 수가 있다. 훈민정음 창제 당시의 고어를 합하면 39,000자나 표기할 수 있었다고 한다. 모음 수가 불과 5개밖에 없는 일본어나 영어는 불과 수백 개 정도의 음을 글자로 표기할 수 있다. 한글과는 정말 자릿수가 틀리다. 그래서 일본어나 영어로는 표기할 수 없는 소리가 많다. 있어도 읽었을 때 비슷하지도 않다.

그것을 인정받아 한글은 세계 기록유산에 지정되었다. 나는 처음에 일본 사람들에게 한글을 가르치면서 이 점을 많이 이야기했다. 그러나 생각해 보니 너무 강조해도 시기를 살 수 있겠다고 생각되어 지금은 생략하거나 간단하게 설명하고 있다.

한국어는 일본인들이 발음할 수 없는 받침이 많다 보니 격하게 들릴 수도 있다. 질투하는 것인지 시기를 하는 것인지 길에서나 차 안에서 한국말을 하면 다 쩨려본다. 나는 특히 보통사람보다 목소리가 큰 편이다. 어려서 학교대표로 웅변대회를 많이 나갔고 전교 어린이회장을 하며 목이 쉬어라 큰소리로 구령을 많이 붙여 보았다. 그래서 그런지 목소리가 큰 것이 몸에 밴 것 같다. 그리고 집안 내력도 있다. 나의 아버지도 목소리가 컸다.

이것이 일본에서는 나에게 불리하게 작용했다. 일본인에게 목소리를 낮추라고 몇 번이나 주의를 받은 적이 있다. 그리고 귀가 따갑다고 불평을 하는 여자 친구와 싸운 적도 있다.

어떨 때는 친구와 횡단보도에 서서 한국말을 하다 사복경찰에 불심검문을 당하기도 했다. 그들은 불법체류자가 있는지 잠복 조사 중이었는데 내가 한국말로 크게 떠들었으니 바로 걸린 것이다. 물론 곧바로 무혐의로 풀려났으나 좀 기분 나쁜 하루였다. 내가 알기로는 한국에서 일본 사람이 일본말로 떠든다고 경찰이 검문하지는 않는다. 이럴 때도 국력이 약한 설움을 느끼지 않을 수 없다.

물론 대화는 조용히 하는 것이 좋다. 특히 일본 사람들은 큰 목소리로 말하는 것을 싫어한다. 남에게 피해를 주지 않는 생활이 습관화되어있기 때문이다. 그리고 말을 많이 하는 것도 싫어한다. 특히 뭔가 물어보거나 건의하면 더욱 싫어한다. 일본인과는 말하지 않는 것보다 말을 해서 손해를 보는 경우가 많다.

나는 밤에 휴대전화로 대화하며 걸어가다 2층에서 창문을 열고 "조용히 해, 인마!"라는 욕을 얻어먹은 적도 있다. 아마 자던 사람 같았다. 그리고 일본어 학교 때 기숙사에서 한국 학생끼리 파티를 하다 경찰에게 주의를 받은 적도 있다. 옆집에서 신고했기 때문이다. 일본 집은 벽이 얇다 보니 크게 말하면 밖이나 옆집의 소리가 잘 들린다. 너무 섬세하고 민감한 일본 사람들이라 지나치게 신경이 쓰여 숨이 막힐 지경이다. 우리 식대로라면 "왜 그렇게 사나?" 하는 생각이 들 정도다.

그래서 '일본은 사람 사는 맛이 안 나는 나라구나! 유학이 끝나면 바로 떠나자.'라는 생각을 수도 없이 했다. 너무 질서 정연해도 숨이 막힌다. 인간은 기계가 아니기 때문이다. 너무 꽉 짜인 사회에서 살면 인간미가 없어 정이 떨어지는 것이다.

전차에서도 떠들면 안 된다. 특히 전화를 받으면 다 째려본다. 일본 사람들은 그런 것에 익숙해 있다. 한국에 가면 공항버스에서부터 다 휴대전화를 한다. "응! 엄마야? 나 지금 도착했어." 이 정도는 좋은데 아는 사람에게는 자신의 도착을 다 알리는지 버스에서 내릴 때까지 계속 시끄럽다. 그렇다고 한국에서는 누가 뭐라는 사람이 없다. 하긴 휴대전화라는 것이 언제 어느 때고 걸고 받을 수 없으면 무슨 소용인가? 그러나 계속 떠들어 옆 사람에게 피해를 준다면 그것은 좀 삼가야 할 일이다.

휴대전화는 일본보다 우리가 먼저 보급률이 높았다. 내가 일본에 올 당시 우리나라 사람들은 거의 다 가지고 있는 휴대전화를 일본 사람들은 반도 갖고 있지 않았다. 그래서 우리가 더 휴대전화에 익숙한 것일까?

신오쿠보에서 심야에 큰 소리로 싸우는 소리가 나면 거의 한국 사람들이다. 한국 사람끼리는 '목소리 큰 놈이 이긴다.'는 말이 있을 정도로 조용히 참으면 당한 것으로 인정된다. 그러나 일본 사람들은 목소리 큰 사람을 경멸하고 싫어한다. 목소리가 큰 것은 언어에 받침이 많은 이유만 있는 것은 아니다. 사회 환경이 그렇게 만들기도 한다.

그리고 우리는 나서기를 좋아한다. 그러나 일본 사람들은 나서는 것을 싫어한다. 내 친구는 "한국 사람들은 나서기를 좋아하고 목소리가 커서 매너와 품격이 없어요."라고 말한 적이 있다.

나는 일본 관광가이드 연수교육장에서 어느 강사가 늦게 와서 결국 아르바이트에 못 간 적이 있다. 그래서 "교수님이 늦은 것을 왜 저희가 책임져야 합니까?"라고 항의한 적이 있다. 그러나 그때는 일본에 와서 얼마 안 되었을 때이다. 내가 참지 못하고 나선 것을 보고 일본 사람들은 다들 싫어하는 표정을 지었다. 좋아하고 통쾌하게 생각하는 것은 재일교포와 중국교포뿐이었다. 나는 그날 "하고 싶은 말을 대신 해주셔서 속이 다 후련했어요."라고 교포들에게 인사를 받고 차까지 얻어 마셨다. 그러나 지금 생각하면 내가 그때 너무 나서서 교수님께 무안을 주었다고 후회하고 있다.

우리는 유치원이나 초등학교에서 아이들을 비교적 자유롭게 키운다. 식당에서 애들과 같이 온 한국 사람과 일본 사람을 비교해 보면 금방 안다. 한국 아이들은 뛰어다니고 난리다. 옆 좌석에 방해가 되어도 "뭐 애들이 다 그렇지!" 하고 이해를 한다. 부모도 미안하다는 말은 거의 안 한다.

그러나 일본 엄마들은 한시도 애들에게서 눈을 떼지 않는다. 옆 사

람에게 애가 조금만 부딪혀도 "아! 스미마센あ、すみません(아! 미안합니다). 모시와케고자이마센申し訳ございません(송구합니다)!"을 연발한다. 그러니 애들은 큰 소리로 떠들 수 없다. 어려서부터 조용하게 조심해서 행동하는 것이 몸에 배는 것이다.

'세 살 버릇 여든까지 간다.'는 말이 있다. 목소리가 작은 것도 하루 이틀에 되는 것이 아니다. 그러나 너무 움츠려도 되는 일이 없다. 또한, 너무 질서 있는 사회도 재미없다. 스트레스가 너무 쌓인다. 머리도 아프다. 그러나 일본은 1억이 넘은 인구를 유지해야 하니 어쩔 수 없을 것이다. 서로 편하기 위해서 남에게 피해를 주면 안 된다는 의식이 생겼다고 본다.

목소리가 너무 작아도 스트레스가 쌓이고 너무 커도 남에게 피해를 준다. 목소리 크기는 한·일 간의 습관이 서로 절충되어 중간 정도가 적절하지 않나? 하고 내 나름대로 생각해 본다.

윤락 여성도
거절하는 한국 남자

아이키도 도장에서는 게이코稽古(수련)가 끝나면 동료들끼리 모여서
한잔하는 경우가 많다. 나는 일본인과의 교제나 일본어 연습을 하기
위해 그런 노미카이飮み숦(회식)는 거의 참석했다. 그래서 친해진 친구
가 많은데, 하루는 술이 거나해지자 동료 S 상이 "유상! 좋은 데 안 갈
래요?"라고 말했다. 그래서 "어딘데요?" 하고 물었더니 그는 "잠깐만
기다려 봐요." 하더니 어딘가에 전화를 걸었다. 조금 후 좀 안된 표정
으로 "미안! 외국인, 특히 한국 남자는 안된다네!"라고 말했다.

"밑도 끝도 없이 무슨 말입니까?"라고 물어보니 윤락 업소에 가자는
이야기였다. 남자들은 술을 한잔하면 여자가 있는 곳에 가는 사람이
많다. 그것은 일본 사람들도 마찬가지 같았다. 그 친구는 결혼했는데
도 윤락 업소에 애인이 있어 정기적으로 간다고 했다.

일본에는 우리나라의 윤락 업소 같은 곳으로 '소프랜드ソープランド,
soapland[5]'가 있다. 전에는 '터키탕'이라고 불렸는데 도쿄대학 터키 유
학생이 "일본에서는 왜 남의 나라 이름을 그런 풍속점의 이름으로 부

---

5) 목욕탕이 있는 방에서 여자 종업원이 남성 고객에 대해 성적 서비스를 하는 풍속점.

릅니까? 이름을 바꿔주세요!"라는 소송을 제기했다. 그래서 새로운 이름을 공모해서 1984년 이후 바뀌게 되었다.

일본에서 '소프랜드'가 밀집된 곳으로 유명한 곳 중에 K 시市가 있다. 친구의 애인도 그곳에 있다고 했다. 어쨌든 한국 남자가 윤락 여성들에게까지 무시당한 이유가 괘씸해서 친구에게 그 이유를 물어보라고 했다. 그랬더니 "한국 남자는 섹스 매너가 없어요. 여자를 무시하고 자기 욕심만 채우려고 해요. 더구나 만취해서 큰소리로 욕하고 폭력을 휘두르거나 학대를 하는 사람도 있어요. 또 술에 취해서 섹스가 되지 않자 변태 행위를 강요하는 사람도 있고요."라고 말했다고 한다.

덧붙여 세계 각국 남자가 드나드는 일본 '소프랜드'에서 한국 남자가 섹스를 제일 못한다는 말까지 들었다. 나는 좀 기분이 나빴으나 '우리나라 남자들은 일본 윤락 업소에서조차 왜 그런 평가가 내려졌을까?' 하고 곰곰이 생각해 보았다.

요즘에야 인터넷이 발달해서 섹스 동영상을 얼마든지 볼 수 있다. 심지어 중, 고등학생이나 조숙한 초등학생까지 자유롭게 보니 게네들이 오히려 옛날 사람인 어른들보다 섹스지식이 풍부할지도 모르겠다. 그러나 우리 때만 해도 그런 것을 접할 기회가 없었다. 나는 그런 동영상을 성인이 되고도 한참 지나서야 처음 보았다. 그리고 충격을 받았다. 지금까지의 섹스에 대한 고정관념을 뒤엎는 장면이 많았기 때문이다. 즉 남성 위주의 자기만 만족하는 성행위가 아니라 여성을 생각하는 애무나 인내 같은 것이다.

우리나라에서는 유교사상의 영향으로 오랫동안 섹스에 대해서는 금구로 되어있었다. '남녀 7세 부동석'이라던가 '여자는 이불 밖에서는

다리를 세 치 이상 벌리면 안 된다.'라는 말이 있을 정도로 엄격하게 성역시했다. 섹스는 비밀스러운 행위였고 함부로 화제 삼아 말을 할 수도 없었다. 그러니 한국 사람에게 제대로 된 성 지식이 있을 리가 만무했다.

또한 남존여비男尊女卑 사상이 섹스를 남성 위주로 만들었다. 그래서 여성이 오르가슴을 느끼면 탕녀 취급을 받았다. 욕망이 똑같은 인간인데도 말이다.

우리 세대까지는 섹스 지식이 풍부한 사람이 그다지 많지 않다. 고작 동물들이 종족 번식을 위해 본능적인 행위를 하는 수준을 넘지 못했다. 그것은 창피스런 행위로, 컴컴한 곳에서 비밀스럽게 해야 한다고만 인식되어 왔기 때문이다. 나는 부모님이나 친척, 친구들에게조차 성 지식에 대하여 들은 적도 없다. 그런데 포르노 비디오에서 서로의 성기를 입으로 애무하는 장면을 처음 보았을 때 기절할 뻔했다. 그래서 좀 적극적인 여성을 보면 도망가고 싶다는 생각도 했다. 어찌 보면 인간의 제일 행복한 행위에 부담을 갖고 거부하는 격이다. 우리나라에서는 정부든 사회적 분위기든 성교육을 등한시하거나 감추기만 해온 결과 같다.

인간은 억압할수록 호기심이 더 발동한다. 중학교 1학년 생물 시간에 동물의 교배에 대해서 배웠을 때로 기억한다. 그때 우리는 생물 선생님에게 "선생님! 아기는 어디로 나와요?"라고 물었다. 우리들의 갑작스러운 질문에 선생님은 대답을 망설이다가 "어디로 나오긴 어디로 나와! 여자 거기로 나온다, 이놈들아!"라고 말씀하시고 교실을 도망치듯 나가셨다. 우리는 모두 "와! 하하하!"하고 얼굴을 붉히며 배꼽을 잡고 웃었다. 그때까지 나는 엄마에게 들은 대로 아기는 다리 밑에서 주워 온다는 지식밖에 없었다. 솔직하신 선생님 덕분에 막연했던 궁금증이 풀렸으나 믿어지지가 않았다.

우리나라 남자들은 의무적으로 군대에 간다. 한창 성욕이 왕성할 때 구속된 생활을 2년 가까이한다. 그래서 휴가를 나오면 애인이 없는 친구들은 대개 윤락 업소를 찾는다. 나도 그때 술김에 친구와 같이 처음 서울 Y 역 앞에 있는 윤락 업소에 갔다. 그런데 쇼크를 받았다. 몸뻬를 입은 할머니같이 나이 든 여자가 들어와 겸연쩍어하는 나를 보고 대뜸 "뭐해? 이런 데 처음 와? 빨리 옷 벗어!"라고 말하는 것이었다.

그래서 나는 "여자는 안 와요? 오래 기다려요?"라고 용기를 내서 물어보았다. 그러자 할머니 같은 분은 조용히 다가와서 내 귀에다 "무슨 소리 하는 거야? 나도 여자야."라고 말하는 것이 아닌가? 나는 너무 놀랐다. 그리고 그냥 죄진 놈같이 도망치다시피 나오고 말았다. 그때까지 나는 섹스는 소설이나 영화에서처럼 아름다운 것이라고 상상하고 있었다. 그런데 윤락 업소라는 곳이 기계적으로 동물적인 배설을 하는 곳일 줄이야!

그 뒤로 나는 돈을 주고 여자를 사는 곳은 절대 가지 않는다. 그런 곳에 대한 첫인상이 안 좋아 트라우마가 되었기 때문이다. 또한 남녀 간에 사랑까지는 없어도 대화도 없는 성행위는 그리 의미도 재미도 없다는 것을 알았기 때문이다.

일본의 '소프랜드'에 대해서 잘 표현한 영화가 있다. 일본의 유명한 배우 다케다 데츠야武田哲也가 주연한 〈게이지刑事(형사)〉라는 시리즈 영화다.

주인공 형사가 살인사건의 수사가 잘 진척되지 않자 스트레스를 풀기 위해 처음으로 '소프랜드'에 갔다. 붉은 등이 켜진 방에서 기다리던 중 여자가 들어왔다. 그런데 남자가 옷도 안 벗고 겸연쩍게 의자에 앉아 있자 "당신, 뭐해요?"라고 말했다.

그는 수줍은 듯이 "여기서 처음에 어떻게 하면 좋죠?"라고 물었다.

그녀는 친절하게 "일단 옷을 다 벗고 알몸으로 이쪽으로 오세요."

"그다음은요?"

"당신 정말 처음이에요? 2시간 동안은 당신이 나를 샀으니까 나는 당신의 종이에요. 당신 마음대로 해도 돼요."라고 말했다. 그리고 행위가 끝나도 나가지 않고 같이 누워 대화했다. 남은 시간을 지켜주고 있었던 것이다.

일본의 술집 호스티스나 윤락 여성은 자존심이 강하다. 돈을 아무리 줘도 본인의 마음이 내키지 않으면 외박을 거절한다. 우리나라 술집처럼 주인이나 마담이 VIP 손님이라고 외박을 강요하는 일은 절대 없다. 이처럼 세상에는 돈으로도 살 수 없는 것이 있다.

광복 후 우리나라에서는 미군을 상대하는 여성을 '양갈보'라고 부르며 천시했다. 그러나 일본에서는 같은 일을 하는 기모노를 입은 그녀들이 버스에 타면 노인들이 자리를 양보했다고 한다. 나라를 위해 몸을 팔아가며 외화를 벌고 있다고, 노인들도 존경의 뜻을 표시했다는 것이다.

향락문화에서도 이처럼 한·일 간의 관념의 벽은 높다. 일본의 '소프랜드'까지 이해할 필요는 없겠으나 적어도 외국인, 특히 한국 남자가 윤락 업소에서 왜 거절당하는지는 알아둘 필요가 있다고 본다.

김치 냄새

　김치는 이제 세계적인 음식이다. 맛도 좋고 비타민과 유산균이 많아 미용효과도 크다. 더구나 김치가 빠지지 않는 식탁은 채소의 섬유질을 흡수하는데 많은 공헌을 하고 있다. 그러나 김치는 냄새가 고약하다. 먹을 때는 맛있는데 운반을 하려면 랩과 비닐로 몇 겹으로 싸도 냄새가 새어 나온다. 그래서 외국에 나갈 때 기내 반입은 절대 금지여서 화물칸에 실어야 한다.

　나는 한국 아주머니들이 인정으로 주는 김치를 가방에 넣고 전차를 탄 적이 많다. 그러면 옆에 앉은 사람이 슬그머니 자리를 이동한다. 그 정도로 참을 수 없는 냄새가 난 모양이다. 특히 김치는 익을 때 냄새를 풍기는데 가방에 밴 냄새는 며칠이 가도 잘 없어지지 않는다. 그래서 나는 처음에는 미안하게 생각하고 신경을 썼다. 그러나 이제는 '에라 모르겠다. 냄새가 나든지 말든지 일단 이 순간만 넘기자.'하고 눈을 감고 자는 척한다. 좀 냄새를 풍겨 미안하지만 맛있는 김치를 받는 것을 포기하기는 싫었기 때문이다.

　김치는 냉장고에 넣으면 온통 냄새가 배서 일본 사람들은 받는 것을 꺼린다. 다른 음식에도 냄새가 심하게 배기 때문이다. 요즘은 김치 냄새를 싫어하는 일본 여자들도 한류 붐 덕으로 식당에서나 한국에 여행 가서는 먹기 시작했다. 그러나 집에까지 싸들고 가는 사람은 드물다. 한국처럼 김치 전용냉장고가 없어 따로 보관할 수도 없기 때문이다.

김치 냄새는 몸에서도 난다고 한다. 한국 사람끼리는 잘 맡지 못한다. 그러나 김치를 안 먹는 사람은 금방 안다고 한다. 그래서 일본 OL들은 출근 전날은 절대 김치를 먹지 않는다. 토요일이나 휴가 때나 먹는다. 그것도 한류 붐으로 젊은 층은 먹기 시작했는데 지금도 일본 노인들은 김치를 못 먹는 사람이 많다.

나는 김치 냄새 때문에 사귀던 일본 여성과 싸운 적이 있다. 거짓말 같지만 사실이다. 일본 남편은 한국 부인에게 상냥하게 잘해 준다. 그래서 김치 냄새 정도 아무 말도 안 한다고 한다. 나에게 김치를 잘 주는 아주머니는 집에서 항상 김치를 담그는데도 일본 남편이 싫은 내색도 않고 오히려 마늘을 까준다고 한다.

그런데 내가 사귀던 일본 여성은 그렇지 않았다. 입에서 김치 냄새 난다고 버스 안에서 "당장 마스크 써요!"라고 말해 심한 무안을 당했다. 그러니 남녀 간의 키스가 있을 리가 없다. '키스하려다 또 김치 냄새가 난다고 하지 않을까?'하고 트라우마에 빠졌기 때문이다.

그래서 나는 '이 여자와 계속 사귀면 앞날이 캄캄하다'라는 생각을 하고 더 이상 만나는 것을 포기했다. 나는 비자 문제로 아르바이트의 제약을 많이 받았다. 마침 좋아하는 여성이 나타나서 결혼도 생각했다. 그래서 공부도 좋지만 우선 아무 일이나 해서 돈을 벌려고 했다.

학업을 계속하기에는 경제적으로 어려웠기 때문이다.

일본 여성과 결혼을 하면 일본에서 일자리의 제한이 없다. 어느 면에서는 고생을 덜 하고 편하다. 그래서 돈을 주고 계약 결혼을 하는 사람도 많다. 그러나 내 성격일까? 민족적인 자존심에 상처를 받으니 있던 사랑도 하루아침에 달아나 버렸다.

나는 일본 여성과 사귀면서 절실하게 느낀 점이 있다. 그것은 일본 여성에게는 무조건 져야 편하다는 것이다. 이기려 하면 더 힘들고 손해다. 그러나 다 죽이고 참을 수는 있어도 김치에 관해서만은 나도 양보할 수 없었다. 자존심 센 골수 한국인이기 때문이리라.

일본 여성은 네코오 가부루猫を被る(본성을 숨김) 하는 것이 습관화된 사람이 많은 것 같다. 즉 겉으로는 참한 여자인 척하면서 자기 사람이나 가족에게는 막 대한다. 전화를 받을 때는 목소리를 한 톤 높여서 상냥하게 받는다. 그러나 남편이나 애인에게는 목소리를 깔고 험하게 말한다. 처음 사귈 때는 본성을 숨기므로 참 참하고 귀엽다는 인상을 받는다. 그러나 사귀다 보면 본색이 드러난다고나 할까? 일단 대부분의 일본 여성은 내가 느끼기에 남성보다 기가 센 것 같다.

일본에서는 불법체류를 한 경력이 있어도 혼인만 하면 체류를 할 수 있다. 전에는 혼인을 해도 불법체류자는 강제추방을 당했다.

어느 일본 여성이 동남아지역의 어느 나라 남성과 결혼했다. 그런데 행복한 결혼생활을 하던 중 남편이 과거 불법체류한 경력이 발각되어 강제추방을 당했다. 그래서 여성은 헌법재판을 걸어 국민의 기본권의 하나인 행복한 혼인생활 유지를 침해당했다고 호소했다. 결과는 여성이

승리했다. 그 후 일본에서는 아무리 불법체류를 해도 일본 여성과 혼인 신고만 하면 외국인 남성도 체류할 수 있는 비자가 나오게 되었다. 그전에는 일본 남성과 사는 외국인 여성만 나왔었다. 여기서 불과 30여 년 전만 해도 일본도 남녀차별이 심한 나라였다는 것을 알 수 있다.

나는 사귀던 여성에게 이 이야기를 했다. 그리고 "배우자가 일본인이나 영주권자여야 일본서 일하기 편하다네!"라고 말했더니 "나를 사귀는 것이 비자를 얻기 위한 목적이 있기 때문이세요?"라고 말했다. 나는 정말 기분이 나빴다. 그 후 나는 일본 여성에게 비자를 구걸하는 듯한 말은 절대 삼가기로 했다.

이야기가 좀 벗어났으나 결혼 상대가 좋아하는 음식을 냄새난다고 경멸하는 여자와 어찌 사랑이 싹트고 유지되겠는가? 아마 천 년의 사랑도 달아날 것이 분명하다. 결혼하는 조건 중에 부부간에 음식이 서로 맞아야 하는 것은 상당히 중요하다. 특히 국제결혼은 국가와 민족적인 자존심도 건드릴 위험성이 있으므로 신중하게 생각해야 한다.

여하튼 일본 사람들은 김치 냄새를 싫어한다. 한국 가게라도 김치 냄새를 피우면 손님이 안 온다. 그래서 추운 겨울에도 종업원의 식사를 가게 밖의 계단에서 도시락을 먹게 하는 곳도 있다. 그러나 한국에서는 손님이 있든지 없든지 신경 안 쓰고 종업원이 먹을 것은 먹는다.

내가 한국에 여행안내로 같이 간 일본 여성들이 외국인 전용 관광 사우나에 가서 마사지를 받고 왔다. 그런데 "가이드를 따라서 실내에 들어갔더니 종업원들이 모두 둘러앉아 식사를 하고 있었어요. 냄새가 하도 심해서 나오고 싶었어요."라고 말했다. 적어도 일본 사람들을 상대로 장사하려면 김치 냄새를 자제해야 할 것 같다.

일본 사람들의 '기무치キムチ' 맛은 우리로 이야기하면 겉절이 맛이다. 그들은 만들어서 바로 먹는 것을 선호한다. 그리고 마늘도 거의 넣지 않는다. 그래서 냄새도 덜 난다.

그러나 우리의 김치는 마늘과 생강도 듬뿍 넣고 좀 시어야 맛이 있다. 김치찌개도 신김치가 아니면 맛이 없다. 일본 사람들은 김치찌개를 기무치 나베キムチ鍋(김치 전골)라고 이름 지어 부른다. 달고 신 맛이 없어 우리나라 사람들 입맛에는 맞지 않는다고 본다. 물론 사람에 따라서는 기무치 나베 맛을 좋아하기도 한다.

나는 김치찌개를 일본이나 외국의 수많은 유학생에게 소개했다. 그 이야기는 나의 졸저『무도의 세계에서 바라본 일본』에서 밝힌 바 있다.

일본에 살려면 일본 사람들이 싫어하는 짓을 하면 안 된다. 김치 냄새도 좀 예의를 지켜 피울 필요는 있다. 그러나 글로벌 시대에 너무 문을 닫고 외국 문화를 경멸하거나 무시한다면 한·일 관계는 언제까지고 소원하고 가까워지기 힘들 것이다.

음식문화

한국과 일본은 가까우면서도 음식문화의 차이가 크다. 먼저 술 문화를 보자. 우리의 술 문화는 원 샷이다. 그러나 일본 사람은 주로 미즈와리水割り(물 탄 술)를 만들어 알코올 도수를 낮춰서 천천히 마신다. 더구나 우리는 맥주나 소주만으로는 약하다고 이제는 더 독한 폭탄주까지 만들어 마신다. 폭탄주를 나는 일본에 와서 처음 마셨다. 한국에 있을 때도 술을 좋아했지만 폭탄주는 마셨던 기억이 없다. 새로 시작된 유행인 것 같다.

한국 유학생 중 대학원 후배가 하루는 "선배! 양주에 맥주를 타면 맛도 좋고 술술 잘 넘어가요."라고 말해서 그대로 해 보니 정말 그랬다. 그래서 멋모르고 계속 마셨다. 그런데 너무 마시고 곯아떨어져 아침에 알람 소리가 안 들려 일어나질 못했다.

그때는 초등학교에서 일본어를 가르칠 때이다. 1학년 어린 여자아이가 선생님이 안 온다고 울어서 학교에서 한바탕 소란이 있었다고 한다. 교장 선생님까지 나에게 전화를 했는데 녹초가 되어 받지 못했다. 전날 어떻게 내 방에 찾아갔는지 기억도 없다. 필름까지 끊긴 것이다. 폭탄주는 정말 사람을 폭탄 맞아 죽게 만드는 위력이 있다는 것을 나는 그때 처음 알았다.

　내가 옛날에 위스키를 잔에 따라서 스트레이트로 원 샷을 했더니 오리노상이 부인과 이구동성으로 "유상! 정말 좋은 양주인데 음미하면서 마셔야지요. 너무 아까워요."라고 말했다.

　나는 보통사람보다 술이 센 편이다. 일본을 처음 여행할 때의 일이다. 전국을 돌며 약 열흘간 편지로만 사귀던 친구들을 만나고 도쿄에 왔다. 친구들을 만나면 한국이나 일본이나 술로 회포를 푸는 것은 마찬가지 같다. 아니나 다를까 프로덕션 친구도 식사 후 나를 술집으로 데리고 갔다. 신주쿠 가부키쵸의 고층에 있는 어느 스낵바에 가서 위스키를 혼자 두 병이나 마셨다. 친구는 술을 잘 못 해서 내가 다 마신 것이다. 이를 보고 마마가 "술장사 30년에 당신처럼 술 잘 마시고 흐트러지지도 않는 사람 처음 봐요. 당신, 밤에도 세요?"라고 느닷없이 물었다. 그래서 나는 "한 사람으로는 부족합니다."라고 웃으려고 농담으로 대답했다. 그랬더니 갑자기 "지금부터는 제가 술을 얼마든지 사겠어요. 같이 2차 가요."라고 말했다.

　같은 연구과 대학원생들끼리 회식을 하면, 젊은 패기와 함께 같은 학문의 길을 가니 흥취가 높아지기 마련이다. 그리고 대학생들보다 경제적으로 여유가 있는 사람이 많다. 그래서 대개 전차가 끊어질 때까지 마신다. 그것도 모자란 사람은 아침 첫차가 다니기 시작할 때까지 마신다. 나도 어울리다 아침까지 마신 적도 많다.

　하루는 만취해서 츄오센中央線(중앙선) 아침 첫차를 타고 잤다. 그런데 꿈에 내가 시베리아 벌판 한가운데에 혼자 서 있었다. 너무 추워 깨어

보니 멀리 눈 덮인 산이 보였다. 이상했다. 도쿄는 평야 지대라 산이 보이지 않기 때문이다. '아직 꿈속인가?' 하고 옆을 보니 사람들이 말을 하고 있었다. 물어보니 다카오산역高尾山駅이었다. 종점이라 겨울에도 전차 문을 활짝 열고 대기 중이어서 추웠던 것이다. 전차는 도쿄역에 갔다 다시 돌아 반대편 종점까지 왔으니 4시간은 넘게 잔 셈이다. 나는 술도 덜 깨고 어찌할 수도 없어 또 잤다. 그런데 이번에는 3시간을 자서 다시 도쿄역을 돌아 아침에 탔던 학교가 가까운 역에서 깼다. 나는 그 날은 학교를 쉬려고 하다 할 수 없이 오후지만 등교했다.

이 이야기를 친구에게 했더니 "저도 술에 취해서 야마노테센山手線을 타고 자다 몇 바퀴를 돈 적이 있어요."라고 말했다. 술에 취하면 인간은 한국 사람이든 일본 사람이든 다 똑같은 것 같다. 야마노테센은 서울의 2호선처럼 중심가를 도는 전차다. 전차에 타면 가끔 술 냄새를 풍기며 자는 사람을 목격할 수 있다. 그래도 일본에서는 아무도 깨우지 않고 내버려 둔다. 전차가 차고에 들어갈 때나 되어야 차장이 와서 깨운다. 일본 사람들은 옆에서 무슨 짓을 하든 남의 일에는 전혀 간섭하지 않는 것을 이를 통해서도 알 수 있다.

술은 초등학교 때 아버지 심부름으로 막걸리를 사 오다 호기심으로 한 모금 마셔본 것이 처음이다. 그때는 막걸리를 양조장 직영점에 가서 주전자로 한 되씩 사 왔다. 막걸리 집에 가면 땅속에 묻어 있는 큰 항아리에서 긴 됫박으로 저은 다음 퍼서 가져간 주전자에 담아준다. 그때의 새콤달콤한 향기가 너무 좋아 걸어오다 주전자 꼭지에 입을 대고 마셔보았다. 맛이 아주 황홀할 지경이었다. 그 후로 아버지의 막걸리 심부름을 할 때마다 몰래 조금씩 마셨다.

그리고 소주는 아버지가 반주로 마시려고 종지에 따라놓은 것을 물인 줄 알고 마신 적이 있다. 투명해서 물 같았기 때문이다. 그때는 정말 맵고 써서 죽는 줄 알았다. 눈물을 흘리며 토했다. 이런 것을 어른들은 왜 마시는지 이해가 되지 않았다. 그 후 나는 커서 할머니와 작은아버지, 작은어머니 앞에서 정식으로 술을 배웠다. 어른들 앞에서 마시기 시작했으므로 잘 배운 편이다. 즉 주정을 모르고 지금까지 오바이트를 거의 안 해 보았다.

우리나라의 술 문화는 음미하기보다는 취하기 위해서 마신다. 그렇게 배워서 내가 원 샷으로 마시니까 일본 친구가 아깝다고 말한 것이다. 원샷으로 마시던 내가 처음에 일본에 와서 일본 친구들과 미즈와리를 마시니 싱거워서 못 마실 정도였다. '술에 물을 타서 마시다니?' 양에 안 찼다.

그러나 점점 미즈와리가 몸에 부담이 안 간다는 것을 깨닫게 되었다. 나이 탓인지도 모르겠지만 사실 미즈와리가 원 샷보다 몸에 부담이 없다. 그런데 우리는 이제 폭탄주를 마시는 세상이 되었으니 참으로 겁이 난다. 술 문화도 우리 것만 고집할 것이 아니라 좋은 것은 배워야 한다고 생각한다.

그리고 일본은 지역별로 지자케地酒(그 고장 술)가 잘 발달했다. 우리나라의 안동소주 같은 술인데 정말 그 종류가 셀 수 없을 정도다. 우리로 이야기하면 군이나 면마다 저마다의 지자케가 있다. 또한, 이들은 그것을 자랑거리로 여긴다.

우리나라도 예전에는 지역별로 그 고장 특유 맛의 토속 술이 있었다. 나의 아버지도 고향인 황해도 벽성군 내성 지방의 술 만드는 법을 알고 계실 정도였다. 그러나 지금은 그런 좋은 문화가 많이 사장되었다는 점이 너무나 안타깝다.

다음은 요리문화인데 우선 일본요리가 맛있다든가 한국요리가 맛있다는 고정관념은 버려야 한다고 생각한다. 나는 일본 친구와 이런 다툼을 한 적이 많다. 어느 나라 사람이든 어려서부터 먹던 음식이 혀에 익어 성인이 되어도 맛있게 느끼게 된다.

일본요리는 간장 문화이다. 식탁을 보면 거의 간장색으로 거무스름하다. 간장을 주 양념으로 쓰기 때문이다. 반면 우리는 고춧가루 문화이다. 우리의 식탁은 거의 빨간색이다. 김치, 깍두기, 채소, 나물, 국 등에 거의 모든 요리에 고춧가루가 들어간다.

우리는 삼겹살도 회도 상추에 양념 된장이나 초고추장을 넣고 싸먹는다. 그것을 보고 일본 친구들은 "고기나 회의 원래 맛을 느낄 수 없잖아요? 너무 아까워요."라고 말한다. 그럼 나는 "한국인의 채소 섭취율이 일본인을 훨씬 앞섭니다. 그리고 짠맛을 감소시켜줍니다. 짜게 먹는 것은 성인병의 원인이 됩니다."라고 대꾸한다.

그러면 "어느 나라가 장수합니까?"라고 말한다. 좀 할 말이 없다. 사실 일본은 세계 최고의 장수국이다. 인구도 1억이 넘는데 평균수명이 세계 제일이라는 것은 정말 대단하다. 일본인의 장수비결은 건강에 좋은 기름기 없는 담백한 음식과 국민의 비만율이 낮은 것에 있다.

우리나라 사람들이 중년에 비만인 사람이 많은 것은 맛있는 음식이 많기 때문이 아닐까? 내가 한국 사람이라서가 아니라 맛은 확실하

게 우리나라 요리가 더 있는 것 같다. 고기 맛은 일본보다 단연 앞선
다. 그들보다 고기음식의 선진국이기 때문이다. 100년 전만 해도 일본
사람은 고기를 먹을 줄 몰랐다. 야키니쿠는 한국이 더 맛있다고 일본
사람들도 인정한다.

그런데 일본음식, 즉 와쇼쿠和食(일식)는 세계문화유산에 지정되었다.
그래서인지 스시는 미국이나 중국 사람들도 없어서 못 먹을 정도가
되었다. 마구로鮪(참치)는 이제 전 세계가 먹기 시작해서 멸종위기에 처
할 지경이다.

일본에서 한국 음식 용어를 그대로 쓰는 것이 많다. 가령 기무치,
국빠クッパ(국밥), 비빈빠ビビンパ(비빔밥), 찌개나베チゲ鍋(찌개전골), 창자チャ
ンジャ(창난젓), 나무루ナムル(나물) 등이다. 일본식 발음대로 썼지만, 뭔지
는 금방 알 것이다. 우리나라에도 일본음식 용어를 그대로 쓰는 것이
있다. 우동うどん, 오뎅おでん, 스시寿司(초밥), 사시미刺身(회) 등이다.

이처럼 한·일 양국의 음식문화는 많이 동화되었다. 어느 나라 음식
이 더 맛있고 더 장수하는 것인지를 비교하는 것은 무의미하다고 본
다. 글로벌 시대에 맞게 서로 취향에 맞는 음식을 먹는 것이 행복한
미래지향적 사고가 아닐까?

CHAPTER 4

분쟁 거리는 또 있구나

경제적
식민지

우리는 지금도 일본에 침략을 당하고 있다. 경제적인 침략을 당하고 있는 것이다. 이를 신식민지라고도 부른다. 제국주의 시대에 힘으로 땅을 뺏어 지배하는 것은 구식민지라고 부른다. 그래서 우리가 수출하면 할수록 일본은 가만히 앉아서 돈을 버는 경제적 구조로 되어 있다. 이는 1965년 한·일 협약 때 그렇게 만들어졌다. 일본 경제인들은 그것을 노리고 한국에 돈을 빌려준 것이다.

친구나 친척에게 돈을 빌리면 큰소리를 칠 수가 없다. 꼬랑지 내리고 약해질 수밖에 없다. 우리가 일본에 돈을 갚지 못했기 때문에 정치적인 문제, 영토문제, 위안부 문제 등에서 항상 저자세일 수밖에 없다.

2001년에 역사교과서 왜곡문제가 대두하니까 일본의 한국 클럽, 에스테esthetique(피부미용실)를 연일 단속하는 방송만 나온 적이 있다. 일본 정부는 한국과 정치적인 문제가 생기면 일본에 있는 한국인들을 괴롭힌다. 정말 치사하다. 왜 한국인, 조선인을 괴롭히지 못해 그렇게 안달을 하는 것일까? 내가 한국인이라는 것을 떠나 인간적으로도 좀 비열하다는 생각에 화가 난다. 나는 그런 방송이 나오면 보고 싶지 않아 바로 끈다.

종군 위안부 문제가 나오자 어떤 일본 친구가 "왜 한국 사람들은 전에 다 해결했는데 또 들고나오죠? 이는 교통사고에서 합의금을 주고 보상을 끝냈는데 몇십 년 지난 후에 후유증이 생겼으니 돈을 더 달라고 하는 것과 같잖아요?"라고 말했다. 나는 대답을 못 했다.

한·일회담은 김·오히라 메모[1]에 의해서 이루어졌다. 군사독재 정권이었지만 일단 우리 정부의 대표가 사인했으니 어쩔 수 없는 것이다. 나는 할 말이 없었다. 이제는 민간적으로 국제적인 인권문제 단체 등에 호소하는 수밖에 없다고 생각한다. 그러나 일본 정부는 사과는 뒷전이고 이도 트집 잡는다. 가령 위안부 소녀 동상을 무조건 철거하라는 식이다.

'못되면 조상 탓'이라고 하지만 우리는 조상을 원망해서는 안 된다. 이제 와서 원망한다고 무슨 소용이 있겠나? 알고 반성하여 다시는 그런 일이 일어나지 않도록 해야 한다. 조상의 한 일에 대한 책임 또한 우리 후손이 감수하고 질 수밖에 없다.

브루스 커밍스는 "조선사람들의 종자가 일본 사람보다는 낫다"고 말했다. 우리 민족이 일본 민족보다 우수하다고 서양에서도 인정하는데 왜 당했는지 모를 일이다. 일제강점기 서양의 어느 선교사는 "키가 크고 잘생긴 조선사람이 키가 작고 못생긴 일본 사람에게 왜 굽실거리며 종노릇을 하는지 모르겠다."고 말했다.

나는 어떨 때는 일본 사람들이 조금 부럽다. "못난 일본 사람들은

---

1) 한국의 김종필 중앙정보부장과 오히라 마사요시(大平正芳) 일본외상 간의 대일청구권문제에 관한 비밀 합의각서. 이로써 1962년 11월 12일, 대일청구권 문제에 대한 합의가 이루어졌다. 받은 돈은 무상 3억 달러, 유상 2억 달러이다.

조상을 잘 둔 탓에 지금 아시아에서 최고의 선진국민이 되어 있지 않은가?"라고 말이다. 일본 사람들은 우리보다 훨씬 전부터 해외여행을 했다. 일본에는 수학여행을 보통 미국이나 유럽으로 가는 학교가 많다. 내 일본 친구들만 해도 보통 10개국은 가봤다는 사람이 허다하다. 보통사람들이 해외에 나가는 것이 우리보다 몇십 년은 앞서므로 지방 여행하는 것처럼 이야기한다. 해외여행이 화제가 되면 나는 가만히 듣고 있을 수밖에 없었다.

그러나 한편 생각해 보면 우리 민족을 반만년이나 있게 해 준 것은 조상의 덕이다. 가까운 만주만 보아도 없어진 민족도 많다. 그나마 감사해야 할 것이다.

어찌 되었든 일본인의 조상은 대단하다. 지금의 일본을 있게 했으니 말이다. 미국이나 유럽에서도 일본은 무시하지 못한다. 그러나 한국은 무시하는 나라가 많다. 어디 붙었는지조차 모르는 사람들도 있다.

아프리카 흑인들도 아시아에서는 일본을 빼고는 다 무시한다. 예를 들면 남아프리카 공화국 케이프타운의 공공 화장실에 "황색인 사용금지! 단 일본인 OK!"라고 쓰여 있을 정도라고 한다.

일본은 무사의 나라로 이미 백 수십 년 전에 서양 세계에 알려졌다. 전 5,000엔 지폐의 모델이기도 했던 니토베 이나조新渡戸稲造라는 조상을 둔 덕이다. 지금도 무도를 배우러 일본에 오는 서양인의 발길이 끊이지 않는 것은 그가 『무사도 정신』이라는 역작을 이미 120여 년 전에 영어로 썼기 때문이다. 물론 그 후에도 일본에는 유도를 세계에 알렸으며 아시아인으로서는 첫 IOC 위원이 된 가노 지고로加納治五郎 같은 인물들이 많이 나왔다.

그런데 우리는 그 시대에 세계를 먼 안목으로 내다본 사람이 드물었다는 것이 좀 안타깝다. 그리고 세계적으로 유명한 사람도 별로 없다. 나라가 없던 시절도 있었다. 손기정이 베를린 올림픽 마라톤 경기에서 우승했어도 일본대표로 나갔다. 태극기를 흔들어도 나라가 없으니 세계는 인정하지 않았던 것이다.

이야기가 좀 벗어났다. 그러나 이런 문제들도 경제적 식민지 문제와 무관하지 않다. 그리고 후손들이 같은 실패를 저지르게 하고 싶지 않은 마음에 논해 보았다. 우리는 빨리 일본의 돈을 갚고 기술을 개발해 일본에 의존하지 말아야 한다. 다행스럽게 최근에 삼성전자가 일본의 모든 전자회사의 총매출을 앞질렀다고 해서 정말 통쾌했었다. 그 뉴스를 듣고 일본 친구들에게 어깨가 절로 펴졌다. 부디 오래 지속되기를 바라는 마음 간절하다.

문화적
식민지

　오리노상이 소개해 준 일본인 친구 중에 일본의 유명한 연예인 프로덕션에 근무하는 와타나베라는 친구가 있었다. 그는 한국의 일본문화개방을 대비해 미리 한국말을 배우러 왔다고 했다. 당시 우리나라는 일제식민지시대의 영향으로 반일주의가 팽배해 일본문화를 개방하지 않고 있었다. 그래서 일본노래나 일본영화의 상영이 금지되어 있었다.

　일본노래는 일본인 전용 관광 가라오케나 호텔 나이트클럽에 가야 들을 수 있었다. 보컬들이 블루스곡으로 일본의 엔카演歌[2]를 많이 연주했기 때문이다. 그리고 일본영화는 일본 문화원이나 해적판 비디오테이프가 아니면 볼 수 없었다. 일본의 미래를 위한 준비에는 정말 감탄을 금할 수가 없었다. 더불어 '우리가 이래서 당했구나!'라는 반성도 했다.

　어느 날 나는 와타나베상과 서울의 강남역 뒤 어느 식당에서 식사

---

2) 멜로디는 우리나라의 트로트와 비슷하다. 주로 남녀 간의 연정을 노래한 가사가 많다.

를 하고 있었다. 그때 오후 5시 경이었는데 TV에서는 〈들장미 소녀 캔디〉[3]라는 만화영화가 방영되고 있었다. 그런데 와타나베상이 갑자기 "아! 그렇다. 유상! 내가 일본에서 약 10년 전에 본 아니메アニメ(만화영화)야!"라고 말하는 것이었다.

나는 그때 너무 놀랐다. '우리나라 만화영화라고 생각한 것이 일본 것이라니? 하물며 그런 옛날 것을 우리는 지금 현재 TV에서 방영하고 있단 말인가?'라는 생각에 와타나베상에게 정말 창피했다. 더불어 '우리 정부에서는 겉으로는 일본문화를 금지하면서 국민을 기만하고 방영까지 허락했단 말인가?' 괘씸하다는 생각과 함께 배신감마저 들었다.

지금이야 애니메이션 하면 일본이 세계적으로 유명하다는 것을 우리나라 사람들도 다 안다. 그러나 당시는 공영방송에서 일본 것을 속인 것인지, 밝히지 않는 것인지 모르지만, 공공연히 방영했다. 그래서 정말 웃지 못할 해프닝이 벌어지기도 했다.

한·일 정기 축구전 때 한국응원단에서 일본 애니메이션 주제가를 응원가로 불렀다고 한다. 그래서 일본 응원단 쪽에서는 갑자기 조용해졌다고 한다. 그들은 "갑자기 한국응원단이 왜 일본을 응원할까?"라고 생각하며 당황했던 것이다. 우리 응원단은 그 주제가가 일본 것인 줄은 상상도 못했다.

---

3) 원제는 '캔디 캔디'로 미즈키 교코(水木杏子) 원작, 이가라시 유미코(いがらしゆみこ) 원화의 순정만화이다. 이마자와 데츠오(今沢哲夫) 감독에 의해 애니메이션화 되어 1976년 10월부터 1979년 2월까지 일본 아사히(朝日) TV에서 115회에 걸쳐 방영되었다.

내가 어릴 때 좋아하던 애니메이션 중에 '마징가 Z'와 '미래 소년 코난'이 있다. 이들 애니메이션의 주제가는 정말 응원가로 많이 불렀던 기억이 있다. 그리고 나는 '코난'을 하도 좋아해서 우리 집 강아지 이름으로 수놈은 '코난', 암놈은 코난의 파트너인 '라나'로 붙여 불렀다. 당시 이런 것들이 모두 일본 것이라고는 꿈에도 생각하지 못했다.

그래서 일본 친구에게 창피함을 느낀 것이다. 그 후 나는 일본 친구들에게 우리나라 문화에 대해서 당당하게 말할 자신이 없어졌다. 그런데 더욱 가관인 것은 당시 우리나라에서 히트한 영화나 드라마, 만화, 서적 중에도 일본 해적판이 너무 많았다는 점이다.

나의 외가 쪽 삼촌 중에 만화가가 한 분 있다. 삼촌은 어려서부터 유명한 만화가 I의 제자로 입문해서 평생 만화만 그렸다. 그런데 성공을 못 했다. 그 가장 큰 이유 중 하나가 우리나라 만화시장의 구조 때문이라고 했다. 즉 우리나라 만화시장에서는 일본만화 해적판은 안전빵으로 잘 팔리는데 우리의 창작만화는 팔릴지 안 팔릴지 위험해서 외면을 당한다고 한다. 사업하는 사람들이 모험을 결단하기는 정말 힘들다.

그것은 책의 출판시장도 마찬가지라고 했다. 일본 책 번역본은 성공이 안정적인데 국내 작가의 창작본은 유명한 작가가 아니면 거의 안 팔린다고 했다. 그러니 만화든 책이든 우리나라에는 작가가 설 땅이 없는 것이다.

삼촌은 유명한 작가의 하청 일을 하다가 자기 작품 내기를 여러 번 반복했다. 그런데 얼마 전에 하청 일마저 없다고 복덕방으로 직업을 바꿨다. 나이 60에 평생 노하우를 살리지 못하고 직업전향이라니? 참으로 안타까울 따름이다.

왜 이런 일들이 벌어지는 것일까? 이는 친일파 위정자들과 나라와 민족은 어찌 되든 돈에 눈이 먼 사람들에 의해 무작정 받아들여진 일본 문화가 깊게 뿌리박혀 우리의 문화는 설 자리를 잃었기 때문이다. 반일을 하려면 철저히 하지! 그리고 일본 물건은 사지도 말고 일본 애니메이션 따위 방영하질 말지, 누구인지 모르나 국민을 기만하면서까지 꼭 그래야만 했을까?

'이제 와서 어떻게 할 수도 없구나!'라는 생각에 힘이 빠진다. 이제라도 우리의 문화를 지키고 우리의 작가를 지원하지 않으면 정말 일본의 문화적 식민지가 되어 하수인밖에 안 되겠다는 위기감마저 든다.

독도는
과연 우리 땅인가?

우리의 유행가 중에 1982년에 가수 정광태가 부른 '독도는 우리 땅'이 있다. 나는 20대 젊었을 때 명동에 있는 S 호텔 나이트클럽에 놀러 간 적이 있다. 그때 필리핀 보컬 그룹사운드가 이 노래를 디스코곡으로 불렀는데 참으로 인상적이었다. 그래서 농담으로 지나가는 그들에게 "왜 독도가 필리핀 땅이야?"라고 말해서 웃고 친해진 적이 있다. 그리고 다음에 갔더니 독도는 '한국땅'이라고 가사를 바꿔 부르고 있었다.

가사 내용 중에는 "세종실록지리지 오십 페이지 셋째 줄…; 신라 장군 이사부 지하에서 웃는다…"가 있다. "이렇게 역사적으로도 명확한 우리 땅인데 일본은 이것을 노리다니 정말 괘씸한 사람들이야!"라는 생각이 든다.

일본이 독도를 자기들 땅으로 편입시킨 것은 러·일전쟁 직후인 1905년이다. 그전부터 시마네켄 어부들은 당시 일본 정부인 바쿠후幕府에 수없이 상소를 했다. 독도 주변 바다에서는 고기가 잘 잡히니 일본영토로 해달라고 청원한 것이다. 일본이 다케시마竹島라고 부르는 독도 주변은 한류와 난류4)가 만나는 곳으로 정말 황금어장이다. 그래서

---

4) 러시아의 아무르 강 하구에서 출발하여 동해로 내려오는 한류로 일본에서는 리만카이류(リマン海流), 한국에서는 북한한류라고 부른다. 동중국해를 북상한 구로시오(黑潮)가 갈라져

시마네켄의 어부들은 자기들의 생존권이 걸려있다고 누차에 걸쳐 바쿠후를 졸랐던 것이다.

그런데 당시 우리 조선은 쇄국정책을 하고 있던 시기여서 국제 감각에 둔했다. 신경도 안 썼다. 아니 외국에서 무엇을 하고 있는지조차 알지 못했다. 일본 바쿠후는 우리보다 먼저 서양에 문호를 개방하고 메이지明治유신에 성공하여 제국주의 정책으로 치닫고 있었다. 그리고 많은 섬을 탐험, 개척하여 일본령으로 넣었다.

북방의 사할린 섬과 아시아대륙 사이는 얼음으로 뒤덮여 있어 처음에는 육지로 연결된 줄 알고 있었다. 그러나 그것이 바다라는 것을 처음 발견한 사람은 바쿠후가 탐험을 명령해서 파견한 일본인 마미야 린조間宮林蔵이다. 그래서 '마미야해협'이라고 명명되었다. 그때는 사할린이 일본령이었다. 그러나 지금은 러시아령이라 '타타르tartar해협'으로 불리고 있다. 그 정도로 일본은 아시아에서는 유일하게 서양 열강과 마찬가지로 제국주의 영토 확장에 일찍 눈을 뜨고 있었다.

대학원 동기 중에 시마네켄 오키노시마隱岐の島에서 온 여학생이 있었다. 그녀의 말에 의하면 일본 정부에서는 한국과의 영토분쟁을 시마네켄에 지시해서 조정한다고 한다. 섬사람들에게 데모를 부추기는 것도 일본 정부가 파견한 사람이라는 것이다. 즉 일본 정부는 한국을 일본의 48개 도도후켄都道府県5) 중 하나로밖에 취급하고 있지 않다는

쓰시마해협을 통과하여 북상하는 해류로 일본에서는 쓰시마카이류(対馬海流)라고 부른다. 한국에서는 동한난류라고 부른다.
5) 일본의 행정은 도쿄도(東京都), 홋카이도(北海道), 오사카후(大阪府)와 45개의 켄(県)으로 편성되어 있다. 우리나라는 1개의 특별시(特別視), 6개의 광역시(広域市), 그리고 8개의 도(道),

것을 잘 보여주고 있는 예이다. 일제강점기 때 일본에는 9개의 제국대
학이 있었다. 생긴 순서는 다음과 같다.

도쿄제국대학東京帝国大学, 교토제국대학京都帝国大学, 도호쿠제국대학
東北帝国大学, 규슈제국대학九州帝国大学, 홋카이도제국대학北海道帝国大学,
경성제국대학京城帝国大学, 타이완제국대학台湾帝国大学, 오사카제국대학
大阪帝国大学, 나고야제국대학名古屋帝国大学이다.

광복 후 경성제국대학은 서울대학이 되었고 타이완제국대학은 타이
완대학이 되었다. 그러나 나머지 7개의 일본에 있는 제국대학은 '제국'
자만 빼고 일본의 각 지역의 국립대학이 되었다.

위와 같이 일본은 한국이나 타이완을 일본의 하나의 도서지방으로
나눠서 교육도 실행했다. 그래서 일본 노인들 중에는 한국이나 타이
완을 지금도 식민지 지역의 하나로 인식하는 사람이 많다. 하나의 나
라로 인정하지 않고 밑으로 깔보는 것이다. 우리가 아무리 '독도는 우
리 땅!'이라고 데모해도 그들에게는 지금 오키나와沖縄 사람들의 미군
기지 건설 반대 데모 정도로 생각하는 사람도 있다.

좀 자존심 상하지만 미국도 일본을 최우선으로 아시아 정책을 펼
치고 있다는 현실을 우리는 받아들이지 않으면 안 된다. 지금과 같은
국제적 상황에서 우리끼리만 떠드는 독불장군을 누가 알아준단 말인
가? 급변하는 국제정세에 대응하지 못하면 조선 시대처럼 또 당하고
만다.

'안되면 조상 탓!'이라는 이야기가 자꾸 나오려고 한다. 그러나 우리는

1개의 특별자치시로 구성되어 있다. 일본의 켄은 우리의 도와 비슷하다. 그러나 켄의 면적은
우리의 도의 절반 정도에 불과하다.

경우에 따라 조상 탓도 하지 않을 수 없다. 왜냐하면, 나쁜 역사를 되풀이하고 싶지 않아서이다. 즉 우리가 후손에게 조상이 되었을 때를 생각해서 다시는 땅을 빼앗기는 역사를 되풀이하지 말자는 의미이다.

독도는 맑은 날 울릉도에서 육안으로 보인다. 일본의 제일 가까운 섬 오키노시마隠岐の島에서는 수평선만 보일 뿐이다. 상식적으로도 일본 땅일 리 없다.

이 문제가 방송에 나오자 한 일본 친구는 "섬이 두 개니 사이좋게 반으로 나누면 좋지 않을까요?"라고 말했다. 남의 땅을 반으로 나누자니 참 괘씸하다. 또 어떤 친구는 "우리가 섬을 줄 테니 바다를 줄래요?"라고 엉뚱한 소리를 했다. 나는 말할 값어치조차 못 느끼고 화제를 돌렸다.

그러나 독도를 아무리 우리 땅이라고 외쳐도 국제적으로는 일본 땅으로 인정받고 있다고 한다. 우리가 너무 국제정세에 어두웠던 시절이 있었기 때문이다. 국제사법재판을 하면 우리가 불리하다는 말도 있다. 일본이 그것을 알면서도, 우리의 대통령이 독도를 방문하는 퍼포먼스를 벌여도 가만히 있는 것은 독도를 이용해 다른 이익을 충분히 얻고 있기 때문이라고 한다. 먼 안목을 보는 일본이 참으로 얄미울 수밖에 없는 하나의 예이다.

설마 태권도의 조상이
일본이라니?

나는 대학졸업논문을 우리나라의 국기인 '태권도와 내셔널리즘'에 대해서 썼다. 그래서 석사와 박사 논문도 그 방향으로 갔다. "태권도가 한국 내셔널리즘 형성에 어떻게 공헌했나?"하는 것이 내 연구 과제이다.

나는 일본에 유학 와서 일본어 학교 때부터 일본의 전통무술의 하나인 아이키도를 수련했다. 그 이유는 당시 메이지학원대학明治学院大学영어과 교수인 친구의 권유도 있었으나 모처럼 일본에 왔으니 일본무술을 하나 습득해서 돌아가고 싶은 마음이 있었기 때문이다.

아이키도는 우리나라의 합기도와 비슷한데 발은 전혀 안 쓰고 손만 쓴다. 이는 검술에서 나온 기법이기 때문이다. 검을 쓸 때 발을 쓴다는 것은 곧 죽음으로 가는 길이다. 손이 발보다 훨씬 빠르기 때문이다. 그래서 검도劍道도 발은 절대 안 쓴다. 검을 쓰는 무술인데 발을 쓴다면 변형된 것이다.

그래서 졸업 논문도 '일본무술'이나 '무사도 정신'에 대해서 쓰고 싶었다. '일본무술'을 연구한다는 것은 조선의 명군의 하나인 정조대왕의 명을 이제라도 따른다는 의미도 있다. 나는 그때 일본의 왜검을 제대로 연구하지 못했기 때문에 또 일본에 식민지 침탈을 당했다고 생각한다. 메이지유신明治維新을 일으켜 일본을 개화한 것도 조선침략을 주도한 인물도 모두 일본의 무사들이기 때문이다. 그래서 일본무술을 문무양도에서 깊이 연구해 우리나라에 전하고 싶었다.

그러나 지도 교수님이 "유상은 졸업논문을 한국무술인 태권도에 대해서 쓰는 것이 어때요?"라고 권했다. 나는 "모처럼 일본까지 와서 한국 무술이라니? 일본 것을 배워서 돌아가야 유학이 아닌가?"라는 생각이 들어 좀 주저했다.

그런 내 마음을 읽기라도 한 듯 교수님은 "일본무술을 유학생이 연구하기엔 시간이 너무 짧아요. 한국무술을 일본에 알리는 것도 좋은 의미가 있으니 태권도에 대해 한 번 써보세요."라고 재차 권했다.

앞서 언급했듯이 나는 일본 교수님들에게 반론을 제기하다 전공, 부전공과목에서 낙제를 받은 경험이 있다. '논문 지도교수님의 말을 안 들으면 이번에는 정말 졸업도 못 하는 것 아니야? 여기까지 생고생하며 참고 왔는데 그건 정말 안 된다!'라는 위기의식이 들어 교수님 말에 무조건 따르기로 했다. 그래서 태권도에 관한 연구를 하게 된 것이다.

나는 일본에 올 때까지 태권도는 우리나라 고유의 전통무술이라고 배웠다. 그러나 그 신뢰심에 의문이 생기는 일이 일어났다. 그때 마침 유학생과의 소개로 무사시노시武蔵野市 토요학교에서 일본의 초등학생들에게 태권도를 가르치게 되었다. 태권도는 올림픽 정식 종목이고 우리나라의 자랑이다. 그것을 일본의 장래 주역인 초등학생들에게 가르칠 기회가 와서 너무 기뻤다.

그래서 태권도복을 빌리고 '어떻게 하면 일본 초등학생들에게 쉽게 가르칠 수 있을까?'하고 궁리하던 끝에 일본의 가라테空手道와 비교하면서 가르치기로 했다. 가라테가 태권도와 비슷한 것은 익히 알고 있었기 때문이다.

그러나 서점에 가서 가라테의 책을 펼쳐 본 순간 나는 깜짝 놀랐다. 이건 태권도와 비슷한 정도가 아니라 완전히 똑같았다. 동작이나 품새도 이름만 다를 뿐 완전히 판박이였다. 마치 동작 이름을 번역한 것 같았다. '일본 사람들은 모방을 잘한다더니 어느새 태권도까지 훔쳐다 가라테를 만들었네?'라고 생각했다. 그런데 공부를 하다 보니 가라테의 역사가 더 깊다는 것을 알게 되었다.

가라테는 원래 오키나와沖繩의 무술이다. 다이쇼大正(1912~1926)시대에 오키나와의 가라테 명인 후나고시 기친船越義陳珍에 의해 일본본토로 건너왔다. 그것을 일제강점기에 우리나라 유학생[6]들이 배워 광복 후 한국에 퍼트린 것이다. 이에 대해서는 한때 논쟁이 많았다.[7] 그러나 이젠 위와 같은 의견이 정설로 받아들여지고 있다.

나는 여름방학 동안 태권도를 가르치면서 전처럼 힘이 넘치지는 못했다. 그러나 한 번 정한 것이었기에 도중에 포기할 수는 없어 열심히 가르쳤다.

나중에 대학원에서 나는 『당신들의 대한민국』이라는 베스트셀러 저자 박노자 교수님을 만나 술을 마실 기회가 있었다. 그는 지도교수님

---

6) 초창기 태권도를 창립한 주역인 청도관의 이원국, 창무관의 윤병인, 송무관의 노병직, 오도관의 최홍희 등이 일본에서 가라테를 배워 귀국했다.
7) 태권도의 가라테 유래설에 관한 첫 문헌은 양진방의 논문 「광복 후한국 태권도의 발전 과정과 그 역사적 의의」(1986)와 김용옥의 『태권도 철학의 구성 원리』(1990)가 있다. 그 뒤로 태권도 실무자들인 전 국기원장 김운용의 「이것이 진실이다」(월간체육, 1994. 8), 전 부원장 이종우의 고백 「태권도의 과거 충격적 고백」(신동아, (2002. 4)도 나왔다.

의 초청으로 세미나에서 강의를 하기 위해 스웨덴 스톡홀름대학에서 일본에 왔다. 그의 저서를 사서 읽어보니 정말 우리나라에 대해 객관적인 좋은 충언이 많이 쓰여 있었다. 원래 러시아인이나 한국부인을 얻어 한국으로 귀화했다고 했다.

내가 태권도를 연구한다고 했더니 "한국에서는 태권도를 건들면 절대 안 됩니다. 불가침 성역입니다. 저는 글을 쓰려다 포기했어요. 한번 신념을 가지고 열심히 써보세요."라고 말했다. '그 정도라니? 자기 소신이 강한 박노자 교수님이 포기했을 정도라면 정말 힘들겠구나! 괜히 긁어 부스럼 만드는 것 아니야? 인생 골치 아프게 살 필요가 있을까?'라는 생각이 들어 허탈감을 느낄 정도였다. 그래서 연구 주제를 바꿀 생각도 했다.

그러나 '민주국가의 기본권이며 헌법이 보장하는 표현의 자유를 구가할 수 없다면 어떻게 좋은 연구가 나오겠나? 그리고 밥그릇 싸움하는 자들이 무섭다고 진실을 밝히는 것을 회피한다면 세상은 거짓과 불신으로 가득 찰 것이 아닌가?'라는 생각을 하고 의지를 꺾으면 안 된다고 생각했다.

'문명은 흐른다.'고 앞에서도 말했다. 태권도는 이제 우리에게 맞게 정착되어 우리의 무술이 되었다. 그 조상이 중국이건 오키나와건 일본이건 관계없이 지금은 우리의 것이다. 일본은 한자가 중국 것임에도 불구하고 30% 이상 그들의 문자로 쓰고 있다. 그렇다고 일본 문자를 중국 문자라고 하지는 않는다. 전통문화에 대한 인식과 고정관념을 이제는 바꿔야 하지 않을까?

제3국인은
꺼져라!

일본 사람 중에는 외국인을 차별하는 사람들이 많다. 그런데 우리 나라 사람들은 외국인을 우대하는 편인 것 같다. 나는 어려서부터 선생님들에게 "석유 한 방울 안 나고 천연자원이 별로 없는 우리나라는 외국과의 교역이 없으면 살아남을 수 없습니다. 그러므로 외국인과는 친하게 지내야 합니다."라는 말을 들었다. 그래서 나에게 외국인을 소중하게 생각하는 정신이 깃든 것 같다.

석유도 안 나고 천연자원이 별로 없는 것은 일본도 마찬가지다. 그리고 일본은 우리보다 인구도 많다. 1억이 훨씬 넘는 인구를 유지하기 위해서는 외국과의 교역이 절실하다. 더구나 식량의 자급자족률도 반이하다.

일본이나 우리나라는 국토면적과 비교하면 2~3배의 인구를 가지고 있다. 이는 광복 후 미국의 무상 식량 원조에 의한 것이다. 그래서 인구가 폭발적으로 늘었다. 일본의 단카이세다이団塊世代(단괴세대)[8]라고 부르는 세대가 바로 그렇다.

---

8) 1차 베이비붐인 1947~1949년 사이에 태어난 세대로 3년간에 무려 806만 명이 태어났다.

미국은 일본과 마찬가지로 우리나라에도 밀가루나 옥수수를 무상으로 원조했다. 그래서 선생님들은 "이는 이승만 대통령의 외교술의 결과이며 미국은 고마운 우방입니다. 우리는 그 은혜를 잊으면 안 됩니다."라고 강조하기도 했다.

나는 초등학교에 다닐 때 학교에서 점심시간에 옥수수빵을 배급받았다. 타서 검댕이 자국이 있고 딱딱했지만 꿀맛이었다. 그때 미국에 감사한다는 의미로 서쪽에 묵례하고 먹었다. 그리고 입을 벌리면 영양제라는 것을 한 방울씩 떨어트려 줘서 입맛을 다시며 먹었던 기억도 있다.

그러나 미국의 아시아 정책의 하나인 식량 무상원조에는 미래의 야심이 숨어 있었다. 바로 인구를 늘려서 장래의 식량 시장을 미리 확보해 두겠다는 것이다. 지금 현실적으로 그들의 의도대로 되어 있다.

여하튼 이제 세계는 서로 무역을 하지 않고는 살아남을 수 없는 글로벌 시대가 되었다. 그런데도 여전히 일본인들은 정신적으로 쇄국을 한다. 정말 조상 몇몇만이 선견지명이 있어 개방했지 일반인들은 아직도 외국인에게 문호를 개방하지 않고 쇄국을 고수하는 사람이 많은 것 같다. 저희끼리 잘 살겠다는 것이다.

참으로 어처구니없는 일을 당했기에 소개해 보고자 한다. 나는 일본에서 언어를 가르치는 아르바이트도 틈틈이 했다. 한국 사람에게는 일본말을, 일본 사람에게는 한국말을 가르쳤다. "저는 욘사마[9] 덕을

---

9) 일본에서는 〈겨울연가〉의 남자 주인공인 배용준을 그렇게 부른다.

많이 보고 있습니다. 그래서 그에게 항상 감사하게 생각하고 있습니다.”라고 학생들에게 립서비스를 한마디씩 한다. 왜냐하면, 한국어를 배우는 사람들은 욘사마 팬이 많기 때문이다. 물론 지금은 스타도 세대교체가 되어 다양해졌다.

나의 한국어교실 제자 중에 술을 좋아해서 매일 마시는 분이 있었다. 나도 술을 좋아해서 자주 같이 마시다 보니 친해졌다. 그래서 그녀와 그녀의 친구들을 한국에 몇 번이나 안내한 적도 있다.

현대에는 일본 여성이든 한국 여성이든 남자가 경제적 능력이 없으면 무시한다. 그것은 당연하다고 본다. 특히 일본 여성은 사랑보다 경제력을 우선하는 경향이 있다. 물론 남자라면 여자를 보살필 최소한의 돈이든 권력이든 능력이 있어야 한다. 진실한 사랑, 과거의 정과 의리는 정말 옛날이야기가 된 지 오래다.

그 일본 여성은 나에게는 은인과도 같다. 학원이 경영난을 겪을 때 선뜻 도와준 적이 있었기 때문이다. 그러나 그녀는 도와준 것을 자기 친구들에게 다 말해서 나를 곤란하게 만들었다. 남녀관계에서 금전 관계는 정말 조심해야 하는데 일본 여성에게는 더욱 신중해야 함을 나는 이때 절실하게 깨달았다. 일본 사람들은 부부간에도 각자 돈을 낼 정도로 금전 관계를 철저히 한다. 되도록 금전 거래는 삼가는 것이 좋다고 생각한다. 그리고 신용을 잘 지켜야 한다.

좀 핑계 같지만, 일본에서 2011년 히가시니혼다이신사이 (東日本大震災：동일본 대지진) 가 일어난 후로 경기가 더욱 악화되어 나의 학원사업도 어려움을 겪었다. 일본어를 배우는 학생들이 거의 다 귀국한 것이다. 교회도 망해서 문을 닫는 곳이 속출했다. 신자들이 많이 귀국해서 헌금이 안 걷히니 집세를 못 내기 때문이었다.

일본에 있으면 방사능 피해를 입는다는 루머도 돌았다. 후쿠시마福島 원전 폭발사고 때문이다. 그때는 한국행 비행기 표가 없어 오사카나 후쿠오카에 가서 배를 타고서까지 다들 돌아갔다. 한국어를 배우는 학생도 갑자기 줄었다.

그러나 그녀는 정말 해서는 안 될 짓을 했다. 나는 아버지가 중풍으로 8년이나 누워계셨기 때문에 한국에 자주 간 편이다. 실제로 옆에서 병간호하는 동생이나 제수씨들에게 너무 미안하기도 해서 한 번 나가면 2~3주는 한국에서 체류했다. 그런데 그녀는 그동안에 다른 남자를 만나며 결혼 약속까지 한 것 같았다.

하루는 행동이 이상해서 반 농담으로 "남자 생겼어요?"라고 물어보았다. 그랬더니 "사실은 그래요."라고 대답을 하는 것이 아닌가? 아무리 솔직한 것도 좋지만 듣고 싶지 않은 말이었다. 그리고 '설마?' 하고 믿지 않았다. 왜냐하면, 나와 사귀자고 해놓고 내가 아버지 병간호하는 동안 다른 남자를 사귀지는 않았을 것이라 믿었기 때문이다.

그런데 얼마 후 그녀가 새로 사귄다는 남자에게서 전화가 왔다. 다짜고짜 "나는 이 여자를 사랑하니 외국인은 일본에서 조용히 나가세요."라고 말하는 것이 아닌가? 참으로 어처구니가 없었다. 그래서 나도 참지 못하고 "당신 뭐 하는 사람이야? 남이 먼저 교제하는 여자를 넘보는 주제에 갑자기 전화로 뭐라고? 그리고 지금 같은 글로벌 시대에 외국인은 나가라니 정신 있어?"라고 말했다. 그랬더니 그는 "이 3국인 주제에 뭐라고 이 자식아! 감히 일본 여자를 넘보려고 해? 손떼고 조용히 일본에서 꺼져!"라고 더욱 큰소리를 치는 것이었다. 마치 일본 여자는 모두 일본 남자의 소유라는 투였다.

나는 너무 어이가 없고 화가 나서 당장 달려가 끝장을 내고 싶었다. 그러나 거리가 멀어 전화로만 싸웠다. 그는 일본의 한 철도회사 소속 프로 격투기 선수로 활약했다고 한다. 그러나 지금은 중년이라 사원으로 있는 사람이라고 들었다. 어느 정도 상식이 있을 법한 사람이었다.

그런데 그런 사람이 일본 여자 넘보지 말고 제3국인은 일본에서 나가라는 말을 한 것이다. '제3국인'이라는 말은 나의 졸저에도 밝힌 바 있으나 전 도쿄 도지사인 이사하라 신타로石原新太郎가 처음 쓴 말이다. 간단하게 말하면 "외국인은 평화로운 일본에 와서 범죄를 많이 저지르니 필요 없다! 모두 추방해야 한다!"라고 말한 것이다. 참으로 어리석은 우익주의자였는데 그의 말을 추종하는 일본인이 하필 나와 부딪힌 것이다.

나는 그런 사람을, 하물며 내가 아버지의 병수발 기간에 만난 지조 없는 여성과 바로 헤어졌다. 그녀가 한때 나를 도와준 것은 지금도 정말 고맙게 생각한다. 그러나 남녀가 교제하는 데 후타마타二股(양다리)를 서슴없이 걸치고 남자끼리 싸움을 붙이는 여성을 용서할 수는 없었다. 아무리 선진국에서는 자유스런 연애를 하고 남녀 간에 여성의 힘이 세졌다고 하더라도 인간으로서 최소한의 매너는 지켜야 한다고 생각한다. 나비부인처럼 '일편단심 민들레야!'로 유명한 일본 여성이 일찍이 서양문화에 익숙해졌다고는 해도 좀 실망스럽기 그지없다.

일본 남자들은 외국인 여성에게 관대하다. 그러나 외국 남성이 일본 여성과 사귀는 것은 노골적으로 싫어한다. 이것도 일종의 속 좁은 마음의 쇄국이다. 자기 나라 여성을 외국 남성에게 빼앗기지 않겠다는 아집이다. 나는 지금까지 일본 친구들과 교류하면서 그런 면을 적지 않게 느껴왔다.

일본인과 처음 교제할 당시 나는 연하장이라도 쓰려고 내가 가이드했던 아케미明美라는 일본 여성의 주소를 친구에게 물어본 적이 있다. 그는 여성의 연락처를 알면서도 모른다고 했다. 그러나 나는 "아! 그래? 그럼 할 수 없지." 라고 말할 수밖에 없었다. 그런데 나중에 그 여성으로부터 "그가 내 주소를 모르다니 말이 돼요? 자기는 연하장을 보냈으면서…"라는 말을 들었다.

그리고 내가 가이드한 아사야마朝山라는 일본 여성이 답례로 선물을 보내온 적이 있었다. "나한테는 그런 선물도 없었어요. 유상은 가와이이可愛い(귀여운)한 여자에게 관심도 많이 받고 부러워요."라고 말했다. 그때는 농담인 줄 알았는데 내가 일본에 와서 그에게 연락하여 그녀의 행방을 물어보니 이사 가서 연락이 안 된다고 말했다. 내가 그녀와 가까워질까 봐 정말로 은근히 질투했던 것이다.

또 내가 한국에서 서울올림픽 전에 가이드한 와카바야시 시호若林志穂 라는 일본 가수의 연락처를 연예인 사무소에 있는 친구에게 물은 적이 있다. 그도 역시 모른다고 대답했다. 그럴 리가 없는데도 말이다. 이처럼 일본 남성들은 자국 여성이 외국 남성과 교류하는 것을 은근히 싫어하고 못 하게 방해하기도 한다.

어떤 친구는 "결혼은 자기 나라 여자와 하는 것이 최고야! 국제결혼은 불행의 시작이야! 유상도 결혼은 한국 여자와 하는 것이 좋지 않아요?"라며 자기는 국제결혼을 했으면서 일본 여자와의 결혼을 은근히 반대하는 사람도 있었다.

　정체원整体院을 하면서 느낀 점이다. 마사지를 받으러 오는 사람들을 비교해 보아도 일본 남자들의 일본 여자에 대한 '누가 채갈까?' 염려하는 듯한 과잉보호를 엿볼 수 있다. 커플이 마사지를 받으러 오면 남자는 자기 여자를 남자 정체사整体師에게 맡기려 하지 않는다. 대부분이 여자는 여자 선생이, 남자는 남자 선생이 시술하는 것을 원한다. 기氣의 소통이라는 것은 음양陰陽의 법칙에 따라 이성이 시술해야 약하게 해도 효과가 크다. 그런데도 일본 남자 대부분은 자기 여자를 남자 선생이 시술하는 것에 대해 노골적으로 싫어한다. 혹 맡겨도 가끔 고개를 들고 여자 쪽을 바라보며 감시하는 사람도 있다. 우리나라의 경우 이성이 시술하는 것은 당연시되고 있다. 그리고 남자들은 마사지 받는데 치사하게 감시 따위는 하지 않는다.

　나는 일본 친구들에게 우리나라 여자를 많이 소개했다. 고향 친구의 여동생 중에 일본어를 전공하는 대학 3학년이 있었다. 독학한 나보다 회화를 못 해서 일본인 기자 친구가 왔을 때 소개했다. 그를 계기로 일본어를 더 공부하라는 의미였다. 일본 연예인 사무소 친구에게는 일본에 진출하고 싶어 하는 연예인을 소개했다. 또 모 일간지 기자에게는 내가 일본어를 가르친 여가수 O를 소개한 적도 있다.

　이처럼 나는 일본 남자들에게 우리나라 여자들을 아무런 스스럼없이 소개했다. 민간교류는 한·일 관계의 발전에 좋은 기여를 할 수 있다고 생각해서였다.

　일본 남자 중에는 정말 위와 같은 편견을 가진 사람이 의외로 많다.

거물급 정치가가 외국인을 제 3국인 취급할 정도니 오죽하겠나? 겉으로 그 수가 정확하게 밝혀지지 않은 것뿐이다. 이 점을 염두에 두지 않으면 외국인은 또 언제 일본인에게 '제3국인은 꺼져라!' 하고 무시와 차별을 당할지 모른다.

왜 사과를
하지 않을까?

　일본 TV에서는 사과 기자회견을 하는 것을 쉽게 볼 수 있다. 가령 의료사고로 환자가 사망했을 경우 병원장이나 의사들이 기자회견을 열고 90도로 고개 숙여 사과한다. 또 학교에서 사고가 발생해도, 기업에서 불량품이 나왔을 때도 어김없이 사과 기자회견을 한다. 개발도상국에서는 상상도 할 수 없는 광경이다.

　이런 사람들이 있는 일본에서 왜 정치가들은 과거 태평양전쟁의 피해국들에 사과를 하지 않을까? 우리는 독일이 프랑스나 유럽의 2차 세계대전 피해국들에 사과하는 것을 보고 그렇게 하지 않는 일본을 욕한다. 사실 괘씸하다. 폭행한 피의자가 아무 사과도 없는 것과 같다. 배상금 몇 푼 줬다고 해서 고자세로 나온다면 이도 참기 어렵다. 사과는 고사하고 총리가 야스쿠니 진자 참배나 해서 한국과 중국 등 태평양 전쟁 피해국들을 자극하고 있다.

　나는 연초에 연례적으로 대학 때 학장님 댁에서 15년째 김치찌개를 만들고 있다. 어느 해인가 학장님의 제자인 일본 민주당 모 의원과 일본 총리의 야스쿠니 진자 참배 문제에 대해 논쟁한 적이 있다. 이야기 끝에 그는 나에게 "한국 사람들이 일본 총리의 야스쿠니 진자 참배를 그토록 싫어하니 전범들의 위패를 다른 곳으로 이전하면 되겠습니까?"라고 물었다. 나는 "그럼 별문제가 없겠지요."라고 대답했다.

야스쿠니 진자에 전범의 위패만 없다면 우리나라 대통령이 국립묘지를 참배하는 것이나 마찬가지이기 때문이다. 나라를 위해 전쟁에서 희생된 사람들을 참배하는 것이 뭐가 나쁘겠나? 다 자기 나라의 순국선열들이 아닌가? 단지 우리가 우려하는 것은 전범들도 애국자 취급을 해서 일본이 다시 침략주의로 돌아가지 않나 하는 점이다.

일본에서 야당이 정권을 잡았을 때는 그래도 한국, 중국과 관계개선을 하려는 시늉이라도 했다. 무라야마村山 연립정권이 그랬고 제1야당인 민주당이 정권을 잡았을 때가 그랬다. 그러나 다시 자민당이 집권하자 원점인 우익주의, 나아가 과거의 침략적 제국주의로 돌아가려고 하고 있다.

일본의 정치는 개발도상국 수준도 안 된다고 한다. 민주주의라는 것은 야당과 여당이 교대로 정치를 해야 발전한다. 그런데 일본은 메이지明治 유신 이래 지금의 자민당自民党이 거의 집권해왔다. 이름만 바뀐 것이다. 야당이 연립하거나 민주당民主党이 잠시 정권을 잡은 적은 있으나 모두 너무 실정을 했다. 그래서 일본국민들이 외면해서 다시 정권이 자민당으로 넘어갔다. 사실 민주당도 자민당의원들이 탈당해서 만들었기 때문에 같은 뿌리다. 즉 정치색깔이 거의 비슷하다.

그리고 일본은 파벌정치다. 예를 들면 하시모토파橋本派, 아베파安部派 등으로 불리는데 파벌의 총수가 총리보다 실권이 있을 정도다. 왜냐하면 다 뒤에서 조종하기 때문이다. 파벌에 소속되지 않으면 국회의원 공천도 받을 수 없고 정치적으로 클 수도 없다. 무소속 의원도 뒤에서는 파벌의 지원을 받지 않을 수 없다. 그래서 일본 국회의원 후보들은 무소속 출마를 해도 '○○당 공인'이라는 말을 쓰기도 한다.

또한, 일본의 정치는 세습이기 때문에 집안끼리 다 해먹는다. 즉 아버지의 지역구를 아들이나 딸이 이어가는 실정이다. 전 총리대신인 하토야마 유키오鳩山由紀夫처럼 3, 4대째 총리나 주요 대신을 한 집안도 있다. 그는 총리 출신임에도 불구하고 너무 엉뚱하고 바보스러운 행동을 해서 우츄진宇宙人(우주인)이라는 별명이 붙었다. 얼마 전에는 일본 정부의 반대에도 불구하고 크리미아를 방문해서 미국까지 놀라게 했다. 이를 보고 일본 사람들은 어려서부터 너무 오봇짜마お坊ちゃま(양갓집 도령)로 키워서 행동이 제멋대로라고 말한다. 세습정치의 폐단을 보여주는 좋은 예이다.

현역총리로서 격무로 인해 과로사한 오부치 게이조小渕恵三의 딸 오부치 유코小渕優子는 아버지의 지역구를 물려받았다. 그리고 경제산업대신 등 요직을 역임했다. 그녀의 할아버지와 작은아버지도 정치가이다. 전 총리 고이즈미 준이치로小泉純一郎의 아들 고이즈미 신지로小泉新次郎는 현 중의원으로 자민당의 중책을 맡고 있다. 현 총리 아베 신죠安部信三도 조부 아베칸安部寛이 중의원 의원을, 외조부 기시 노부스케岸信介가 총리를, 작은할아버지 사토 에이사쿠佐藤栄作가 총리를 지냈다. 그리고 부친 아베 신타로安部晋太郎도 외무장관 등을 역임한 정치가였다. 이러한 일본 정부가 북한 정권을 세습이라고 흉본다. 과연 그럴 자격이 있는지 모르겠다.

일본은 이 정도로 집안끼리 정치를 한다. 그러니 어찌 사과하겠는가? 사과하는 것이 곧 아버지나 할아버지의 잘못을 인정하는 격이다. 자식이나 자손이 그것을 실행하기란 쉽지 않을 것이다.

앞에서도 말했듯이 일본이 연립여당으로 정권을 잡았을 때는 사과하는 시늉이라도 냈다. 바로 무라야마村山 담화[10]가 그것인데 지금의 아베 총리는 이를 번복하려 하고 있다. 아베 총리는 또 헌법을 개정해 자위대를 군대화해서 전쟁을 할 수 있게 만들려 하고 있다. 그 법안은 곧 통과된다. 이는 과거에 일본이 군국주의로 치닫던 때와 별반 다르지 않다.

미국으로서는 아시아에서의 군비를 절약하기 위해서라도 일본의 군비 확장을 환영하고 있다. 과거처럼 일본이 미국을 치는 어리석은 짓은 절대 못 할 것이라는 확신이 있기 때문이다. 그리고 군비 확장의 한계를 정해놓고 있기 때문에 일본이 미국의 상대는 절대 되지 못한다. 즉 돈만 쓰라는 이야기이다.

미국이 보는 일본은 우리가 생각하는 것과 전혀 다르다. 일본은 전쟁을 한 당사국이고 우리는 피해국이어서 미국은 우리를 동정할 것이라는 착각을 실제로 했다. 그러나 미 군정이 일본의 뜻대로 친일파를 그대로 등용한 것만 보아도 우리의 생각이 어리석었다는 것이 여실히 증명된다.

---

10) 1995년 8월 15일, 종전 50주년 기념식에서 당시 총리인 무라야마(村山)가 식민지배와 아시아 침략에 대해서 공식으로 사과했다. 총리의 이름을 따서 무라야마 담화라고 부른다.

한반도를 분단한 것도 미국이다. 미국은 태평양전쟁에서 거의 단독으로 일본에 이겼다. 그러나 전쟁이 끝나갈 무렵 참전한 당시 소련에 이권을 주지 않으면 안 되었다. 소련은 일본의 홋카이도北海道를 원했다. 이에 미국은 공산세력과 태평양에서 직접 대치하고 싶지 않아 한반도를 38도선으로 나누자고 했다. 그래서 한반도의 북쪽은 공산 진영이, 남쪽은 민주진영이 지배하는 이데올로기 대립에 들어가게 된다. 그렇게 미국이 마음대로 갈라놓은 분단이 거의 그대로 지금까지 이어오고 있다. 한민족에 대한 배려는 눈곱만큼도 없었다. 오히려 전쟁 당사자인 일본은 불이익은커녕 한반도의 전쟁과 대립으로 인한 호황을 누려 현재 세계 제3위의 경제 대국이 되었다. 그러나 아무 죄도 없는 우리 민족은 지금도 막대한 피해를 보고 있다. 이래도 미국이 우리의 우방이란 말인가?

목숨을 걸고 독립운동을 한 민족주의자는 일본이 말살하고 미국이 또 죽이고 친일파가 정리까지 한 것이다. 그런데도 우리는 아직도 미국을 우방이라고 믿고 너무 달콤하게 생각하고 있는 것 같다.

일본은 지금 사과를 하면 그들의 체제가 무너진다고 생각하고 있다. 지금 일본 정권은 극우파가 잡고 있는데 이들을 뽑아준 사람은 일본국민들이다. 즉 일본국민이 원해서 탄생한 정부다. 그러므로 일본인이나 일본 정부나 생각은 같다고 보아야 한다. 내가 일본인들과 개인적으로 말해 보아도 우리에게 사과할 마음이 전혀 없는 사람이 대부분이다.

오히려 요즘은 박근혜 대통령을 욕하는 일본인이 많다. 예를 들면

"세월호 사건 때 한국은 왜 일본의 지원을 거절했죠? 일본의 해난구조 기술은 세계 최고인데 말이에요." 또는 "오바마 대통령이 양국의 화해 중재를 할 때 아베 총리가 한국말로 인사하고 먼저 악수를 청해도 박근혜 대통령은 고개를 돌리고 모른 척하더군요. 아베 총리는 며칠 동안 한국어 인사 연습을 했다던데…. 일국을 대표하는 대통령이 그래도 되나요? 여자라 속이 좁은 것인가요?"라는 식이다.

이런 일본인들을 상대로 사과를 바라는 것은 좀 어리석다는 생각이 든다. 그까짓 것 받아봐야 뭐하나? 그래도 개중에는 사과하는 일본인이 있다. 그들은 역사를 객관적으로 제대로 공부한 사람들이다. 그러나 일반인들은 일본 정부가 만들거나 허가한 교과서만 배운다. 그러니 정부의 의도대로 갈 수밖에 없다. 일본의 국민 내셔널리즘 교육은 학교뿐만 아니라 매스컴에서도 한다. 일본은 문화나 기술, 요리, 관광 등에서 세계 최고이고, 나는 일본인이라는 것에 대한 자긍심을 쉴 새 없이 불어넣고 있다. '국민은 무지하므로 모두 정부의 꼭두각시다'라는 말을 한 정치가도 있다. 그러니 국민은 일본 정부의 의도대로 통솔되어 가는 것이다.

사과도 않는 일본에 대해 한국인의 한 사람으로서 화도 나고 억울하다. 그러나 열 받는다고 가슴을 닫고 살면 되는 일도 없고 개인적으로도 인생이 재미가 없다. 우리는 일본을 괘씸하다고 욕만 할 것이 아니라 아예 사과를 받으려는 기대도 말고 다른 방도를 모색해야 할 것이다.

외국인 남자의
일본 거류 거절

일본은 외국인을 차별하고 일본땅에 발을 못 붙이게 한다. 제도도 외국인이 일본에 거주하기 어렵게 만들었지만, 사람들의 대접도 그렇다. 그런데 알고 보니 자기들끼리도 지역 차별을 한다. 도쿄와 붙어 있는 켄은 치바千葉, 사이타마埼玉, 야마나시山梨, 가나가와神奈川이다. 도쿄 출신 친구의 말에 의하면 '군타마치바라기ぐんたまちばらぎ"11)라는 말이 있어 이들 지역에서 전학을 오면 촌놈이라고 놀렸다고 한다.

도쿄에서 시골로 이사를 가도 그 지역 사람들에게 따돌림을 당한다. 한국어 제자 한 명이 도쿄에서 가나가와켄神奈川県으로 이사해서 20년째 미용실을 경영하고 있는데 지금도 주민들에게 따돌림을 당하고 있다고 한다. 그 지역에서 같이 가마메시釜飯(솥밥) 집에 간 적이 있는데 그분이 주인과 별로 사이가 좋지 않다는 인상을 받았다. "그런 대접을 받고 왜 가요?"라고 물었더니 "한 동네서 살려면 싫어도 가끔은 다녀야지요."라고 대답했다.

일본 사람들은 무라하치부村八分(마을 내 따돌림)라는 말이 있을 정도

---

11) 군마(群馬), 사이타마(埼玉), 치바(千葉), 이바라기(茨城)를 줄인 말이다.

로 그 지역에 순응하지 못하면 살기 힘들다. 그러므로 억지로라도 장사하는 집을 돌며 얼굴도장이라도 찍지 않으면 안 된단다.

가나가와켄은 일본에서 수준이 높은 곳이다. 요코하마가 켄쵸県庁(우리의 도청) 소재지인데 도쿄의 학생들도 무시하지 못한다고 한다. 그 이유는 서양문물을 제일 먼저 받아들인 곳이 우라가浦賀[12]이기 때문이다. 일본인이 꼼짝 못 하는 서양문물을 수도인 도쿄가 아니고 가나가와켄 사람들이 먼저 받아들여 문명화한 것이다. 물론 개항지였던 나가사키長崎도 있지만, 그곳은 일본의 수도인 도쿄에서 964㎞나 떨어져 있다.

일본 사람들은 쇄국을 하면서도 외국 여자는 우대하고 받아들인다. 왜일까? 이에는 지리적 요건상 외국과 피가 섞일 기회가 거의 없었던 것도 그 이유의 하나이지 않나 추정된다. 일본은 섬나라다. 미국 빼고는 역사 이래 정말 외세의 침략을 한 번도 받은 적이 없다. 몽골의 칭기즈칸이 고려의 배를 이용해 일본을 두 번 침략했으나 모두 태풍으로 실패하고 말았다. 그래서 가미카제神風(신풍)가 일본을 지켰다고 일본인들은 자랑한다. 태평양 전쟁 때는 가미카제 특공대가 생겨났을 정도다.

일본은 정말 신이 도왔는지도 모른다. 우리는 몽골에 고려의 처녀들이 셀 수 없이 납치당하며 치욕을 당했다. 그리고 조선 시대에도 북방 오랑캐나 일본에 여자들이 수난을 겪었다. 그래서 환향년還鄕女이란 말도 나왔다. 환향년이란 오랑캐에게 잡혀갔다 돌아온 죄도 없는 여

---

12) 1853년 7월 8일, 미국의 페리가 구로부네(黑船: 검은 배)를 이끌고 우라가(浦賀) 앞바다에 정박하여 바쿠후에 개항을 요청한다. 일본은 이에 응하지 않을 수 없었다. 이 경험을 일본은 조선과의 '강화도조약' 때 그대로 써먹는다.

자들을 멸시하는 말이다.

남남북녀南男北女라는 말처럼 북한 여자들이 예쁜 것은 중국이나 북
방 민족에게 침략을 많이 당해 피가 많이 섞였기 때문이라는 말이 있
다. 스페인 사람들도 같은 이유에서 미남미녀가 많다고 한다. 그런데
일본은 털끝 하나도 다치지 않았으니 말이다. 정말 부러울 정도다.

일본은 외세의 침략을 받지 않았지만 도요토미 히데요시가 전국을
통일하기 전까지는 내전을 계속했다. 우리의 삼국시대 이상으로 수십
개의 나라가 있어 서로 영토를 빼앗으며 싸웠다. 그래서 지금도 출신
지역별 경쟁심이 강하다. 그리고 지방자치제가 발달되어서 고향에 대
한 애향심과 자긍심도 강하다. 특히 도쿄와 오사카大阪는 관동과 관
서를 대표하여 지금도 경쟁한다. 이는 세키가하라 갓센関ヶ原合戦(세키가
하라 전투)13)으로 동군과 서군이 전쟁을 했는데 서군이 진 것에 대해 오
사카 사람들은 지금도 억울해하는 감정이 남아 있기 때문이다. 그때
서군이 이겼으면 일본의 수도가 오사카가 되었을지도 모른다. 이처럼
내전을 오래 하고 지역별로도 적대하니 피가 더 섞이지 않는다. 즉 결
혼도 자기 고장 사람끼리 하는 경우가 많은 것이다. 물론 정략적으로
적군과도 결혼을 하나 극히 일부의 윗사람들뿐이다.

관서지방 사람들이 관동을 싫어하는 것은 대학입시에서도 잘 나타

---

13) 1600년, 도쿠가와 이에야스(德川家康)의 동군과 도요토미 히데요시가 죽은 후 그의 어린
아들을 지지하는 서군이 지금의 기후켄(岐阜県) 세키가하라(関ヶ原)에서 충돌한 전쟁. 서
군은 이 전쟁에서 패하고 오사카성(大阪城)에서 최후까지 저항한다. 그러나 최종적으로
함락당해 도요토미가는 멸족하고 에도 바쿠후(江戸幕府)가 세워진다.

난다. 즉 관동에 있는 일본 최고의 대학인 도쿄대학東京大学에 들어갈 실력이 충분해도 관서에 있는 교토대학京都大学에 들어가는 학생이 많은 것은 그런 이유가 있기 때문이다. 물론 하숙비 등 경제적인 이유도 있다. 수재들이 많이 들어간 덕택에 도쿄대학과 교토대학은 노벨상을 받은 학자가 2015년 9월 말 현재 7명씩으로 같다.

일본의 민족구성을 보면 한반도에서 건너간 도라이진渡来人[14]과 홋카이도의 아이누アイヌ족, 필리핀 쪽에서 해류[15]를 타고 온 난반족南蛮族(남만족)이 혼혈하여 생겼다. 그중 지정학적으로 도라이진이 제일 많다. 그래서 언어도 우리말과 어순이 같다. 일본어는 조선어의 사투리 중 하나라는 연구논문이나 책자[16]도 많다.

일본의 황족이나 귀족도 자기들끼리 결혼을 했다. 하층과 피가 섞이는 것을 꺼려했기 때문이다. 백제의 공주가 일본 황실에 시집을 가기도 했으나 결국 도라이진의 피다. 우리도 삼국시대나 고려시대의 왕족이나 귀족들 사이에서는 근친혼이 성했었다. 그러나 근친혼을 하면 피가 엷어져서 바보나 기형아가 많이 태어난다고 한다.

황금마스크의 주인공, 이집트 고대의 왕 투탕카멘은 19세에 죽었다. 그런데 그의 집안사람은 모두 일찍 죽었다고 한다. 투탕카멘은 병사했

---

14) 도래인. 한반도에서 일본열도로 건너간 사람들을 말한다.
15) 일본에는 4개의 해류가 흐르고 있다. 필리핀 쪽에서 북상해 일본의 서쪽으로 흐르는 쓰시마카이류(対馬海流), 동쪽으로 흐르는 구로시오(黒潮), 사할린에서 일본 서해로 내려오는 리만카이류(リマン海流), 북태평양에서 일본 동해로 내려오는 오야시오(親潮)가 있다. 이런 해류를 타면 옛날에도 뗏목으로 장거리 이동이 가능했다고 한다. 그리고 한류와 난류가 만나면 고기가 잘 잡힌다. 그래서 일본이 독도를 탐내는 것이다.
16) 한 예로 김용운이 쓴 『일본어는 한국어다』(가나북스, 2006)가 있다.

는데 DNA 감정 결과 간질이었다고 한다. 그런데 더욱 놀라운 일은 그가 근친혼에 의해서 태어났다는 점이다. 양친은 남매 사이였고 그의 조상도 대개 근친혼을 했다고 한다. 고대에는 동서양을 막론하고 왕족이나 귀족들이 근친혼을 했다는 공통점이 있다는 것은 주목할 만하다. 투탕카멘의 미라는 발이 불구인데 생전에 환각과 호르몬 균형의 붕괴로 인한 통증을 상당히 겪었을 것으로 추정된다고 한다.[17] 이런 점을 미루어보아도 근친혼이 단명이나 난치병 발생과 전혀 무관하다고 할 수는 없을 것 같다.

일본은 예로부터 섬나라이다 보니 근친혼을 많이 할 수밖에 없었다. 앞에서도 말했듯이 외세의 침략을 많이 받아 피가 섞인 민족일수록 여자는 예쁘고 남자는 잘생겼으며 머리도 명석하다고 한다. 그런데 일본은 이민족과 피가 섞일 기회가 거의 없는 역사를 가지고 있다. 그래서 일본인은 외국 여자를 환영하는 것인지 일단 여자는 일본에서 우대받는다. 일자리도 많다. 그러나 남자는 일자리가 없다. 그래서 남자는 일본 땅에 발을 붙이고 살기 힘들다.

내가 일본 전국여행을 할 때였다. 민박집에서 만난 어떤 우리나라 사람이 "일본에선 남자가 발붙이기 힘들어요. 여자에게 일을 시키고 뒷바라지나 하는 것이 좋아요. 즉 기둥서방이나 기생오라비 짓이나 하는 것이죠."라고 말했다.

그때는 "웬 농담을 그리하세요?"라고 말하고 그 말에 그리 신경을 쓰지

---

17) 〈스탕카멘의 수수께끼〉, NHK E텔레비전 지구 드라마틱 2015년 3월 23일 방영.

도 않았다. 그런데 막상 유학하며 일본에 살다 정말 많은 어려움을 겪었다. 남자는 정말 일이 없었다. 여학생들은 일본말을 못해도 쉽게 일을 구했다. 그러나 나는 정말 아무 막일도 써주지 않아 많이 고생했다. 그것은 지금도 마찬가지다. 일본인은 정말 외국 남자에게는 일을 주지 않는다.

일본에서 여자는 살기 좋다고 다들 말한다. 부부 사이에 여자가 돈을 벌면 남자가 무시를 당하게 된다. 우리나라도 IMF 시대 이후에 같은 현상이 벌어지고 있다는 말을 들었다. 모든 분야에서 한국이나 중국, 동남아시아 국가들은 일본을 답습한다고 한다. 그런데 이런 것까지 답습하다니 좀 서글픈 생각이 든다.

이노 타다다카伊能忠敬와
김정호金正浩

나는 한국방송대학 일본학과에 들어가서 처음 일본사를 배웠다. 그때 일본의 이노 타다다카伊能忠敬라는 지리학자를 처음 알고 관심을 갖게 되었다. 그리고 그의 전기를 읽어보고 더욱 감명을 받는 한편 희망과 용기를 갖게 되었다. 즉 공부에는 나이가 관계없고 죽을 때까지 얼마든지 도전할 수 있다는 것을 새삼 느낀 것이다.

그는 50세를 넘어서 그때까지 운영하던 양조장을 자식에게 물려주고 자신보다 연하의 선생에게 측량을 배웠다. 그리고 새로운 인생에 도전, 각고의 노력 끝에 일본사에 남는 위대한 업적을 남겼다. 그것이 바로 '대일본연해여지전도大日本沿海輿地全図'이다.

우리나라의 김정호도 '대동여지도大東輿地圖'를 남겼다. 두 사람의 공통점은 각각 일본열도와 한반도를 수차례나 두 발로 걸어 지금의 위성사진과 비교해도 손색이 없는 정확한 지도를 만들었다는 점이다.

지도가 완성된 시기는 '대일본연해여지전도'가 1821년이고 '대동여지도'는 1861년이므로 일본이 꼭 40년을 앞선다.

그런데 여기서 왜 이런 비교하는가 하면 이들의 업적에 대한 양국의 대우가 바로 그 후 두 나라의 운명을 대변하기 때문이다. 그리고 김정호의 개인 인물사에도 일본이 관여했을지 모른다는 의문이 있기 때문이다.

이노 다다타카는 바쿠후의 허가를 받아 홋카이도를 측량했다. 이로 인해 대일본연해여지전도'가 만들어지게 된다. 이는 홋카이도 개발의 발판이 되었고 일본 영토의 기초를 다지는 역할을 했다. 그리고 이 측량에 참여한 제자 중 한 명인 마미야 린조間宮林蔵에 의해 마미야해협이 발견되었다. 이는 동양인으로서 대단한 업적이라고 평가되고 있다.

이노 다다타카는 약 19년에 걸쳐 일본 전국을 걸어서 측량했는데 늦은 나이에 대단한 정력을 보여주고 있다. 처음에 바쿠후는 그의 지도제작의 허락 여부에 대해서 망설였다. 그러나 자비라는 조건으로 허락해 준다. 그리고 그가 지도를 완성하자 좋은 대접을 해 주며 은거를 반대하기에 이른다.

이노 다다타카의 '대일본연해여지전도'는 국외에 유출될 뻔했다. 1828년 독일의 의사 겸 박물학자인 시볼트siebold가 지도를 가지고 해외로 나가려다 적발된 것이다. 이듬해 그는 바쿠후에 의해 추방되고 재입국이 금지되었다. 이처럼 이 지도는 당시의 서양인에게도 인정을 받았다. 그러나 김정호처럼 이노 다다타카는 체포되지 않았다.

김정호에 대해서 나는 초등학교 때 선생님이 다음과 같은 말을 해 주신 것을 기억한다.

김정호는 가난하게 태어났습니다. 그래도 위국(爲国), 치국(治国)이라는 사상을 가지고 전국을 걸어서 3번이나 돌고 백두산을 7번이나 올라갔어요. 그런 고생 끝에 그렇게 훌륭한 지도를 만들었어요. 그러나 결국은 옥살이를 하다 죽었어요. 그 이유는 첩자라는 누명을 썼기 때문이었지요. 외국에 지도를 팔아 조선을 치게 하기 위해서 그렇게 정확한 지도가 필요했다는 거예요. 그렇지 않으면 왜 그렇게 상세한 지도가 필요하냐는 것이 위정자들의 김정호 처형 이유입니다. 그래서 그가 만든 지도는 거의 불태워졌습니다. 참으로 황당하고 안타까운 일이라 아니 할 수 없습니다.

나는 그때 선생님의 말씀을 듣고 우리의 선조들은 너무 어리석었다는 생각을 했다. 일본 사람들이 가미카제를 자랑하는 것처럼 우리의 역사는 자랑은커녕 다 열 받고 화나는 일밖에 없다고 생각했다. 있어도 '한글'이나 '팔만대장경' '거북선' '광개토대왕비' 등 얼마 안 된다. 그 외에는 자랑거리는커녕 중국이나 일본에 맨 당하는 역사다. 내가 더 분개하는 것은 '우리 조상님들은 밸도 없었나?'하는 점이다. 왜 중국이나 일본에 당하기만 하고 복수를 할 생각을 못 한 것일까? 조상님들을 이제 와서 원망하려는 뜻은 아니다. 이점을 각성하여 우리 후손에게 쓰라린 경험을 하게 하고 싶지 않기 때문이다. 물론 당시에 잦은 기근과 외세의 침략, 당파싸움 등으로 군사를 키울 재정적 능력이 없었던 점은 이해한다. 그러나 허리띠를 조여 매더라도 된맛을 보여주는 것이 가만히 앉아 백성이 몰살을 당하고 전 국토가 초토화되는 것보다는 낫지 않았을까?

위와 같이 우리나라 문화를 회의적으로 보는 시각을 최준식은 '자민족 멸시, 혹은 무시주의'라고 평했다.[18] 또 하나는 '자민족 중심주의'라는데 공부를 해서 알면 알수록 후자에서 전자로 바뀌는 것 같다.

그런데 김정호에 대해서 일본인들이 역사를 왜곡했다는 설이 대두하고 있다. '김정호는 흥선대원군이 1866년에 이적행위자로 몰아 옥사시켰다!'라는 말을 일본인들이 만들었다는 것이다. 즉 흥선대원군을 쇄국주의자로, 새로운 문물의 흡수를 거부한 인물로 인식시키기 위해 일본인들이 조작했다고 한다. 이는 '조선은 훌륭한 인물을 스스로 죽였다!'라는 거짓 역사관을 심어주기 위해 만들어진 역사라는 것이다.

그렇게 생각하는 이유는 대동여지도가 불탄 흔적이 없이 발견되었고 김정호를 옥에 가두었거나 처형했다는 기록이 당시의 역사서에 없다는 데에 있다.

이처럼 간략하게나마 두 사람의 활약을 살펴보았다. 여기서 우리는 당시 우리의 어두운 실정과 일본의 선견지명을 엿볼 수 있다. 또한 혹시 김정호의 일생이 일본인들이나 우리의 위정자들에 의해 꾸며진 것이라고 해도 그 당시의 우리의 기울어 가는 정세를 파악할 수 있다.

그런데 문제는 같은 일이 계속 반복되어 왔다는 점이다. 왜 우리는 지금까지 국가와 민족을 위해서 큰일을 하는 사람들을 죽이지 못해 안달했을까? 그리고 일본이 정말 김정호의 인물사마저 왜곡했다면 이도 정말 간과해서는 안 될 일이다. 일본은 우리의 역사를 도대체 어디까지 건드린 것이란 말인가? 그리고 우리는 왜, 당하고만 있어야 했는

---

18) 최준식(1997), 『한국인에게 문화는 있는가』, 사계절출판사.

가? 참으로 우리는 일본과 관련된 슬픈 역사를 많이도 가지고 있다고 회한하지 아니할 수 없다.

우리와 일본과의 역사를 보면 너무 억울하고 화만 난다. 그래서 회의감에 '공부는 해서 뭐해? 바뀌는 것도 아닌데…'라고 회피하게 된다. 역사를 너무 주관적으로 보기 때문이다. 그러면 더 대책이 없다. 객관적으로 분석해 미래에 대비해야 한다. 제대로 된 역사를 알고 반성할 점을 되새겨서 다시는 나쁜 역사가 되풀이되지 않도록 노력해야 한다. 일본에 열 받아 일장기 태운다고 역사가 바뀌지는 않는다. 좀 더 냉철해야 할 것이다.

이치야죠―夜城(일야성)와 노적봉

임진왜란을 일으킨 도요토미 히데요시는 우리에게는 원흉이지만 일본에서는 영웅이다. 그는 수백 년간 전란에 휩싸인 일본을 통일한 장본인이다. 그리고 귀족이나 영주 출신도 아닌 서민에서 최고의 간파쿠関白(관백)라는 지위까지 올라간 입지전적인 인물이다.

도요토미 히데요시는 전술에도 능한 지략가였다. 한 예로 이치야죠―夜城(일야성) 일화가 있다. 이치야죠는 도요토미 히데요시에 의해 하룻밤에 세워졌다는 2개의 성이다. 그러나 실제로 하룻밤에 세워진 것은 아니다. 하나의 성은 스노마타죠墨俣城로 기후켄岐阜県에 있고, 하나는 가나가와켄 오다와라小田原에 있는 이시가키 야마죠石垣山城이다.

기후켄의 스노마타죠의 축성 시기는 불분명하다. 1561년, 혹은 1566년에 오다 노부나가織田信長가 미노美濃를 공격할 때 그의 수하였던 기노시타 도키치로木下藤吉郎(나중에 도요토미 히데요시)가 아주 짧은 기간에 성을 쌓았다고 한다. 그래서 스노마타 이치야죠墨俣―夜城로 불렸다고 하나 불확실하고 여러 가지 의견이 분분하다.

오다와라의 이시가키야마石垣山의 이치야죠는 도요토미 히데요시가 오다와라를 정벌할 때 세웠다. 그는 오다와라군이 눈치채지 못하게 성을 짓고 나서 주변의 나무를 모두 베었다. 그래서 적으로 하여금 성이 하룻밤에 세워진 것처럼 느끼게 했다. 그것을 본 오다와라군은 상대의 병력이 얼마나 많기에 하룻밤에 저런 성을 세웠을까? 하고 놀라 모두 도망갔다. 자연히 도요토미 히데요시군은 싸우지도 않고 승리하게 되었다.

도요토미 히데요시는 이런 지략을 써서 일본 전국통일을 한 후 조선을 침략했다. 그리고 병으로 죽어 7년간에 걸친 참혹한 전쟁이 끝났다. 그 후 일본에서는 도요토미 히데요시의 아들, 도요토미 히데요리豊臣秀頼를 지지하는 서군과 도쿠가와 이에야스德川家康의 동군의 내전인 세키가하라노갓센関ヶ原の合戦이 일어났다. 결과는 서군의 참패였다. 그 후 도요토미 히데요시의 부인과 자식은 오사카성大阪城에서 끝까지 저항하나 도쿠가와 이에야스에게 패해 몰살을 당했다. 이를 오사카노진大阪の陣이라고 부른다.

도요토미 히데요시가豊臣秀吉家는 씨가 말랐다. 대가 완전히 끊긴 것이다. 그의 성을 가진 후손은 이제 일본에 없다. 같은 시대의 오다 노부나가의 후손은 일본의 유명한 피겨 스케이팅 선수도 있고 도쿠가와 이에야스의 후손도 건재하다. 이를 보면 사람을 너무 죽이고 나쁜 짓을 하면 그만큼 대가를 받는다는 말이 당연한 진리같다.

이치야죠와 비슷한 이야기는 우리에게도 있다. 바로 이순신 장군의 노적봉 일화다. 노적봉은 전라남도 목포시 유달산에 위치한 봉우리의 하나다. 임진왜란 당시 우리는 적은 군사로 왜적을 상대하기에 중과부적이었다. 이를 잘 안 이순신 장군은 왜적의 침략로에서 잘 보이는 유달산의 한 봉우리를 이엉으로 덮도록 지시했다. 멀리서 보면 군량미를 쌓아 놓은 노적처럼 보이게 하기 위해서였다. 아니나 다를까 이를 본 왜적들은 저렇게 많은 군량미를 쌓아두었다면 필시 군사도 많을 것으로 판단하고 모두 도망했다고 한다. 이것이 노적봉의 유래 일화이다.

전쟁은 군사의 수보다 지략의 싸움이다. 적어도 우리는 지략가인 이순신 장군이 살아 있을 때는 왜적에게 당하지 않았다. 장군은 명철한 지략으로 수많은 해전에서 적은 배로 왜적의 배를 셀 수도 없이 격파하여 물리쳤다. 그러나 장군이 전사하자 그전에는 침략을 받지 않았던 전라도 지방까지 초토화되고 우리 백성이 헤아릴 수도 없이 몰살을 당했다.

일본도 마찬가지다. 지략가인 도요토미 히데요시가 죽었기 때문에 전쟁이 끝난 것이다. 이것이 우리에게 행인지 불행인지 참 판단하기 어렵다. 왜냐하면, 전쟁 말기에는 한창 전세가 우리의 상승세여서 왜적을 말살할 수도 있었기 때문이다. 그러나 그가 죽자 퇴각명령이 내려졌고 종전협상에 들어가게 된다. 그때 일본에 완전한 항복을 받아 규슈九州까지는 어렵더라도 쓰시마対馬(대마도) 섬이라도 전쟁보상으로 받았더라면 역사는 뒤바뀌지 않았을까? 하는 아쉬움도 든다. 쓰시마 섬은 일본이 조선을 침략하는데 징검다리 역할을 한 곳이다. 그런 곳을 우리가 확보했더라면 일본의 재침을 막을 수 있었을 것이라고 생각되기 때문이다.

CHAPTER 5

일본, 이 정도는 알자

정말 양보를 잘하고
질서는 잘 지키는구나!

일본인들이 양보를 잘하고 질서를 잘 지키는 것은 이미 세계적으로 유명하다. 특히 일본 할머니들은 정말 상냥하고 양보를 잘한다. 이게 건성이 아니고 마음에서 우러나오는 것이라고 느낀다. 완전히 몸에 밴 것이다.

대학원의 기숙사가 있는 고다이라시小平市는 길이 정비가 안 되어 인도와 차도의 구분이 없는 곳이 많다. 앞에서 자전거가 오면 한쪽은 내려서 기다려야 한다. 길이 정비가 안 된 것에는 이유가 있다. 독재국가일수록 길은 바둑판처럼 잘 정비되어 있다. 민주국가에서는 주인이 땅을 안 판다고 하면 그만이다. 독재국가처럼 강제로 몰아낼 수도 없는 것이다. 그래서 길이 휘거나 막힌 곳도 많다.

나는 '길이 바둑판처럼 되어 있겠지?' 하고 자전거를 타고 골목길을 가다 막혀 낭패를 본 적이 많다. 시간도 없는데 왔던 길로 한참을 도로 돌아 나와야 했기 때문이다. 옛날부터 주인이 땅을 안 팔아 도로 정비가 안 되었던 것이다. 심지어 일본의 최대 관문인 나리타공항에 지금도 활주로가 끊어져 미완성으로 남아 있는 곳이 있다. 땅을 팔지 않는 사람이 있기 때문이다. 이들에게는 국책사업에 협조 안 한다고 욕을 하든, 손가락질하든 관계없다. 죽어도 오로지 내 땅을 보존하겠다는 일념밖에 없다.

어느 날 자전거를 타고 가는데 앞에서 할머니가 넘어질 듯 불안스럽게 자전거를 타고 오고 있었다. 젊은 내가 내려서 기다리려고 했는데 할머니가 얼른 먼저 내리더니 지나가라고 손짓을 했다. 몇 번 경험했지만, 이 같은 경우 대부분 일본 할머니들은 먼저 내려서 기다렸다. 이처럼 일본인들은 양보를 잘한다. 걷다가 부딪힐 뻔했을 경우 "자! 먼저 가세요."라는 의미의 제스처를 하는 것은 이미 이들에게 일상화되어 있다.

그런데 몇 년 전에 일본 친구들을 데리고 우리나라를 여행할 때의 일이다. 호텔의 엘리베이터에서 내리기도 전에 먼저 밀치고 타는 사람들이 있었다. 매너 없는 행동에 너무 황당했다. 더구나 주위를 아랑곳하지 않고 저희끼리 외국말로 시끄럽게 떠들었다. "그래도 고급 호텔이니 여기에 투숙할 정도의 외국인이라면 재력도 있고 수준도 높은 사람들일 텐데…. 매너는 전혀 배운 적도 없구나!"라는 생각에 실망이 이만저만이 아니었다. 일본에서는 본 적이 없는 광경이다. 지금은 우리나라에도 그런 사람은 없다고 본다.

요즘 일본에서 전차에서 떠들고 휴대전화를 쓰거나 줄도 안 서고 질서없이 타는 사람은 거의 외국인이다. 일본인 중에 그런 사람은 거의 못 봤다. 그러니 일본인들이 외국인을 싫어하는 것이다. 평화롭고 질서 있는 나라에 와서 어지럽히는 꼴이니 말이다. 외국인이 질서를 안 지키고 범죄를 저지르는 사람이 많아서 '제3국인' 소리를 듣는 것이다.

이는 미개한, 비 문명화된 인종이라는 차별의 의미가 있는 말이다.

전차나 버스 안에서 빈자리가 있어 얼른 앉으면 외국인이다. 일본인들은 주위를 살펴보고 한참을 기다리다가 앉는 사람이 없어야 비로소 앉는다. 뚱뚱한 사람이 앉아 있어서 자리가 비좁아도 앉지 않는다. 비좁게 끼어 앉아 피해를 주지 않으려는 것이다. 자리가 비었다고 빼앗듯이 먼저 앉는 것도 참 꼴불견이다.

일본인들이 맛있는 요릿집 앞에서 몇 시간이고 줄을 서는 것은 하도 많이 보아서 이제 당연하다고 생각한다. 그런데 이들은 빠찡코를 하거나 복권을 살 때도 줄을 선다. 우리나라 사람들은 창피하게 여기고 거기까지는 하지 않는다. 빠찡코는 대개 아침 10시에 문을 여는데 몇십 m를 신문이나 만화, 혹은 스마트폰을 하면서 새벽부터 줄을 선다. 어떤 사람은 전날부터 자리를 차지하고 밤을 새우며 기다린다. 연말 점보복권이 발매를 시작하면 2, 3시간 이상 줄 서는 것은 보통이다.

기다리는 것도 인내력이 있어야 한다. 일본인은 어려서부터 참는 법을 배운다. 그러나 우리는 애들이 하는 대로 내버려 둔다. 비교적 자유롭게 키운다. 이게 성인이 되면 참지 못하고 사고 치는 성격이 될 수도 있다.

물론 참으니 스트레스는 일본인들이 더 쌓일 것이다. 그러나 무인도에서 혼자 사는 것도 아니고, 1억이 넘은 인구가 공존 공생하기 위해서는 질서와 양보는 필수이다. 그리고 질서와 양보는 그 나라 문명화의 척도다. 그것을 지키지 못하는 사람이 지키는 사람을 나무랄 수는 없는 것이다.

그런데 일본인들이 이렇게 질서를 잘 지키는 데는 누가 볼까 두려워하는 마음도 작용한다. 일본인들은 은연중에 서로 감시가 심하다. 질서를 안 지키면 애들은 "선생님! ○○가 새치기했어요."라며 고자질하고, 어른은 경찰에 전화한다. 남의 눈이 두려워 의식적으로 지키다 보니 질서가 자동으로 몸에 배는 것이다.

나는 전에 어떤 건물 복도에서 전화를 하는데 경비가 왔다. 누군가가 경비실에 알린 것 같았다. 그렇게까지 정숙을 요하는 건물인 줄 몰랐다. 그래도 그렇지 전화 정도 하는 것을 가지고 경비실에 알릴 것까지야…

일본이 너무 질서를 지키는 사회다 보니 우리식으로 생각하면 사실 인간답게 사는 재미는 없는 것 같다. 그리고 친척이나 친구끼리 교류도 없다. 너무 기계의 한 부품처럼 틀에 짜인 듯이 산다. 그래서 우리나라 사람 중에 적응을 못 하는 사람이 많다. 그러나 이 작은 지구에 인구는 폭발적으로 늘고 있다. 그러므로 많은 사람이 서로에게 피해를 주지 않고 살기 위해서는 싫어도 양보를 하고 질서를 지키는 생활에 익숙해지는 수밖에 없다.

물론 일본인 중에도 질서를 안 지키고 양보도 잘 안 하는 사람이 있다. 젊은 층에서 그런 사람이 가끔 눈에 띈다. 그리고 외국인 중에도 질서를 잘 지키고 훌륭한 사람도 많다. 단 그런 사람의 다소多少 여부가 그 사회의 선진화를 가름하는 척도일 것이다.

일본의
방송

올해 3월 23일, 5번 채널 텔레비전 아사히朝日TV의 〈한국에서 물어보고 싶은 것을 물어보았다〉라는 토크 방송을 보고 느낀 점이다. 한국인은 일본의 T 대학 K 교수와 개그맨 모 씨가 초대되었다.

"최근 한국경제 GDP의 76.5%는 재벌이 차지하고 국민의 빈곤율이 16.5%라고 합니다."

"재벌그룹 삼성의 정년은 55세에서 58세입니다. 그러나 실제로는 대부분 40대에 그만둔다고 하네요."

"한국은 정말 불쌍한 사회입니다. 자살률이 세계 1위라지요?"

"한국인은 허세 부리기를 좋아하고 프라이드가 너무 높아요."

"요즘 젊은 세대는 뜨거운 커피를 빨대로 마시더라고요."

"성형대국이라 같은 얼굴이 너무 많습니다. 모두 닮아서 누가 누군지 모르겠어요."

"같은 성과 이름도 너무 많습니다. 일본 통치 시대에 처음 성을 가진 사람이 많아서 그래요."

"무지가 죄고 무전이 죄인 사회입니다."

"모든 국민이 조상이 다 왕족이고 양반이었다고 말합니다."

"2012년 8월 이명박 전 대통령의 독도방문으로 일본에서 혐한(嫌韓) 감정이 고조되었어요."

"한국에서는 우선 반일교육부터 하지 말아야 해요."

주로 위와 같은 대화였다. 나는 이 방송을 보면서 모욕감을 많이 느꼈다. 대부분의 일본 방송에서는 이처럼 한국을 멸시하는 방송을 한다. 한국의 나쁜 뉴스는 앞다투어 부각시켜 방송한다.

한국을 멸시하는 것은 게스트로 초대된 일본 언론인의 발언에서도 알 수 있다. 그는 같이 초대된 한국 교수의 의견이 맘에 안 들었던지 "공부 좀 더하세요." 라고 말했다. 자기는 공부를 많이 했다고 은근히 자랑하고 싶은 모양인데 말하는 사람의 인격이 의심된다. 방송에서 바로 앞에 대고 이런 발언을 한다는 것은 한국인을 무시하고 깔보고 있다는 증거다.

조현아 전 대한항공 부사장 재판뉴스나 세월호 침몰 등 한국의 사건 사고 뉴스는 정규방송을 변경해가면서까지 특집 방송했다. 더구나 세월호 회장이 시체로 발견되었다는 것은 토크 방송의 게스트 누구도 믿지 않았다. 모두 하나같이 틀림없이 잠적했을 것이라고 한다. 즉 고위층이 숨겨주었을 가능성이 크다며 시체로 발견된 것을 트릭이 틀림없다고 말한다. 왜냐하면, 한국은 부조리도 많고 정경유착이 많은 아직 미개한 나라라고 인식하고 있기 때문이다. 이처럼 일본에서는 한국에 대해 방송을 해도 나쁜 뉴스 중심이다.

그러나 아시안 게임이나 월드컵 등 한국의 스포츠 경기는 방송을 잘 안 한다. 나는 일본에서 한국 축구경기를 보고 싶어도 볼 수 없어 한국의 동생에게 전화로 결과를 물어본 적이 많다.

일본인도 타인의 불행은 꿀맛他人の不幸は蜜の味이라 그런지 우리나라의 나쁜 일은 서둘러 방송한다. 얼마 전에는 '평창동계올림픽 과연 열 수 있을까?'라는 타이틀로 시설의 건설 지연에 대해 구체적으로 방송하고 있었다. 그리고 대한항공 회장의 딸이 구속되어 출자하기로 한 건설자금을 미룬다며 비꼬고 있었다.

〈성형대국 한국〉이라는 방송에서는 한국인이 게스트로 출연했는데 그들조차 일본방송의 의도대로 한국을 얕보고 비웃는 발언에 동조하고 있었다. 아무리 돈이나 일본방송 출연도 좋지만 정말 보기 안 좋은 행동이었다. 하긴 방송에서 그런 사람만 뽑아 대사를 만들어 시키니 어쩔 수 없었을 것이다.

성형수술을 많이 하는 나라는 미국, 브라질, 중국, 일본의 순이다. 한국은 순위에도 들지 않는다. 그런데도 이런 타이틀로 흉을 본다는 것은 어불성설이다. 아닌 말로 '똥 묻은 개가 겨 묻은 개를 나무란다!'는 말이 아니고 무엇이란 말인가?

한국과의 정치문제나 북한 문제에 대한 토론에는 일본 우익대학 교수들이 단골출연을 한다. 일본에서는 북한을 기타죠센北朝鮮이라고 부른다. 일본 TV에서는 북한에 대해 흉을 보거나 멸시하고 조롱하는 방송도 많이 한다. 이웃을 흉보며 자기만족을 하는 격이다. 일본이 너무 북한을 비웃는 방송을 하면 듣기 싫다. 같은 민족이기 때문일까?

그러나 우리나라는 일본 경기를 잘 중계한다. 경쟁 상대라서 그런지 모르나 우리가 일본을 너무 의식한다는 느낌이 들 정도다. 나는 일본이 한국이 아닌 다른 나라와 축구경기를 해도 왠지 응원하게 되질 않는다. 아니 응원은커녕 흥분되면 '저 쪽발이 자식들이!'라는 욕이 나도 모르게 나온다. 그래서 나는 일본 친구와 같이 스포츠 경기를 보지 않는다. 내 본색이 드러나기 때문이다. 역사적으로나 현실적으로나 일본의 행동이 얄미워서일까? 마음에서 응원하고 싶은 맘이 일어나질 않는다. '나만 그런가?' 해서 대학의 중국 조선족 동기에게 물어보았다. 그랬더니 그도 마찬가지로 일본을 응원하고 싶지 않다고 했다. 재일교포 후배도 같은 말을 했다.

그때는 전날 일본이 이란과 축구 경기를 했는데 모두 먼 나라인 이란을 응원했다는 것이다. "우리 민족은 일본이 그토록 미운가?" 하고 모두 웃었다. 그런데 중국 교포는 한국과 중국이 축구경기를 하면 중국을 응원한단다. 같은 민족보다 국가를 우선하는 것 같았다.

북한과 일본이 축구를 한다면 어떨까? 나는 자연히 북한을 응원한다. 그러나 일본 친구는 내가 일본을 응원할 것으로 오해하고 있었다. 즉 이데올로기 싸움이기도 하니 같은 민주 우방이고 국교가 있는 일본을 응원할 것이라고 생각하는 것이었다. 그러나 난 적대국이라도 같은 민족을 응원하고 싶다. 같은 형제가 일본과 싸우는데 침략자였던 일본을 응원할 리 없지 않은가?

또 나는 일본이 다른 나라와 축구경기를 하면 은근히 일본이 지기를 바란다. 이것은 속일 수 없는 진실이다. 다른 한국 애들도 보면 한 술 더 떠서 일본이 지니까 대놓고 즐거워하며 고함을 친다. 그러나 우리가 다른 나라에 이겼을 때 일본 애들은 나에게 '어제 한국의 승리를 축하합니다!'라고 빈말이라도 한다. 이런 감정은 왜 생기는 것일까? 이런 벽이 있는 한 한·일 간의 진정한 우호는 머나먼 길이라는 생각이 든다.

일본의 방송을 보면 하프[1]들이 많이 출연하고 있다. 우리는 하프를 튀기라는 경멸스런 말로 부르며 흉보고 손가락질했다. 그리고 멀리했을 뿐만 아니라 괴롭혔다. 그들이 하프로 태어나고 싶어서 태어난 것도 아닌데 말이다. 일본 사람들은 다르다. 하프를 부러워한다. 학교 다닐 때도 이성의 우상이다. 서로 사귀려고 한다. 탤런트, 배우, 가수도 많다.

그리고 일본방송에는 게이ゲイ(남성동성연애자)나 레즈비언レズビアン(여성동성연애자)도 많이 출연한다. 게이가 정규방송 인기 시간대의 MC를 맡는 경우도 적지 않다. 그리고 오락 방송의 게스트로 초대되는 것은 당연하게 받아들여지고 있다.

글로벌 시대에 하프가 태어나는 것은 당연하다. 그리고 민주국가에서는 소수집단의 권리를 존중해 주어야 한다. 게이라고 멸시하는 일은 절대 있어서는 안 된다. 일본의 방송에서는 그들을 스스럼없이 출연시키고 사회적 인식도 차별이 없다. 이 점에선 일본이 선진국인 것 같다.

또한, 일본의 방송에서는 우리와 다른 정서가 있다. 즉 부정한 사

---

1) 일본에서는 외국인과 결혼해서 태어난 2세를 하프라고 한다. 영어의 반에서 온 말이다. 하프끼리 결혼해서 애를 낳으면 쿼터라고 부른다. 즉 피가 4분의 1 섞였다고 해서 그렇게 부른다.

람이 인기가 높은 경우다. 일본에서 바람둥이 탤런트의 대명사인 I는 "불륜은 문화다!"라는 말을 해서 유명하다. 일본에서는 우리나라와 달리 불륜을 하고 생활이 문란한 탤런트가 오히려 인기가 높은 경향이 있다. 자신이 못하니까 동경하는 심리가 작용해서일까? 아니면 인간의 본능이 그쪽으로 흥미를 유발시키는 것일까? 유명한 M 걸그룹 출신의 여자 탤런트 Y는 결혼해서 남편이 있는데도 다른 남자를 집에 끌어들여 바람을 피웠다. 그래도 뉴스에서 일시적으로 떠들썩했을 뿐 전혀 문제가 안 된다.

어떤 여자 탤런트는 이혼해달라며 노골적으로 다른 남자를 사귀어도 남편이 이혼을 해 주지 않았다. 그녀는 당당하게 다른 남자를 만난다. 또한, 어느 하프 탤런트 R의 경우 외국인 아버지가 사기 등의 혐의로 몇 번이나 구속되었다. 그래도 딸의 인기는 건재하다. 물론 딸은 죄가 없다. 여하튼 이들의 인기도는 높다. 방송은 물론 CF모델로도 크게 활약한다.

위와 같은 경우 우리나라에서는 과연 어떨까? 방송에서 사장됨은 말할 것도 없고 손가락질받아 동네서 살 수도 없을 것이다. 또한, 딸을 위해서라도 아버지가 행동을 조심할 것이 분명하다.

일본의 한류 팬 중에는 일본방송보다 한국방송이 더 재미있다고 말하는 사람이 많다. 그녀들은 우리나라 케이블 방송이나 위성방송을 따로 신청해서 본다. 혹은 드라마나 쇼 프로 DVD를 사거나 빌려서 보는 사람도 많다.

어떤 일본 친구는 "한국 아이돌 그룹을 보다 일본 아이돌 그룹을 보니 마치 애들 학예회를 보는 기분이에요. 춤이나 노래가 시시해서 못 보겠어요."라고 말했다. 또 "일본방송은 토크쇼나 여행, 음식소개가 너무 많아요. 그리고 출연자가 그 얼굴이 그 얼굴이라 너무 식상해요."라고 말했다.

외국영화도 우리는 새것을 바로 방송하는 것에 비해 일본에서는 별로 방송 안 한다. 해도 20~30년은 지난 옛날 것을 방송한다. 음악방송도 많이 줄었다. 즉 돈을 투자하지 않는 것이다. 우리보다 인구도 많아 방송국은 돈을 더 벌 텐데도 투자하지 않는 것은 참으로 이해가 안 되는 일이다. 시청률이 떨어지면 기업들의 선전투자비도 줄어들 텐데 말이다. 어쨌든 우리의 방송프로가 일본인이 보아도 더 재미있어졌다는 것은 참으로 반가운 일이다.

일본
TV 출연

나는 우연찮은 기회에 일본의 TV에 출연한 적이 있다. 이제 그 이야기를 하며 일본 연예계를 우리와 비교해 보려고 한다.

2003년 2월이었는데 밤에 같은 반 여학생에게서 전화를 받았다. "5번 채널, 텔레비전 아사히朝日에서 한국인 의사 대역을 할 사람을 찾고 있어요. 의사역이니까 어느 정도 나이가 있는 사람이 아니면 안 된다고 해서요. 대부분의 유학생은 나이가 젊잖아요. 그런데 생각해 보니 아저씨가 계시더라고요. 출연해 보실래요?"라며 말을 얼버무렸다.

즉 내가 적절하다고 생각한 것은 나이 먹은 유학생이기 때문이란다. 처음에는 그다지 기분이 좋지 않아 내키지도 않았다. 그녀가 말끝을 얼버무린 것은 자기도 말을 실수했다는 것을 알아차렸기 때문이다. 그러나 생각해 보니 옛날에 그토록 희망하던 TV 출연 기회고 출연료도 일당치고는 좋은 편이었다. 그래서 해보기로 하고 승낙했다.

촬영 날 아침, 롯폰기에 있는 텔레비전 아사히 방송국 앞에 갔다. 그리고 마이크로버스를 타고 나리타공항으로 향했다. 공항에 있는 항공박물관 모형 여객기에서 촬영이 시작되었다. 얼마 전에 있었던 실화의 재현드라마라고 했다. 내용은 다음과 같다.

일본으로 향하는 JAL기 안에서 2살 정도의 일본 여자아기가 갑자기 호흡곤란을 일으켜 의식불명 상태에 빠졌다. 연락을 받은 기장은 기내 방송을 통해 승객 중에 의사가 있는지 찾는다. 그러나 간호사 2명밖에 없었다. 그래서 기장은 무선으로 지원을 요청했다. 마침 근처에 날고 있던 KAL기에는 한국인 의사가 타고 있었다. 의사는 스튜어디스의 안내로 급히 조종석으로 갔다. 그리고 무선으로 JAL기에 타고 있는 간호사에게 지시해 무사히 아기의 생명을 구했다.

그 서울대학 병원 의사라는 분의 대역을 내가 하게 되었다. 감독은 나를 본 순간 "실물과 너무 닮으셨네요. 정말 잘 되었습니다."라고 말하면서 만족스러운 표정을 지었다. 감독의 지시대로 연기하니 촬영은 너무 간단하게 끝났다. '이런 정도로는 TV에 나와도 별로 재미없겠지?'라는 생각이 들어 좀 실망했다.

그리고 얼마가 지난 후였다. 학교에 가니 정문에서 강의실까지 걸어가는 얼마 안 되는 사이에 몇 명의 학생이 나에게 말을 걸어왔다. "저어, TV에 출연했죠? 정말 멋있었어요."라고 말하는 것이 아닌가? 또 아이키도 본부도장에 가니 "유상! 직업을 텔런트로 바꾸셨습니까?"라고 물어오는 동료도 있었다.

역시 TV의 위력은 대단했다. 토요일 밤 인기그룹 '스마프'의 가토리 신고香取信吾가 사회를 보는 〈스마스테이션スマステーション, Sma Statiom〉이라는 프로여서 본 사람이 상당히 많았던 것 같았다. 그리고 내용도 한국인 의사가 일본인 아기를 구하는 이야기여서 마침 일기 시작한

한·일 친선무드 조성에 상당히 좋은 영향을 끼친 것 같았다. 그 후 생겨난 한류 붐 조성에도 상당히 공헌한 셈이었다.

누구나 젊을 때 한 번쯤은 유명한 배우나 가수가 되는 스타의 꿈을 꾼 적이 있을 것이다. 나도 그런 시기가 있었다. 그래서 영화배우 모집에 응모하거나 가수 오디션을 받은 적도 있다. 그러나 뜻대로 간단하게 무대에 서거나 영화배우가 되지는 못했다. 나가도 단역이었고 한국에서 TV에는 한 번도 출연한 적이 없었다. 생각지도 않은 일본에서 내 일생에 TV에 출연하는 꿈을 이루게 된 것이다.

병상에 누워계신 어머니를 기쁘게 해드리고 싶어서 녹화한 테이프를 한국의 집으로 급히 보냈다. 가족들은 그것을 보고 내가 일본에서 탤런트가 되었다고 친지들에게 자랑했다고 한다. 특히 어머니가 기뻐하셨다고 한다. 지금 생각하면 불효를 거듭한 장남이 어머니가 돌아가시기 전에 한순간이나마 기쁨을 드렸다는 것에 조금은 안도한다. 나는 어머니를 또 기쁘게 해드리고 싶어서 '또 출연요청이 없을까?'하고 은근히 기대했다. 그러나 그런 일은 다시 없었다. 나는 일본 TV에 딱 한 번 출연했으나 느낀 점이 많다.

먼저 그들의 편집 능력이다. 나는 연기를 제대로 하지도 못했는데 테이프를 지금 다시 봐도 훌륭한 연기자처럼 보였다.

그리고 촬영 스텝이나 연기자들이 모두 겸손하다는 점이다. 우리나라에는 좀 유명해지면 콧대가 세지고 거만해지는 스타가 많다. 감독도 벼슬아치처럼 명령조로 말하는 사람이 있다. 나는 연기 지망생이었던 시절이 있어 그런 사람을 많이 보았다. 그러나 일본 감독이나 스태프들은 모두 고개를 숙이고 겸손했다.

일본의 연예인이 겸손한 것은 몇 번 체험했다. 나는 아사쿠사 산자 마쓰리三社祭リ에서 내가 좋아하는 엔카 가수 고바야시 사치코小林幸子 상을 우연히 만났다. 미코시神輿(가마) 행렬을 보고 있는데 옆에 그녀가 서 있었다. 그녀는 평범한 복장이었으나 팬이라 바로 알아보았다. 같이 사진을 찍자고 했더니 상냥하게 응해 주었다. 그 외 몇 명의 연예인들과 만났으나 다 자기를 낮췄다. 모두 하나같이 유명인 같지 않고 보통사람 같았다.

또 일본의 배우나 가수는 모두가 지무쇼事務所(사무소, 프로덕션) 소속이라는 점이다. 그날은 특별한 역이라 무소속의 내가 나갔던 것이다. 일당은 15,300엔이었다. 힘든 일은 아니었다. 기다리다 내가 촬영한 시간은 불과 10분 정도였다. 물론 스타들은 인기도에 따라 일당이 다르다. 방송국에서 단역에게 그 정도 주면 지무쇼가 다 챙기고 배우지망생들이나 엑스트라에게는 점심값과 교통비 정도를 준다고 한다, 유명한 스타들도 마찬가지다. 아무리 일을 많이 해도 지무쇼와 계약한 월급만 받는다.

일본의 연예인은 인기가 없으면 정말 배고프다. 특히 연기자 지망생은 매일 굶다시피 한다. 인기를 얻어 한몫할 때까지는 아르바이트를 해가며 참아야 한다. 내가 경영하던 정체원의 같은 건물에 한국식당이 있었다. 그곳에 아르바이트를 하는 연극배우 지망생이 있었는데 허리가 아프다고 가끔 마사지를 받으러 왔다. 그녀는 올 때마다 공연에 오라고 할인권을 주었다. 그리고 내가 한글을 가르치던 제자 중에도 가수 지망생이 있었다. 그녀는 웨딩홀에서 아르바이트를 했는데 공연이 있을 때마다 초청하는 메일을 지금도 보내온다. 아마도 주최 측에서 티켓 판매를 강요하는 듯했다. 그렇게들 고생해도 성공하면 과거의 고생이 미담이 되지만 모든 지망생이 다 뜻을 이루는 것은 아니다. 그것이 냉엄한 일본 연예계의 현실이다. 이 점은 우리나라도 비슷하다고 생각한다.

그리고 일본에서는 유명해지더라도 독립을 하면 안 된다. 지무쇼 소속이 아니면 방송국에서 써주질 않기 때문이다. 그래서 대스타도 월급을 받는다. 어떤 S 여가수의 아버지가 딸이 대스타인데도 월급이 너무 적다고 독립을 선언했다. 그러나 방송국에서 그녀를 부르지 않아 인기가 없어지고 말았다. 우리나라에서는 유명해지면 스타 자신이 지무쇼를 차려도 그게 통한다. 인기는 대부분 그대로 유지된다. 이런 점이 우리나라와 일본 연예계의 다른 점이 아닌가 생각한다.

또한, 일본에서는 연예인도 평범하고 바보짓을 해야 인기가 있다. 너무 완벽하면 인기가 없다. 지금 인기가 있는 'AKB48'이라는 합창단 같은 걸그룹을 보아도 안다. 그녀들은 귀여운 편이나 보통 거리에서 볼 수 있는 평범한 여중·고생 정도다. 우리처럼 스타가 너무 완벽한 재능을 가지면 일본에서는 절대 안 먹힌다. 우리 감각으로만 생각하면 이해할 수 없는 부분이다. 적어도 스타이니 일반인과 다르게 뛰어난 것은 당연한데 말이다. 일본의 시청자들은 나보다 잘난 사람보다 바보짓하고 못나야 좋아한다. 그래서 바보 같고 모자란 캐릭터가 아니면 일본 연예계에서 크기 힘들다.

우리나라의 걸그룹 '소녀시대'에 대해서 일본방송에서 소개하는 것을 본 적이 있다. 그녀들이 너무 완벽한 몸매와 노래 실력을 갖고 있는 것을 부러워하기보다는 시기하는 투로 말하고 있었다. "소녀시대를 모집 당시 경쟁률이 5,000대 1이었다더군요. 그리고 어린 나이에 부모와 떨어져 감옥 같은 환경에서 매일 자는 시간 빼고는 특훈을 받는 합숙을 했다지요? 게다가 성형도 많이 했다더군요." 부러움보다는 조소가 깃든 말이었다.

우리와 일본의 연예인들을 보면 우리는 이미 실력을 다 갖춘 자만이 방송에 나가고 일본은 지무쇼가 스타를 키우는 것 같다. 일본에는 거리에서 지무쇼 사람에게 스카우트되어 대스타가 된 탤런트나 배우가 많다.

그런데 조심해야 할 것은 거리에서 귀여운 여학생에게 접근해 대스타로 키워준다며 포르노 비디오를 찍어 파는 악인들이 많다는 점이다. 젊은이들의 거리인 도쿄의 시부야渋谷나 하라주쿠原宿에 가면 여학생들에게 말을 거는 남자들을 쉽게 목격할 수 있다.

일본 드라마에는 연기가 서툰 배우가 많다. 연기도 애들이 교회나 학예회서 발표하는 수준인 배우가 수두룩하다. 그런데 이게 일본에서는 먹힌다. 좀 어리숙하고 실수를 해야 좋아한다. 일본 사람들은 그게 인간답다며 응원을 보낸다. 그런 점을 보면 우리의 시각으로만 일본 연예인을 평가해서는 안 될 것 같다.

노래를 못해야
인기가 있다나?

어느 날 대학교 유학생과 계장님이 지나가던 나를 보더니 "유상! 무대에서 노래 한 번 불러보지 않을래요?"라고 물었다. "내년 1월에 기타구北区 시민 홀에서 한·일 영화 친선문화교류에 대한 강연회가 있는데 유명한 다카노 에츠코高野悦子(1929~2013)[2]상이 〈겨울연가〉에 대한 강연을 해요. 그게 끝나면 콘서트가 있어요. 관객을 즐겁게 해 주기 위해 강의 주제인 〈겨울연가〉의 테마송을 부를 수 있는 사람을 찾고 있어요. 지금 욘사마 일본 아줌마들에게 인기 많잖아요?"라고 말했다.

나는 "트로트라면 불러보겠는데 그 노래는 자신 없어요."라고 거절했다. 그러자 계장님은 "유상은 교수님들과 가라오케에 간 적이 있죠? 그래서 노래를 잘한다고 이미 학교에 소문이 다 나 있어요. 꼭 불러주기를 바랍니다."라고 반강제적으로 강요했다.

나는 계장님의 소개로 '사이타마埼玉 보이스카우트 연맹'이나 '스기나

---

2) 일본의 여류 영화 운동가, 영화프로듀서, 방송작가, 드라마 연출가. 일찍이 프랑스에 유학을 했고 말년에는 이와나미(岩波)홀의 총지배인을 지냈다. 나는 같은 무대에 선 인연으로 이와나미홀에 초대를 받았으나 시간이 없어서 가지 못했다. 돌아가신 지금 생각하면 아쉽기 그지없다.

미구杉並区 상공회의소', '무사시노시武蔵野市 토요학교' 등에서 한국 문화를 소개하는 강연을 여러 번 한 적이 있었다. 그런 은혜를 생각하니 끝까지 거절할 수도 없어 일단 반승낙을 하고 말았다.

그러나 곰곰이 생각해 보니 큰일이었다. 나는 〈겨울연가〉의 테마송을 부를 자신이 정말 없었다. 그것도 극장의 1,000명이 넘는 관객 앞에서 부른다니 눈앞이 캄캄했다. 그러나 어쩔 수 없이 반승낙을 했으니 이제 와서 어쩌랴! 일단 CD를 사서 노래를 들어 보기로 했다. 사례금은 학생이라 많지 않고 20,000엔이라고 했다. 가수의 페이로서는 별거 아닌 금액이다. 그러나 일단 돈을 받으니 프로는 프로다. 연습을 해야 한다고 생각했다.

며칠 후 기타구北区의 연출 담당자에게서 연락이 왔다. "오디션을 보고 싶은데 언제 시간이 있습니까?"라는 내용이었다. 그리고 "1,000장의 티켓이 벌써 완전히 매진되어서 일정을 서두르지 않으면 안 되어서요."라고 덧붙였다. 이거 정말 난리가 아닌가?

나는 10대에 가수 오디션을 받은 적은 있으나 많은 관객 사람 앞에서 노래를 불러 본 적은 없다. 술에 취하면 가라오케에서 화면의 자막에 나오는 가사를 따라 부르는 그야말로 보통 아마추어다. 더구나 반주도 피아노와 바이올린에 기타라고 했다. 그런 품격 있는 반주에 노래한 적은 더더욱 없었다.

그래서 무리라고 생각해 정말 거절하려고 작심했다. 그리고 담당자에게 전화했다. "그렇게 많은 사람 앞에서는 노래를 불러본 적이 없습니다. 프로가수를 부르는 편이 좋지 않겠습니까?"라는 어드바이스를 덧붙였다. 그러자 담당자는 "돈을 들이면 얼마든지 프로 가수를 부를 수 있습니다. 그러나 아마추어 쪽이 순수한 한·일 문화교류의 의미가 있다고 생각되어 외국인 학생이 많은 외국어대학에 부탁했습니다."라고 말했다. 그리고 "유상의 유학생활에 좋은 추억이 되지 않겠습니까? 한 번 도전해 볼 가치는 충분하지 않겠어요? 꼭 노래를 불러주시기 바랍니다."라고 설득당했다. 나는 일단 오디션에 도전해 보기로 했다.

CD를 사서 〈겨울연가〉 테마곡을 들어보니 정말 나에게는 맞지 않는다는 느낌이 들었다. 그리고 옛날에 오리노상 부부와 가라오케에서 노래를 부를 때 "유상이 아이돌 노래나 발라드를 부르면 전부 다 트로트 같이 들려요."라고 말하며 활짝 웃던 얼굴이 떠올랐다.

소개해 준 유학생과 계장님의 체면을 생각하면 바로 그만둘 수도 없어 정말 곤란했다. 그래서 '여기까지 온 이상 부딪혀보는 수밖에 없다. 일생 가수를 지망해도 그런 큰 무대에 설 기회가 없는 사람도 많다. 나에게 정말 일생에 다시없는 추억을 만들 기회가 왔어!'라고 스스로 격려했다.

내가 잘 가는 긴시쵸錦糸町의 어느 스낵바에 CD까지 낸 여가수가 있었다. 그녀는 "부러워 미치겠어요. 나에겐 왜 그런 섭외도 안 들어오죠?"라며 정말 속상해했다. 그녀에게 나는 노래키를 맞추는 요령과 무대 매너를 배웠다.

젊었을 때는 그렇게 하고 싶었던 가수로서 무대에 서는 일이다. 그런데 그때는 찬스가 없었다. 이 나이에 그것도 일본에서 기회가 생기니 참 세상사 원하는 대로 되는 것이 아닌 것 같다. 여기까지 온 이상 최선을 다하기로 했다.

'작년에는 아사히 TV의 재현드라마 주역을 하더니 올핸 연초부터 큰 무대에서 노래를 부르다니, 이러다가 정말 일본에서 연예인이 되는 것 아냐?' 하고 또 망상에 빠졌다.

오디션 날, 신오쿠보에 갔다. 역 앞에서 주최 측 관계자 세 분과 만났다. 상냥하고 친절한 전형적인 일본 아줌마들이었다. 기획책임자가 "유상! 모처럼 신오쿠보에 왔으니 맛있는 한국요릿집을 소개해 주지 않을래요?"라고 말했다. 잘 아는 단골 식당을 소개하니 모두 "정말 맛있어요, 한국요리 아주 아주 사랑해요!"를 연발했다.

식사 후 한국노래가 많이 있는 한국식 가라오케에 갔다. 식사 때 모두 권하기에 맥주를 좀 마셨으나 오디션이라 역시 긴장했다. 더구나 연습할 시간도 없었고 내가 좋아하는 장르의 노래도 아니어서 좀 자신도 없었다. 그러나 반응은 예상보다 좋았다. "목소리가 좋아요. 노래도 잘하시네요. 꼭 콘서트에서도 불러주세요"라고 담당자가 말해 주었다. 합격이었다. '설마 내가 오디션에 붙다니?' 귀를 의심했다. 일단 소개해 준 분의 호의에 답할 수 있어 안심했다.

나는 솔직하게 말해 떨어지기를 원했다. 이제 와서 가수가 되는 것도 아닌데 괜히 허영심만 커질 것 같다는 생각이 들어서였다. 그리고 노래연습도 많이 해야 하기 때문에 돈과 시간도 빼앗길 것이 분명했다. 그렇게 되면 공부할 시간이 없어서였다.

오디션도 끝나서 모두 함께 맥주를 마음껏 마시며 놀았다. 좋아하는 트로트도 많이 불렀다. 그리고 모두에게 일명 코리아타운이라 불리는 오쿠보大久保 일대를 안내했다. 헤어질 때는 모두에게 "덕분에 즐거운 하루였어요. 정말 감사합니다."라는 인사의 말까지 들었다.

　콘서트가 있는 날까지 시간을 많이 빼앗겼다. 개인연습도 많이 하고 반주하는 분들과 만나 연습도 했다. 정신적인 압박과 스트레스도 컸다. 그러나 '모처럼 한·일 문화교류에 실제로 공헌할 찬스가 내게 왔다. 참고 힘을 내자. 내가 원래 하고 싶었던 일이 아닌가?'라고 스스로를 위로했다.

　콘서트 날짜는 아무에게도 알리지 않았다. 관객석에 아는 사람이 있으면 더 긴장할 것이 뻔했기 때문이다. "프로가수가 대마초나 마약에 손을 대는 것은 긴장을 풀기 위해서죠."라는 말을 친한 보컬에게 들은 적이 있다. 무대에 선다는 것은 프로에게 있어서도 그리 쉬운 일이 아님을 나는 노래 연습을 하면서 깨달았다.

　당일 날 한국에서 동생에게 공수받은 한복을 입고 무대에 섰다. 그런데 나는 너무 긴장해서 도중에 박자를 놓치고 말았다. 실제로 무대에 서니 반주가 전혀 들리지 않았다. 그리고 조명이 강해 관객도 전혀 안 보였다. 이는 10대에 가수 테스트를 받을 때도 느끼긴 했으나 세월이 지나도 마찬가지였다. 눈 주위의 근육에서 볼까지 부르르 떨렸다. 어떻게 시간이 흘러갔는지도 몰랐다.

　노래가 끝나니 청중들이 우레와 같은 박수를 보내주었다. 무대 뒤에 오니 유학생과 계장님이 꽃다발을 들고 서 있었다. 기획자는 "노래 도중에 좀 긴장했죠? 하지만 너무 좋았어요. 일본 사람은 그런 면을 좋아합니다. 성공이에요."라고 웃으며 격찬을 해 주었다. '이제 모든 게 끝났구나!'라는 생각에 안도의 한숨이 나왔다.

콘서트가 끝나고 파티가 있었다. 모두 나에게 다가와 한결같이 좋았다고 격려해 주었다. 나는 이때 일본 사람들의 심리를 좀 알게 되었다. 일본 사람들은 노래를 너무 잘하는 가수를 별로 좋아하지 않는다는 점이다. 가라오케에서 따라 부르기 어렵기 때문이다. 별세계 사람 취급하고 고개를 돌린다. 그래서인지 유명한 스타인데 박자 음정도 못 맞추는 가수도 많다. 그러나 그들의 인기는 장수한다. 정말 노래를 잘하는 가수의 인기는 반짝하고 만다. 평생 한 곡밖에 히트곡이 없는 가수 잇빠츠야―発屋가 대부분 그렇다. 우리의 상식으로는 이해가 되지 않는다.

일본 사람들은 정말 노래를 적당히 못 하고 실수하고 노력하는 모습을 좋아한다. 인간미가 있기 때문이란다. 내 노래가 완벽한 프로 가수 수준이었다면 그렇게 박수를 보내고 즐거워하지는 않았을 것이다. 일본 사람들의 우리와 다른 모습을 경험한 귀중한 추억이었다고 생각한다.

선진
경찰

옛날 일본의 경찰은 무섭고 악랄하기로 유명하다. 하긴 일제강점기에 '우는 아이도 울음을 멈춘다.'라는 말이 있을 정도로 악명을 떨치던 그 순사가 그들의 조상이 아닌가? 일제강점기에 어떤 집에서 아기가 잠을 안 자고 하도 울어 "호랑이가 나타났다! 호랑이!"라고 말했단다. 그래도 계속 울더란다. 그런데 "순사다! 순사!"라고 말하니 울음을 뚝 그치더란다. 오죽했으면 그런 일화까지 생겨났을까?

그러나 현대의 일본 경찰은 선진화된 지 이미 오래다. 그런데 우리의 경찰은 일제의 잔재인 친일파가 그대로 등용되었다. 그래서 나쁜 점만 물려받은 터라 얼마 전까지만 해도 실적을 올리기 위해 무고한 사람을 고문이나 하고 부조리도 많았다.

약 30년 전인가, 일 때문에 부산과 광주에 자주 차를 끌고 갔다. 그러면 서너 번은 교통경찰에게 돈을 뜯겼다. 속도위반에 걸렸기 때문이다. 우리나라 사람들은 고속도로에서 다들 규정 속도를 넘어서 달리니 안 달리면 오히려 위험하다. 주위의 흐름에 맞추어야 하기 때문이다. 다들 속도위반을 하지만 특히 봉고차는 교통경찰의 밥이었다. 아예 교통경찰에게 돈을 주려고 면허증과 함께 5,000~10,000원 정도 건네는 것이 상식이던 시절이었다. 딱지를 떼는 것보다는 싸고 벌점도 없기 때문이다.

그리고 음주 운전이 당연하던 시절이었다. 그래서 교통경찰을 몇 년 하면 집을 수채나 산다는 소문이 돌 정도였다. 나는 경찰 친구 이시카와石川 상과 일본의 시골에서 술을 마시러 간 적이 있다. 벌써 25년 전 일인데 부인이 갈 때도 태워다 주고 올 때도 마중을 왔다. 나는 친구에게 물어보았다. "경찰이고 시골인데 조금만 마시면 운전을 해도 괜찮지 않아요? 부인에게 폐를 끼치는 것도 미안하고 말이에요. 일반인은 시골이라 이동수단이 없어 조금씩은 마시고 음주 운전을 한다던데…"라고 말했더니 그는 웃으며 "경찰일수록 모범을 보여야지요."라고 대답했다.

나는 이 이야기를 대학원에 유학 왔던 한국 경찰인 S 후배에게 했다. 그는 "선배! 우리 한국 경찰도 이젠 많이 바뀌었습니다. 저는 아버지가 음주 운전으로 적발되었을 때 연락을 받았지만, 법대로 처리하라고 했습니다. 그래서 친척들에게 욕을 많이 먹었습니다."라고 말했다. 나는 실언을 했음을 알고 그에게 바로 사과했다.

그렇다. 이제는 우리 경찰도 많이 바뀌어 선진국 못지않게 되었다. 그 점 미안하고 감사하게 생각한다. 그러나 우리의 경찰에게 감추고 싶은 역사가 있었던 것은 사실이다. 그것마저 숨길 수는 없는 것이다. 내 후배는 참으로 훌륭하다. 아버지까지 법대로 처리하라고 했으니 말이다. 우리 사회 통념상 정말 힘든 일이고 큰 신념과 용기가 필요했다고 본다.

일본의 파출소는 정말 길 안내하는 곳이다. 길을 모르면 모두 파출

소에 간다. 파출소 이름도 고반交番(번을 갈아듦)이고. 경찰의 이름도 오마와리상お巡りさん(순찰 도는 아저씨)이다. 우리가 가진 이미지였던 무서운 순사와는 완전히 다르다.

그러나 그들은 자전거를 단속하기도 한다. 자전거 타는 사람이 범죄자인 경우는 드물다. 도둑질하는데 차를 훔쳐 타고 하지 자전거를 타고 할까? 속도가 너무 느리지 않은가? 도망가다 잡히기 딱 알맞다. 또 마약이나 흉기, 범행도구를 숨길 곳이 없지 않은가? 야쿠자가 고급 외제차는 타도 자전거 탄다는 이야기는 들은 적도 없다. 자전거 타는 사람은 끽해야 좀도둑이다. 그리고 남의 자전거를 훔쳐 타는 정도다.

아사쿠사바시浅草橋에서 야간 아르바이트를 마치고 새벽에 자전거로 귀가할 때의 일이다. 너무 피곤했는데 경찰이 나를 세우더니 불심검문을 했다. 그래서 지금은 재류카드로 이름이 바뀐 외국인등록증을 보여주었다. 그들은 내가 외국인이라는 것을 안 순간부터 표정이 바뀌더니 완전히 범죄자 취급했다. 약 10분 이상 이것저것 세심한 질문을 했다.

일본 경찰의 외국인 차별은 심하다. 일본인은 그렇게까지 길게 불심검문을 하지 않는다. 게다가 아마 내가 일본인이 무시하는 한국인이라는 이유도 있었으리라.

재작년 여름에 어느 흑인이 혼자 경찰서 앞에서 농성하는 것을 본 적이 있다. 그가 들고 있는 피켓에는 "일본에서 외국인은 안 된다!"라고 쓰여 있었다. 무슨 일을 당했는지 모르나 짐작이 가고 느낀 점도 많다.

야간 아르바이트가 많은 나는 그 후로도 자전거 불심검문을 많이 당했다. 한 번은 자전거를 타고 가며 휴대 전화를 받다 경찰에게 제지당했다. 벌금이 20,000엔이라고 했다. 그러나 대학원 학생증을 보여주었더니 신분이 확실해서였는지 주의만 받았다. 그런데 요즘 중·고등학생들은 자전거를 타면서 메일을 한다. 그것만큼은 지양해야 한다고 생각한다. 귀가 아니라 눈을 가리니 사고의 위험이 훨씬 더 크기 때문이다.

심야에 자전거를 타면 십중팔구 검문을 각오해야 한다. 나는 아예 단념하고 각오하고 있다. 그러니 오히려 편했다. 일본에서 밤에 자전거 라이트를 안 켜고 다니면 틀림없이 세운다. 빨리 고치는 편이 좋다.

물론 경찰이니 자전거 좀도둑도 단속해야 하는 것은 당연하다, 그러나 참 고급인력 낭비 같다. 일본의 선진 경찰이 고작 자전거나 단속하고 라이트를 켰는지 안 켰는지 주의나 주니 말이다. 현상범을 잡고 싶으면 지나가는 벤츠를 조사하는 것이 훨씬 효과적이지 않을까? 왜냐하면 야쿠자는 벤츠를 많이 탄다고 하기 때문이다. 왜 그렇게 되었는지 모르나 일본에서 벤츠는 야쿠자들이 탄다는 이미지가 있어 일반인들은 사기를 꺼린다고 한다.

어쨌든 일본 경찰의 범인 검거율은 세계 최고 레벨이라고 한다. 아직 우리처럼 주민등록증 번호가 없어 국민관리가 아직 전산화되어 있지도 않다. 그리고 일반 국민의 지문채취도 없다. 지문을 채취하는 사람은 전과자나 외국인뿐이다. 그런데도 범인 검거율이 높은 것은 참으로 대단하다. 이제 곧 일본도 국민 한 사람 한 사람에게 번호를 부여하는 마이넘버my number 제도를 실시한다고는 한다.

일본 경찰은 권위적이지도 않고 국민에게 친절한 관광가이드의 이미지가 있다. 이 점 과연 선진 경찰답다고 생각한다.

일본에서 살려면
기다림에 익숙해야 한다

일본에선 뭐든지 시간이 너무 걸린다. 이게 '빨리빨리'가 몸에 배어 있는 우리나라 사람들에게는 잘 안 맞는다. 정말 속 터진다. 졸업증명서를 떼는데도 며칠 전에 신청해야 한다. 얼마 전에 일본 면허증을 갱신했는데 딱 한 달 후에 찾으러 오라고 했다. 요즘 같은 시대에 컴퓨터에서 바로 뽑을 수 있는데도 말이다. 벌써 6년이 넘었는데 우리나라에서 면허증을 갱신했을 때는 그날로 새 면허증을 받은 기억이 있다.

나는 어느 날 노트북을 고치려고 N사에 택배로 맡겼다. 그런데 한 달이 넘도록 소식이 없었다. 그래서 전화로 항의한 적이 있다. "수리하는데 이렇게 시간이 걸리면 컴퓨터로 아무 일도 못 하지 않습니까? 현시대에 있을 수 있는 일입니까?" 그러고도 몇 주가 지나서야 수리도 제대로 못 한 노트북을 보내왔다. 그럼 그동안 도대체 뭘 했단 말인가?

이유인즉 본사와 공장에 의뢰했으나 오래전부터 생산하지 않아 부품이 없다는 것이었다. 불과 3년도 되지 않은 제품인데 본사에 부품이 없다니 말이나 되는가? 더군다나 두 달 가까이 컴퓨터를 잡고서 말이다. 나는 그 회사 물건은 두 번 다시 쓰지 않기로 결심했다.

일본에서는 물건이 고장 나면 새것을 사는 것이 훨씬 절약이다. 자전거도 타이어 하나 가는 것이 3,000엔이고 펑크를 때우는 것은 1,000엔이다. 그런데 세일 때 새 자전거를 6,000~7,000엔이면 살 수 있다.

컴퓨터도 마찬가지다. 보증기간이 지나면 새것을 사는 것이 훨씬 싸다. 배터리 한 개 교환하는 것도 15,000엔이 넘는다. 조금만 더 보태면 새것을 살 수 있다. 그래서 출품 후 3년이면 부품을 생산하지 않아 정말 없을지도 모른다.

옷은 줄이는 값보다 새것 사는 값이 더 싼 경우도 있다. 고급 브랜드가 아니면 수선을 하지 말고 새것을 사는 것을 권한다. 돈도 돈이지만 시간이 또 며칠 걸리기 때문이다.

이제는 일본 생활에 익숙해져서 시간이 걸려도 어느 정도는 참는다. 그러나 나는 역시 한국 사람인지 일본 사람들처럼 기다리지는 못한다. 가령 맛있다는 라면을 먹으려고 추운 날에 1시간 이상 줄을 선다든가, 스타의 얼굴 한 번 보려고 공항이나 공연장 길목에서 밤을 새우는 행위는 하기 어렵다. 그러나 일본 사람들은 그런 기다리는 시간을 즐기는 것 같다.

내 친구는 복권을 사서 몇 달은 맞춰보지 않고 있었다. 왜 그러냐고 물었다. "기대하고 기다리는 순간을 즐겨요. 맞춰보면 빨리 실망할 것이 뻔하잖아요. 그러나 늦게 맞춰 보면 맞았을지도 모른다는 기대감과 행복감을 오래 즐길 수 있어요."라고 말했다.

과연 일리 있는 말이다. 맛있기로 유명한 라면을 친구가 산다고 해서 같이 1시간 동안 줄 서서 기다렸다 먹은 적이 있다. 그런데 막상 먹어보니 별거 아니었다. 그도 동감했다. 이처럼 실제 먹어보면 실망할지라도 기다릴 때는 '얼마나 맛있을까?'하고 군침을 삼키며 많은 기대를 한단다. 그 순간이 그는 행복하다고 했다.

유명한 스타를 보는 것도 마찬가지다. 시골에서 올라와 며칠 밤을 새우다시피 하면서 고작 단 몇 초 스쳐지나 가는 것을 보는 것이다. 그 기다리는 순간에 행복한 꿈을 꾼단다. 어떤 아줌마는 그 스타와 결혼하는 꿈도 꿨단다. 우리 식으로 생각하면 정신 나간 것 같다. 그러나 꿈은 자유가 아닌가? 그래서 행복을 느낀다면 얼마든지 기다릴 수 있는 것이다.

우리나라의 삼성전자가 세계시장에서 성공한 이유는 애프터 서비스를 빨리해줘서라고 한다. 일본 사람들의 꼼꼼함이나 확실함, 정확도, 안전도 등은 신용이 간다. 그러나 모든 면에서 시간이 걸려도 너무 걸린다는 생각이 든다.

일본은행에서는 송금도 창구에 직접 신청하면 시간도 걸리고 수수료도 많이 내야 한다. 그런데 은행에 가서 가만히 관찰해 보면 "이랏샤이마세いらっしゃいませ(어서 오세요)! 아리가토고자이마시다ありがとうございました(감사합니다)!"를 앵무새처럼 외치며 인사만 하는 직원이 서너 명은 된다. 나는 '저 사람들을 실무에 돌리면 일이 훨씬 빨라지지 않을까?'라는 생각을 은행에 갈 때마다 한다.

'로마에 가면 로마법을 따르라!'는 말이 있다. 일본말로는 '고향에 돌아가면 고향에 따라라郷に入れば郷に従え!'이다. 우리식으로 생각하면 일

본 사람은 기다려도 너무 기다린다. 그러나 일본에 살거나 일본을 알려면 이들의 습성을 이해하려고 노력해야 하지 않을까?

일본이 쇄국을 풀고 미국과 처음 조약을 맺을 때의 일이다. 일본 무사들의 끈기에 미국인들은 학을 떼었다고 한다. 일본은 처음에 미국과 불평등 조약을 많이 맺었지만, 나중에 다 다시 고칠 수 있는 조건을 만들어 두었다고 한다. 일본은 실제 수십 년 후 서양과 거의 같은 조건의 평등조약을 맺는다. 그러나 우리는 미국과의 불평등조약을 아직도 그대로 유지하고 있는 것이 많다. 이런 점에서는 끈기 있게 기다리는 훈련도 좋은 면이 있다고 생각한다.

얼마 전 우크라이나, 러시아, 독일, 프랑스 수뇌가 정전협상을 벌일 때 장장 16시간을 회담했다고 한다. 당사자인 러시아와 우크라이나 대통령은 그렇다 치고 프랑스와 독일의 대통령은 평화협상을 중재하기 위해 고령임에도 불구하고 그 긴 시간을 인내한 것이다. 참으로 존경이 간다. 외교는 끈기의 싸움 같다. 개인적으로도 배우고 반성한 점이 많은 회담이었다.

나는 전에 우리나라에서는 식당에서 밥이 늦게 나와도 화를 냈다. 그러나 지금은 책을 읽거나 스마트폰을 보며 기다리는 여유를 배웠다. 이제는 우리 모두 '빨리! 빨리!'만 선호해서 일을 그르칠 것이 아니라 기다리는 데 익숙해져야 할 것 같다. 물론 위에서 말 한대로 '빨리! 빨리!'가 성공을 가져다준 예는 있다. 그러나 일본 사람을 사귀려면 서두르면 안 된다. 일할 때 서두르는 것보다는 끈기 있게 참고 기다리는 것이 성공 확률을 높이는 것 같다.

화를 내면
일을 그르친다

일본 사람과 오래 상대하고 싶으면 아무리 화가 나도 참고 그들로 하여금 미안한 마음을 갖게 해야 한다. 그럼 그들은 꼭 보답한다. 그들은 은혜나 빚을 지면 꼭 갚아야 한다고 어려서부터 부모나 학교에서 교육을 받는다. 좋은 일이지만 어린이들에게 너무 세뇌가 될 정도로 주입한다는 인상을 받았다. 그 외에도

'남에게 피해를 주지 않는다.'

'잘 못 했으면 정중하게 사과한다.'

'정직해야 한다.'

'약속은 꼭 지켜라'

'얻어먹지 마라. 대신 얻어먹었으면 꼭 갚아라.' 등을 몸에 배게 교육한다.

나는 대학원에 들어가서 일본의 초·중학교에서 한국에서 전학 온 어린이들에게 일본어를 약 6년간 가르쳤다. 그래서 일본 초등, 중등교육현장을 옆에서 많이 보았다. 이때 일본 정부가 약 1억 2,800만이라는 인구를 일사불란하고 질서 있게 통제하는 힘이 어려서부터의 교육에서 나온다고 느꼈다.

나는 일본에 와서 참을성이 는 편이다. 일단 화를 안 내려고 노력하고 있다. 그러나 처음에는 참지 못했다. 불의를 보면 바로 말을 하지 않으면 못 견뎠다. 지금도 참기 어렵기는 마찬가지이나 많이 좋아진 편이다.

대학원 때 연말에 소독회사에서 아르바이트할 때 있었던 일이다. 소독일은 건물 내에 사람이 없어야 가능하다. 그래서 대개 심야나 휴일에 작업한다. 그날은 연말연시 연휴였는데 책임 과장과 자정에 소독용품 창고에서 만나기로 약속했다.

전차에서 내려 도쿄만東京湾 바닷가 쪽으로 약 20분은 걸어야 하는 한적한 곳이었는데 도착하니 창고 문이 잠겨 있었다. 할 수 없이 밖에 서서 바닷바람에 약 30분을 떨며 기다렸다. 그래도 그는 오지 않았다.

그래서 나는 친한 일본 친구에게 화를 참지 못하고 "근처에 커피숍도 없고 추워서 얼어 죽겠다. 이 친구 정말 약속 자주 어기네. 또 술이 덜 깼나 보다야. 알코올 중독인 모양이야. 일본 사람 같지 않구면! 일본 사람이 이렇게 시간약속 어기는 것 처음 본다야! 열 받아 죽겠다!"라는 메일을 보냈다. 그런데 '아뿔싸!' 그 메일을 과장 본인에게 보내고 말았던 것이다. 후회해도 때는 이미 늦었다. 이미 송신 버튼은 눌러진 후였다.

곧 답이 왔다. "유상! 저는 알코올 중독에 신용도 없는 인간입니다. 그런 인간과 일하기 힘드시죠? 지금 그냥 집으로 돌아가세요."라는 간단명료한 내용이었다. 즉, 심야에 전차도 끊긴 상태에서 목이 잘린 것이다. 나는 각오는 했지만 좀 서운했다. 자기가 약속을 어긴 것인데도 말이다. 그날로 일본어 학교 때부터 약 7년간이나 신세 진 소독회사를 그만두고 말았다.

일본 사람들은 여간해서는 상대방 앞에서 큰소리를 치거나 화를 내지 않는다. 큰소리치고 싸우는 사람은 주로 불량배나 야쿠자 등 질이 나쁜 별세계의 사람들이다. 보통사람들은 화가 나도 대부분 돌려서 말한다. 그리고 일단 그 자리를 피한다. 화를 내면 나중에 본인도 후회하는 경우가 많다. 일단 나쁜 인상을 쓰면 상대와의 관계는 끝이라고 각오해야 한다. 우리처럼 화해해서 깨끗이 씻어버린다는 개념이 없다.

나는 화를 참지 못하고 친구에게라도 말해 스트레스를 풀려다 어렵게 얻은 소중한 아르바이트를 잃고 말았다. 그 후 나이 때문에 일자리를 찾는데 정말 고생했다. 인생을 걸고 결심한 늦은 학업도 포기하고 귀국할 뻔했다.

일본 사람과 상대하려면 그 자리에서 대놓고 직접 표현해서는 절대안 된다. 그리고 속을 보이면 안 된다. 책임 과장은 아이키도 동료였다. 나에게 아르바이트를 준 참 고마운 친구이기도 해서 허심탄회하게 말한적이 많다. 같이 눈물도 많이 흘렸다. 그러나 관계를 끊고 나니 그런 것이 모두 수치스럽기도 하고 나의 약점이 되었다는 생각이 들었다.

또 일본에서는 표정관리를 잘해야 한다. 나는 표정을 감추지 못해 손해를 많이 보았다. 그런데 나만 그런 것이 아니라 우리나라 사람 중에는 그런 사람이 많다. 가령 상사가 너무 꼼꼼하게 한 얘기 하고 또하면 누구나 짜증이 난다. 우리나라 사람들은 대개 그게 얼굴에 바로나타난다.

"유상의 약점은 표정관리를 못 한다는 거예요. 솔직한 것은 좋은데 요즘 세상에는 안 먹혀요. 유상을 좋아하는 사람은 애들과 노인밖에 없어요. 순수한 것은 좋아요. 그러나 현실은 거짓 표정을 잘 지어야 합니다. 그런 연기를 잘해야 성공해요!"라고 헤어진 일본 여자친구에게 충고를 받은 적이 있다.

우리는 상사에게 스트레스를 받으면 동료끼리 한잔하며 상사 흉이라도 봐야 스트레스가 풀린다. 없을 때는 대통령 욕도 한다지 않는가?

물어보니 일본 사람들도 짜증 나기는 마찬가지란다. 한 귀로 듣고 한 귀로 흘러버리지 않으면 스트레스가 쌓여서 폭발해 죽어버릴 것 같단다. 인간의 감정은 마찬가지 같다. 그러나 일본 사람들은 참는 훈련이 잘되어있고 우리는 표현해서 풀려고 하는 쪽이 많은 것 같다.

일본 사람 중에도 대인관계에 신경 쓰는 것이 싫어 일부러 정사원을 사직하고 파견사원이나 아르바이트를 택하는 사람도 많다. 상사와의 번거로운 관계에 얽매이지 않아도 되고, 정해진 시간만 일하면 비교적 자유스럽기 때문이다. 그러나 수입이 적으니 생활은 쪼들린다. 그래서 그 길을 택하는 사람은 독신이 많다. 책임이 있는 가장은 감히 엄두도 못 내는 결단이다.

정보화 시대에 메일은 정말 조심해야 한다. 한 번 클릭하면 그걸로 운명이 결정지어지기 때문이다. 그 후 나는 메일을 보낼 때 열 번 확인하고 보내는 버릇이 생겼다.

이처럼 일본에서는 기분이 나빠도 열 번 생각하고 난 뒤에 화를 내야 한다. 아니 일본에서는 화는 내면 안 된다. 우리처럼 가만히 참으면 지는 것이고 목소리 크면 이기는 것이 아니라 정말 말없이 조용히 참아야 이기는 사회이기 때문이다.

실질적
노동사정

　일본은 아르바이트 천국이다. 회사들이 약아서 돈이 많이 드는 정사원의 채용을 회피하고 파견사원이나 아르바이트만 고용하기 때문이다. 한 사람의 정사원에게 파견사원 3명 이상 고용할 수 있는 돈이 들어간다고 한다. 보너스, 퇴직금, 의료보험 부담과 함께 휴가와 휴일 때도 급료를 지급해야 하기 때문이다.

　그에 비해 파견사원과 아르바이트는 일한 시간만 계산해서 급료를 지급하면 된다. 그러나 파견사원과 아르바이트는 책임감이 없다. 그래서 회사의 중요한 곳이나 숙련공 등 정말 필요한 사람 몇은 정사원을 채용한다. 그런데 그 비율이 너무 낮다. 100명의 직원이라면 불과 10명 내외가 정사원이다. 심한 곳은 5명 정도라고 한다.

　내 친구 중 하나는 일본의 대그룹 계열사인 M사에 20년 이상 파견사원으로 근무하고 있다. 그녀의 시급은 1,700엔 정도라고 한다. 그런데 회사에서 파견회사에 지급하는 시급은 2,700엔 정도라고 한다. 시간당 1,000엔을 20년 이상 파견회사에 바친 꼴이다.

　파견회사는 처음에 소개나 할 뿐 정말 하는 일이 아무것도 없다. 고작 월급을 계산해서 통장에 넣어주는 역할이나 한다. 물론 파견사원이 실수하면 바꿔준다거나 책임을 지는 일을 하기는 한다. 그래도 중간에서 너무 챙기는 좀 심한 시스템이 아닌가 생각한다.

그래서 일본의 파견사원이나 아르바이트는 정말 배고프다. 장래 보장도 없고 겨우 집세 내고 입에 풀칠이나 하는 최악의 생활을 하고 있는 것이다. 심지어는 젊은 여성이 독서실이나 인터넷 카페에서 수년째 숙식하는 것을 취재한 방송을 본 적이 있다.

그리고 일본은 하청업자의 천국이다. 그것도 몇 단계를 내려간다. 즉 하청 준 것을 또 하청 주는 식으로 업자들이 중간이득만 챙긴다. 그래서 노동자에게 직접 가는 임금은 원 회사가 지급하는 돈의 반도 안 되는 경우도 있다.

나는 일본에서 아르바이트를 많이 했다. 접시닦이, 정원사, 소독작업, 세탁소 배달, 식당, 한글교사, 일본어 교사, 편의점 트럭운전, 정체사 등 셀 수 없을 정도다. 그래서 일본의 아르바이트 실정을 몸으로 겪었다.

나는 S 편의점에서 운송 일을 한 적이 있다. 그런데 이 일은 정말 힘들다. 보통 6~7시간에 10개 정도의 점포를 도는데 시간이 너무 빡빡하다. 쉴 시간은커녕 밥 먹을 시간도 없어 나는 약 2년간 핸들을 잡고 주먹밥만 먹었다. 한 사람이 3톤 트럭에 물건을 가득 싣고 하루에 두 바퀴 이상을 돌아야 하는데 빈 박스 정리 등을 하고 나면 하루 15~16시간의 중노동이다. 그래도 일주일에 한 번 쉬고 월급은 28만 엔 정도다. 물론 보너스는 없다. 병이 나서 쉬면 속된말로 굶어야 한다.

하루 8시간 노동이라는 노동후생성労働厚生省의 법규는 있으나 마나

다. 만약 시간으로 계산한다면 월급이 14만 엔 정도다. 이는 도저히 선진국의 월급이라고 할 수 없는 금액이다. 일본의 노동자는 정말 개발도상국만 못하다. 이렇게 긴 시간을 일하는 나라는 거의 없기 때문이다. 다른 업계의 운전사는 어떤가 하고 아이스크림 배달하는 사람에게 물어보았다. 그랬더니 자기는 하루에 16~17시간 운전한다고 했다. 나보다 길었다.

그리고 운전하다 접촉해서 차에 페인트가 조금 벗겨진 것도 보고해야 한다. 사고가 나서 라이트가 깨지면 다 물어내라고 한다. 대물 배상의 경우, 보험처리보다 운전사에게 처리하도록 강요한다. 왜냐하면, 매달 회사가 내는 보험금이 올라가기 때문이란다. 나는 빗길에 차를 세우다 정차 중인 택시 범퍼를 조금 긁은 적이 있다. 정말 동전 자국 정도 났다. 그런데 택시회사에서 범퍼를 통째로 갈았다고 45,000엔이 청구되었다. 회사 부장의 강요로 내 돈으로 물어주고 말았다. 더구나 부장 C는 직원들에게 와이로賄賂(뇌물)를 받았다. 돈을 받으면 편한 코스를 배정하고 벌금도 눈감아 주었다. 일본도 노동현장에는 와이로가 남아 있었다.

편의점 물건은 배송 중 조심해서 운전해야 한다. 급브레이크라도 잡으면 안의 물건이 다 넘어질 수 있기 때문이다. 도시락이나 케이크 등 손상되면 팔기 어려운 물건도 많다. 업무 중 과실을 전부 운전사 책임으로 돌린다. 회사는 조금도 손해를 보지 않겠다는 것이다.

그리고 휴일 없이 일하는 곳도 많다. 일본회사의 노동환경은 정말 열악하다. 15시간을 전혀 휴식도 없이 일한 적도 있다. 그리고는 가짜로 2시간 휴식했다고 서류에 쓰도록 강요받았다. 명목상 후생노동성에 보고해야 하기 때문이란다. 일자리가 없으니 간부들은 노골적으로 노동자를 더욱 혹사시킨다. 여기가 아니면 갈 데가 없는 사람이 많다는 것을 잘 알기 때문이다. 철야인데 시급은 900엔도 되지 않았다. 또 교통비도 전액 지급에서 반액지급으로 깎였다. 그래도 일본의 노동자들은 불평 없이 일한다.

일본에서는 정사원도 서비스 잔업이라는 것이 많다. 그래서 모두 막차까지 일하고 새벽에 회사에 출근한다. 남편과 아버지 노릇을 제대로 하는 가정생활이라는 것은 도저히 엄두도 못 낸다. 소위 명문 국립대학 출신자들의 노동사정을 물어보니 힘들기는 마찬가지였다. 고노河野상은 대학 때 내가 아이키도를 권유해서 아이키도부에 입부시킨 사람이었다. 그녀는 도쿄대학 대학원에서 석사학위까지 받았는데 막차로 퇴근하고 첫차로 출근한다고 했다. 대학 졸업 후 취직한 다른 부원들도 대부분 마찬가지였다.

얼마 전에 일본의 후생노동성에서는 노동자를 혹사하는 소위 '블랙기업'을 없애겠다고 선언했다. 그러나 이는 말뿐 실제로는 지켜지지 않고 있다. 기업이 적자라는데 정부에서 경영방침까지 일일이 간섭하기는 힘들기 때문이다.

그리고 일본의 자영업을 하는 가게에서는 손님이 없어도 종업원은 무조건 서 있어야 한다. 우리처럼 앉아서 쉬는 것은 인정하지 않는다. 가령 한국 식당은 런치가 끝나면 저녁시간까지 2~3시간 정도 쉬는 시간이 있다. 그 시간에는 자든지 외출하든지 마음대로 해도 무방하다.

그러나 일본 식당의 경우 청소라도 해야 한다. 아니면 부동자세로 서서 앵무새처럼 인사를 해야 한다. 어느 면에서는 시급을 받으니 일을 해야 하는 것은 당연하다. 그러나 너무 쓸데없는 체력을 소모하는 것이 아닌가 하는 생각이 든다. 사람은 너무 피곤하면 일의 능률이 떨어지기 때문이다. 그래서 육체노동자일수록 쉬는 시간이 많이 필요하다.

일본에서는 '손님은 왕이다'라는 말이 유명하다. 우리나라도 이런 자세를 높이 사서 일본처럼 해야 한다고 교육하는 회사나 가게가 많다. 그런데 이게 과해지면 곧 종업원 혹사와 연결된다.

이처럼 일본의 실제 노동환경은 열악해도 일의 귀천은 없다. 나이도 상관없다. 그래서 자기가 마음만 먹으면 노인들도 얼마든지 일이 많다. 80세가 넘은 할머니가 스낵바에서 일하기도 하고 85세에 정체원에서 마사지하는 할머니도 보았다. 90세가 넘은 의사나 변호사는 수두룩하다. 어떤 사람은 84세에 공장에서 일을 하기에 내가 "한국에서는 정년퇴임을 하면 거의 다 뒷짐 지고 놉니다. 그 연세까지 참 대단하십니다."라고 말했더니 "아니 지겨워서 죽을 때까지 몇십 년을 어떻게 놀죠? 일을 해야지 놀면 빨리 죽어요."라고 말했다.

우리나라는 현재 아무 일이나 하려고 해도 없어서 못 한다는 뉴스를 들었다. 그런 점 생각하면 일단 일이 있는 자체가 행복일지도 모른다. 그러나 적어도 선진국에서 노동자를 착취하는 블랙 기업이 많아서는 진정한 복지국가라고 말하기 힘들 것이다.

국립대학
교수

일본의 국립대학国立大学은 2004년부터 국립대학법인国立大学法人으로 바뀌었다. 나는 그 운명의 갈림길에 서서 일본의 국립대학 마지막 졸업생이 되었다.

사실 이름만 바뀌었지 대학의 예산은 여전히 일본 정부 문부과학성에서 나오니 전과 마찬가지다. 일본인들의 대학입시 감각도 전과 바뀌지 않았다. 그러나 실제 바뀐 점은 많다. 내가 피부로 느낀 것은 대학의 재량에 따라 조선대학朝鮮大学이 대학으로 인정되었다는 점이다.

조선대학은 일본 문부과학성에서는 그동안 대학으로 인정하지 않았다. 그래서 조선대학을 나오면 취직할 때도 대학졸업 자격이 없었고 대학원에도 진학할 수 없었다. 그런데 국립대학이 국립대학법인이 되면서 사립대학처럼 각 대학 학장의 권한이 커졌다. 조선대학의 대학인정 여부가 각 국립대학법인 학장의 재량에 맡겨진 것이다. 제일 먼저 히토츠바시대학 대학원이 조선대학을 대학으로 인정했다고 한다. 그래서 내 동기와 후배 중에는 조선대학 출신도 몇 명 생겼다.

일본의 국립대학 교수들은 지금까지 철밥통이라 한 번 채용되면 정년 때까지 월급이나 받는 셀러리맨 같은 사람이 많았다. 그래서 그런

병폐를 막기 위해 교수평가제를 두고 학교 재량으로 교수임용을 맡겼다고 한다. 즉 국가공무원이 아닌 사립대학과 같은 그 대학만의 교수가 된 것이다. 그래서 전처럼 전근은 없고 교수초빙이나 재임용만이 인정되었다. 그러나 지금도 대부분의 국립대학법인 교수들은 정년퇴임 후 공립대학이나 사립대학에 초빙된다. 그러니 한 번 채용되면 경력이 인정되어 죽을 때까지 철밥통인 것은 변함이 없는 것 같다.

교수 중에는 자기 연구만 하는 사람도 있고 또 강의를 잘하고 잘 지도하는 사람도 있다. 둘 다 잘하는 경우는 정말 드물다. 하늘은 두 가지 재능을 한 사람에 주지는 않는 것 같다. 일본 최고의 대학을 나오고 외국의 명문대학에 유학해서 박사 학위를 받은 교수인데 강의가 너무 재미없는 사람이 있다. 그런 분의 강의시간에는 조는 학생도 많다. 교수도 듣든지 말든지 자기 강의나 하고 대부분 신경도 안 쓴다.

그런데 강의는 재미없어도 역작을 몇십 권이나 쓴 연구파 교수도 있다. 대학은 연구 성과로 교수를 채용하기 때문에 강의나 학생지도 능력에 대해서는 테스트를 하지 않는다. 즉 강의능력을 심사한다는 말은 들은 적도 본 적도 없다. 그러나 강의가 재미있고 학생들에게 인기가 있어 유명해지면 또 교수초빙의 대상이 되는 것은 일본이나 한국이나 마찬가지인 것 같다. 강의를 잘해 방송에 초대되어 아예 탤런트가 된 고등학교 선생님이나 교수도 많다.

강의를 잘하는 교수 중에는 이름 없는 대학을 나오고 연구실적도 별로 없는 사람도 있다. 그런데 강의가 정말 재미있고 실력이 있는 분을 나는 많이 보았다.

그리고 제자들을 잘 돌보고 장래 취직까지 손수 발품을 팔아서 신경 쓰는 분도 있다. 어느 교수님은 지방까지 노구를 이끌고 가서 깊숙이 고개를 숙이고 제자의 취직을 부탁했다고 한다. 물론 그의 제자는 대부분 채용되었다. 사실 대학원은 레벨 상승과 함께 더 좋은 직업을 가지려고 간다. 그런데 대학원을 졸업해도 일이 없으면 대학만 졸업하고 취직하는 것만 못하다.

모든 재능을 다 갖춘 교수는 정말 드물다. 다만 철밥통 교수만 좀 없어졌으면 좋겠다는 생각이다. 즉 학생들의 장래나 연구보다 자기 밥그릇만 챙기는 분들이다.

앞에서도 언급했으나 일본은 모든 분야에서 세습이 많다. 즉 아버지가 정치가면 자식도 정치가, 아버지가 배우면 자식도 배우의 길을 걷는 집안이 많다. 가부키歌舞伎[3] 배우는 몇 대에 걸쳐서 한다. 그리고 아버지가 교수면 자식도 교수가 많다. 지방의 작은 대학에 있다가 할아버지가 이끌어줘서 도쿄로 올라왔다는 젊은 교수도 있다. 그 소문은 내가 재학 당시 학생들 사이에 자자하게 퍼져있었다.

영어는 외국어대학 설립 당시에 영국식 영어를 배운 교수가 주도권을 잡았다. 그때는 영국이 '해가 지지 않는 나라'로 세계를 주도할 때이다. 그런데 창립 118년이 지난 지금도 영국식 영어를 가르친다. 후임 교수나 강사까지 자기 제자나 친인척만 끌어왔기 때문이다. 그래서 아무리 미국식 영어가 우대받는 세상이 되었어도 바뀌지 않는다. 어

---

3) 노래, 춤, 연기가 섞인 일본 연극.

느 영어교수님은 "나는 지금까지 외국에 한 걸음도 안 나가봤어요."라고 말했다. 정말 대단하다. '영어권 나라에 유학을 안 해도 명문 국립대학의 영어교수를 하는 분이 있구나!'하고 감탄을 금할 수 없다. 그러나 한편 '좀 심하다. 자랑할 것을 자랑해야지 그것이 다 실력을 떠나 누군가가 끌어준 증거가 아니고 뭐란 말인가?'라는 생각이 들었다.

일본 사회에서 와이로는 벌써 옛날에 없어졌다. 선진국이 된 지 오래이기 때문이다. 지금은 개발도상국이나 공산국가에서나 와이로를 받는다. 과거에는 교수가 되려면 엄청난 돈과 함께 인맥이 있어야 했다. 그러나 선진국인 일본에서 돈의 거래는 거의 없다. 물론 개중에는 돈에 눈이 멀어 몰래 와이로를 받는 사람이 있다. 그러나 대부분 적발되어 인생을 망치고 만다.

일본에서 와이로는 받지 않으나 빽은 있어야 교수를 한다. 즉 부모가 아니면 친척이라도 교수가 있어야 소개하거나 이끌어줘서 교수가 되기 쉽다. 이것이 문제이다. 부모가 똑똑하다고 자식도 똑똑한 경우는 거의 없기 때문이다. 물론 교수님 중에는 정말 실력으로 좋은 논문과 책을 써서 교수가 된 분도 많다. 그런 분들은 한정된 자리밖에 없으므로 정말 훌륭하다. 그러나 여기서 논하고 싶은 것은 세습교수이다.

요리라면 몇 대를 이어서 하는 것이 가능하다. 요리는 기능이 우선인 경우가 많기 때문이다. 그리고 일본 사람들은 연구, 개발한 요리보다 전통 맛을 좋아한다. 즉 그 가게 대대로의 레시피대로 만든 변함없는 맛을 좋아하는 것이다. 어떤 가게는 양념에 몇백 년 전 조상이 만든 것이 섞여 있다고 한다. 즉 양념 항아리에 양이 줄면 그 위에 계속 더하기 때문에 조상의 맛이 다문 몇 퍼센트라도 지속되고 있는 것이다.

그러나 연구는 머리와 노력이 안 따라주면 안 된다. 그러므로 세습은 정말 안 될 일이다. 앞에서도 말했으나 부모의 머리가 좋다고 자식이 다 좋은 것은 아니기 때문이다. 아니, 반대로 부모가 너무 잘나면 자식은 그렇지 못한 경우가 허다하다. 한 나라의 미래인 대학에서 세습으로 교수를 임용한다거나, 노력도 하지 않는 철밥통 교수를 존속시키는 일은 없어져야 할 것이다.

박사
과정

나는 소년 시절 어려운 가정환경 속에 참으로 고생을 많이 했다. 초등학교 때는 친구들이 부러워할 정도로 잘살았다. 아버지가 아이스케이크ice cake(얼음과자) 공장을 3개나 운영해서 번창했기 때문이다. 그러나 중학교 1학년 때 아버지의 사업이 기울어지고 그게 원인이 되어 어머니와 부부싸움도 잦았다. 결국, 어머니가 가출하는 사건이 발생했다. 나는 4남매의 장남이었다. 자포자기한 아버지가 술로 나날을 보냈으므로 어린 동생들을 내가 돌보지 않으면 안 되었다. 당시 여동생은 초등학교 4학년, 둘째 남동생은 1학년, 막냇동생은 만 3살이었다. 나는 막냇동생을 돌보느라 학교에 못 가는 날이 비일비재했다.

겨우 중학교를 마친 나는 외사촌 누나의 도움으로 S그룹 병원 약제과에 정사원으로 입사했다. 그리고 검정고시 학원에 다녔다. 그러나 새 가업인 농사와 정미소 일을 도우라는 아버지의 강요로 인해 입사한 지 1년도 안 되어 퇴사하고 말았다. 자연히 검정고시학원도 그만두게 되었다. 그러나 어머니를 내쫓고 다른 여자와 사는 아버지를 미워했기 때문에 얼마 가지 못하고 다시 가출하여 상경하게 되었다.

그리고 다시 취직하려 했으나 고등학교도 못 나온 학벌로는 갈 곳이 별로 없었다. 받아주는 곳은 웨이터, 점원, 공장, 노동판, 영업사원 정도였다. 학벌에 한이 맺힌 것은 이때부터다. 그래서 검정고시를 준비했다. 방송통신고등학교도 다녔다. 그러나 일찍 사회생활을 하며 배운 술, 담배와 향락에 빠져 공부가 제대로 되지 않았다. 시작해도 작심삼일이었다.

그래도 흥미가 있던 일본어 공부만은 꾸준히 해서 일본인 친구가 많이 늘었다. 독학으로 '일본어 능력시험' 1급도 땄다. 그리고 일본 전국 일주도 했다. 그때 일본의 거리는 깨끗하며 일본 사람들은 참 정직하고 질서와 시간을 잘 지킨다고 느꼈다. 임진왜란과 일제강점기 때 잔혹한 짓을 한 조상을 둔 것이 믿어지지 않을 정도였다. 그래서 그때 나는 일본에 유학해서 한·일 간의 역사를 비교하며 깊이 배우고 싶다고 생각했다.

시골집에서는 막냇동생이 중학교 1학년이 되었다. 공부를 잘하기에 내 전철을 밟게 하고 싶지 않아 서울로 전학시키려고 했다. 그러나 부모가 주소를 옮겨야 자식이 전학이 되었다. 그래서 아버지께 말씀드렸더니 주소가 없으면 농사짓는데 영농자금 융자도 안 되고 비료도 못 탄다고 반대했다. 또 학교 교육보다 부모의 교육이 인간을 만드는 데 더 중요하다고 했다.

그래서 나는 "1년 밭농사보다 자식 교육은 평생농사입니다. 막내가 공부를 잘하니 분명히 크게 될 것입니다. 시골에서는 아무리 공부를 잘해도 서울에 있는 대학에 붙기 어렵습니다. 제가 아버지 대신 공부시켜 꼭 좋은 대학에 보내겠습니다."라고 아버지를 설득했다. 나중에 막내는 기대에 어긋나지 않게 S 대학에 우수한 성적으로 붙어 가족 모두를 기쁘게 해 주었다. 나도 아버지와의 약속을 지켜 너무 좋았다. 그래서 아귀찜집을 전세 내서 직장 동료들과 축하파티도 했다. 둘째 동생도 요리학교를 마치고 훌륭한 요리사가 되었다. 여동생도 좋은 사람 만나 결혼해서 아들을 둘 낳고 행복하게 살고 있었다.

그런데 생각해 보니 내 인생이 문제였다. 맏형이 제일 못난 꼴이 되어 있었다. 그래서 일하면서 다닐 수 있는 방송통신고등학교에 재입학해서 본격적으로 공부하기 시작했다. 남은 인생 돈벌이보다 학문에 바치겠다고 소풍 갔을 때 물리 선생님과 다짐도 했다. 선생님은 "君은 人生에서 金錢보다 學門을 擇했다고 했지(군은 인생에서 금전보다 학문을 택했다고 했지)?"라고 붓글씨로 크게 써 주셨다. 액자로 만들어 벽에 걸어놓고 선생님과의 약속대로 정말 열심히 공부했다. 이번에는 중도 포기를 하지 않고 직장을 아르바이트로 바꿔가며 학교 출석수업을 철저히 해 무사히 졸업했다. 그리고 방송대학 일본학과에 들어갔다. 중학교 동창생들보다 18년이나 늦은 대학 입학이었다.

1997년, 우리나라에 'IMF 시대'라는 국가적인 시련이 들이닥쳤다. 직장을 잃고 지방을 전전하며 노동을 하던 나는 친구들의 도움과 일본 여자 친구의 소개로 일본에 오게 되었다. 그리고 일본어학교 졸업 후 일본 체류비자를 연장하기 위해 대학에 들어갔다. 이유야 어쨌든 내 꿈인 일본유학이 우여곡절 끝에 생각지도 않게 이루어졌다. 막상 일본에 오니 비싼 물가와 학비 등의 벽에 부딪혀 유학은 현실적으로 내게는 과분하고 불가능하다고 생각했었다. 그래서 일본어 학교만 마치고 돈을 벌려고 했다. 그러나 운명이 나를 공부하게 만들어 준 것 같다.

대학에 들어가 열심히 공부한 덕에 연령제한으로 장학금혜택은 별로 못 받았으나 학비면제 혜택을 많이 받았다. 그래서 4년 만에 무사히 졸업할 수 있었다. 바로 한국에 돌아가 일본어를 가르치는 일을 하려고 했다. 그런데 대부분의 우리나라 유명학원 강사모집 요강에 만 35세까지라는 연령제한이 있었다. 게다가 현지 석사 이상이라는 학력제한도 있었다.

대학원에 들어가는 이유는 여러 가지가 있다. 그중 제일은 좋은 직장을 갖기 위함일 것이다. 그리고 자기 레벨 상승, 학구열 등이 있다. 그런데 대학원을 졸업해도 일이 없다면 정말 엄청난 시간과 돈의 낭비이다. 더구나 나는 대학원을 졸업하면 나이가 더 드니 문제다. 어떻게 해야 할지 갈등이 생겼다. 그러나 어차피 현재도 일이 없으니 늦었지만 하고 싶은 공부를 실컷 하고 싶었다. '나는 늦은 나이에 유학을 했기 때문에 어려움이 많은 것은 당연하다. 그것을 각오하고 내가 선택한 길이니 내가 감수해야 한다.'라고 생각했다.

고심 끝에 대학원에 진학하기로 결심했다. 그러나 경제적 여유가 없어서 학비가 비싼 사립대학은 엄두도 못 내고 대학 때처럼 어렵더라도 학비가 싼 국립대학 대학원만 4곳을 응시했다. 그런데 일본에서 대학을 나오면 일본인과 같은 조건으로 입시를 치러야 했다. 일본의 내로라하는 수재들과 경쟁을 하니 늦깎이 공부하는 아저씨 유학생이 합격할 리가 없었다. 낙심한 나에게 히토츠바시대학—橋大学 대학원에서는 일본에 온 지 6년 미만이면 유학생끼리 입시를 본다고 친구가 알려

주었다. 그곳은 연구과마다 유학생을 일정 비율로 뽑고 있었다. 그래서 다행히 대학원에 합격하였다. 대학원에 입학해서 열심히 공부한 결과 대학 때와 마찬가지로 연령제한 때문에 장학금혜택은 별로 못 받았으나 학비면제를 많이 받아 2년 만에 석사학위를 받을 수 있었다.

그런데 석사과정 2학년 때 어머니가 당뇨병의 합병증인 간암으로 돌아가셨다. 늦게 공부한답시고 장남으로서 병드신 어머니를 너무 등한시했다는 후회가 밀려왔다. 제일 기뻐해 주실 분이 저세상으로 가시니 공부할 의욕을 잃고 좌절했다. 설상가상으로 좌골신경통에 걸려 허리와 다리가 아파 걷지도 못하니 학교도 못 가고 아르바이트도 못 했다.

그러나 이대로 주저앉을 수는 없었다. 박사과정에 들어가서 어머님 영정에나마 학위를 바치고 싶었다. 세계 각국의 국비 유학생만 8명이 응시를 한 가운데 사비 유학생인 내가 붙었다. 믿어지지가 않았다. 연구과 정원 21명 중 유학생은 나 혼자였다. 박사과정은 유학생 정원 쿼터quota(배당)도 없다고 했다. '일본인 학생과도 경쟁해서 설마 내가 합격을 하다니?' 꿈만 같았다. 돌아가신 어머님이 도와주신 것이 분명했다.

그러나 불행은 또 나를 기다리고 있었다. 어머님이 돌아가신 이듬해인 박사과정 1학년 때 아버님이 중풍으로 쓰러지셨다. 그리고 장장 8년이라는 병상 생활에 들어간 것이다. 쓰러진 후 발견이 늦어 반신불수에 언어능력과 배설기능을 상실했다. 돌아가시기 전에는 소화능력도 잃어 호스로 죽을 위에 넣고 링거로 약과 영양을 공급했다.

아버지 병원비를 대기 위해 대학원을 휴학하고 친구의 후원으로 식당을 경영했다고 앞에서 이야기했다. 그러나 정말 하늘도 무심하시지…. 한마디로 말해 식당이 망하고 말았다. 2년 가까이 정말 하루 몇 시간도 안 자고 노력했다. 인간은 참 희한하다. 내 장사니까 그런지 안 자도 피곤할 줄 몰랐다. 남의 일 같았으면 2년간 하루에 그 정도만 자고 일한다는 것은 불가능했으리라. 그래도 실패한 것은 처음에 너무 성급하게 판단해서 안 되는 가게를 속아서 샀기 때문이었다. 아는 사람이라고 믿었다 돌이킬 수 없는 실수를 저지른 것이다. 모두가 내 불찰이고 능력부족이었다. 아버지 병원비를 보태려다 몇 푼 보내지도 못하고 오히려 큰 빚을 지고 말았다. 대신 동생들이 아버지 수발을 드느라 고생을 했다. 형으로서 정말 면목이 없었다.

하루빨리 돈을 벌려고 다른 일을 찾다 지인의 소개로 정체원을 하게 되었다. 정체원을 하게 된 것은 운동을 오래 해서 사람 몸을 좀 알기 때문이다. 그리고 내가 좌골신경통에 걸려 3년간이나 고생한 이유도 있다. 그래서 노하우가 생긴 것이다. 그리고 정체원은 초기 투자금이 식당보다 훨씬 덜 들었다. 또한, 일본에서는 자격증과 허가가 없어도 릴랙스숍relax shop으로 하면 영업을 할 수 있다는 이유도 있었다.

그런데 무엇보다 이 일이 나에게 큰 도움이 된 것이 있다. 나는 유전인지 15년 전에 학교에서 건강진단을 받았을 때 고혈압이었다. 그래서 항상 재검사를 받았다. 그리고 10년 전에는 당뇨가 검출되었다. 부모님의 병을 고스란히 물려받은 것이다. 게다가 좌골신경통까지 있으니 아무 일도 못 했다. 사람은 건강이 제일이다. 병이 있으면 돈도 명예도 다 부질없는 것이다. 그래서 학교 공부보다 건강에 대해 더 연구했다. 그리고 정기도整気道(정체+합기도)를 고안하게 되었다. 나는 지금 병원에 가지 않는다. 몸이 많이 좋아졌기 때문이다. 이 이야기는 언젠가 소개할 기회가 있을 것이다.

그리고 틈틈이 한국어와 일본어를 가르쳤다. 한국어를 배우는 사람들은 물론 일본인이고 일본어를 배우는 사람들은 일본에 오래 사신 한국 아주머니들이다. 그분들은 일명 '코리아타운'이라는 신오쿠보에 사니까 일본어를 몰라도 수십 년간 아무런 지장이 없었다. 그런데 남편이 병들거나 먼저 죽자 일본어를 못하면 여러 가지로 불편했다. 연세도 있으니 학원에 다니기는 창피했던 모양이다. 그래서 내가 개인교습을 한 분이 많다.

휴학 기간도 끝나 지도교수님께 자퇴허가를 신청했다. 정체원도 경영이 어려워 별도로 아르바이트를 많이 했기 때문에 도저히 연구를 지속할 수가 없었기 때문이다. 그러나 교수님은 '단위취득 만기퇴학'을 권하셨다. 나중에 박사 논문을 제출하여 논문 박사가 될 수 있기 때문이었다. 나는 휴학하기 전에 박사과정 단위는 전부 따두었었다. 그래서 박사 논문 계획서, 즉 프로포잘proposal만 제출하면 된다. 교수님은 전에 50,000자를 쓰라고 하신 적이 있었다. 이는 거의 석사 논문 분량이다.

마감이 2개월밖에 남지 않았다. 서둘러야 했다. 그러나 몇 년 만에 논문을 쓰려니 눈앞이 캄캄했다. 그렇다고 지도교수님이 이렇게까지 배려해 주시는 데 쓰지 않을 수도 없었다.

일하며 하루 서너 시간도 자지 않고 강행군을 해서 썼다. 운명을 하늘에 맡기고 제출했다. 기적이 일어났다. 아니 돌아가신 부모님이 도와주셨으리라. 합격한 것이다. 평가서에 좋은 박사 논문이 될 것이라고 심사위원 교수님들이 써 주셨다. 더불어 연구과 과장님이 되신 부전공 교수님은 "저도 유상과 같은 학력입니다. 그 어려운 역경 속에서도 여기까지 오신 것을 축하합니다."라고 말씀하셨다.

일본의 박사 논문은 박사학위가 없는 교수님도 논문심사를 한다. 일본의 대학에는 박사학위가 없는 교수님이 많기 때문이다. 특히 인문계가 그런데 지금까지는 교수님이 되어서 정년퇴임을 할 때쯤 되어야 박사학위를 수여받았다. 그런데 2004년 국립대학이 법인화되면서부터 제도가 바뀌었다. 박사학위를 되도록 재학 기간에 수여하도록 한 것이다.

박사과정 재학 기간은 국립대학 유학생의 경우 연구과에 따라 6년에서 8년이다. 그러나 정규과정은 3년이다. 3년이 넘으면 오버닥터over doctor라고 해서 장학금이나 학비면제도 잘 안 해 준다. 심지어 기숙사도 나와야 한다. 휴학을 3년 하면 약 9년에서 11년을 재학 기간으로 할 수 있다. 그러나 휴학을 하면 유학생은 비자가 안 나온다. 나는 비즈니스 비자로 바꾸어서 휴학했다.

일본 학생은 외국 유학 기간을 휴학 기간으로 인정하지 않으므로 재학 기간을 몇 년 더 연장할 수 있다. 이 재학 기간에 박사학위를 받으면 과정박사이다. 그 후에 받으면 논문 박사이다. 그러니까 지금까지는 논문 박사가 많았다. 제도가 바뀌면서 과정박사를 많이 배출하도록 한 것이다. 연구과 과장님은 '이제부터의 박사는 그 분야의 진정한 박사라기보다 연구자의 면허증입니다.'라고 말했다.

일본의 박사과정을 소개한다는 것이 내 인생 여정을 고백한 꼴이되고 말았다. 그러나 창피함을 무릅쓰고 이야기한 것은 나와 비슷하거나 나보다 어려운 환경에서 공부하는 학생, 혹은 때를 놓쳤지만 늦게 깨닫고 공부하려는 사람도 많을 것으로 생각했기 때문이다. 그런 분들에게 공부는 시기가 꼭 정해져 있는 것이 아니므로 좌절하거나 포기하지 말고 언제든지 도전하기를 부탁하고 싶다.

그리고 공부는 꼭 성공해야 미담이 되는 것은 아니다. 열심히 노력하는 과정이 더 중요하다고 생각한다. 나는 성공을 떠나 노력하는 가운데 마음의 뿌듯한 충실감을 많이 느꼈다. 그리고 '인생의 행복이 별것 아니구나! 이런 것이구나!'라는 생각도 들었다. 즉 자기만족이다. 물론 자기만족도 남에게 피해를 주면 안 된다. 도움을 주면서 만족을 느껴야 더욱 행복하다. 일종의 볼런티어volunteer(자원봉사)를 하는 기분 같은 것이다.

"너 일본에서 인생 허송세월만 보낸 것 아니야? 부모님이 돌아가셔도 장남으로서 무책임했고 말이야?"라고 말하는 친구도 있었다. 사실 그렇게 생각할 수도 있다. 그 일을 생각하면 후회가 되어 눈물이 앞을 가린다. 그러나 변명 같지만 세상살이나 뜻이 모두 다 똑같지는 않다고 생각한다.

우리나라 사람들은 과거에 급제해 입신양명하여 부모님께 효도하는 것이 예부터 미덕으로 전해지고 있다. 고전 소설 『춘향전』과 『옥단춘』이 남녀 간의 사랑과 함께 그런 내용을 담고 있다. 나는 어려서 이들 소설과 라디오 드라마를 듣고 마음이 부풀었다. 더불어 '나도 꼭 출세해서 부모님을 기쁘게 해드려야지!' 하고 결심했다. 누구나 한 번쯤은 그런 생각을 했을 것이다. 그래서 모두 자신이 못하면 굶더라도 자식을 공부시키려고 노력한다. 그러다 보니 이제 우리나라에는 박사학위를 받은 고학력자가 넘쳐나고 있다. 그 결과 박사 실업자도 많아 학력을 숨기고 청소부를 지망하는 일도 벌어지고 있다. 미국의 명문대학에서 박사학위를 받아도 취직자리도 없고, 있어도 식당 아줌마보다 월급이 적다는 말을 후배에게 들었다. 외국에 나가 돈과 시간을 낭비하며 고생하고 노력한 세월이 참으로 아깝다.

그러니 나 같은 사람은 한국에 돌아가도 일자리가 있을 리 만무하다. 친한 한국의 어느 교수님께서 "일본에는 박사학위 없는 교수가 많지만, 한국에서는 어림 반 푼어치도 없어요. 시간강사 원서도 안 받아줍니다."라고 말했다.

일본인들은 정년퇴임을 하고 대학원에 입학하는 사람이 많다. 나는 그런 사람을 수도 없이 많이 보았다. 제2의 인생을 살기 위해 자기가 좋아하는 것을 다시 배우는 것이다. 그들은 늦게 공부하는 나에게 희망과 용기를 주었다. 나는 30대에 들어서 늦게 공부를 시작하며 나머지 인생을 가난한 학자의 길을 택하겠다고 다짐했다. 보통사람보다 늦게 깨달은 것이다.

공부한다고 모두 다 출세하는 것은 아니다. 선택받은 사람은 극히 일부다. 그렇다면 나머지 사람들은 모두 헛사는 것일까? 아니다. 자기 나름대로 노력하는 삶이 아름답다고 생각한다. 그러나 나는 우리 사회의 통념에 구애받아 평생 후회되는 짓을 한 적이 있다.

나는 일본에 오기 전에 중학교 시절 담임선생님의 여동생을 우연히 만난 적이 있다. 서울 길동의 어느 식당에서 소주를 한 잔 마시는데 주인아주머니가 고향이 어디냐고 물었다. "강원도입니다."라고 대답했더니 "어머! 우리 오빠가 강원도에 있는 중·고등학교에서 수학을 가르쳐요."라고 말했다. "성함이 어떻게 되시는데요?" 라고 물었다. 들어보니 중학교 3학년 때 담임선생님이 아닌가? 나는 모르는 척했다. 성공은커녕 초라한 지금 이 꼴로 어려웠던 시절 많은 격려를 해 주신 은사님께 연락을 드릴 수는 없었다. 그때는 마침 텔레비전에서 출세한 제자들이 은사님을 찾는 'TV는 사랑을 싣고'라는 프로가 인기리에 방영되고 있었다. 그러니 더더욱 연락을 드릴 수가 없었다. 그러나 지금 생각해 보니 이생에서 은사님을 뵐 기회를 영원히 놓치고 만 것 같다.

방송통신고등학교 원서를 쓰러 졸업 후 몇 년 만에 중학교를 찾았을 때 선생님은 "그래 잘 결심했다. 정규고등학교를 나와야 인생에서 꼭 성공하는 것은 아니다. 너는 어려운 가정환경을 극복하고 동생들을 잘 돌보았다. 그런 마음이면 꼭 잘 될 것이다."라고 격려해 주셨다. 지금은 돌아가셨을지도 모른다. 그때 찾아뵈었어야 했다. 선생님들은 꼭 출세하거나 부자가 된 제자만 사랑스러운 것이 아니다. 건강하게 노력하는 모습을 좋아하신다는 것을 내가 애들을 가르치면서 알게 되었다. 그렇다. 이는 일본 사람들에게 배웠다고 해도 과언이 아니다. 못난 제자도 자주 찾아주고 열심히 살면 사랑스럽다. 출세나 부자가 되지 못한 것과는 관계가 없는 것이다. 물론 성공한 제자도 사랑스럽다.

얼마 전에 후배가 일본에 와 대학에 입학해서 15년 만에 박사학위를 받았다는 소식을 제3자를 통해 들었다. 진심으로 축하해 주고 싶다. 그 힘든 일을 해냈으니 말이다. 나 자신을 뒤돌아보니 좀 부끄럽다. 그러나 과거에 병원과 공장 등에 입사 원서를 낼 때 최종 학력란에 '중졸'이라고 썼던 시절이 있었다. 내 인생에서 일본에 유학 와서 박사과정까지 다니게 해 주신 것만 해도 돌아가신 부모님께 진심으로 감사드린다.

맺으며

　지금까지 나의 경험담을 중심으로 주로 한국인과 일본인의 마찰문제의 원인을 분석해 보았다. 이는 어디까지나 하나의 예일 뿐 한국인과 일본인을 대표하는 이야기는 아닐 것이다.

　대학 때 유학생회 회장님의 소개로 홈비지트home visit했던 외대 S 전 학장님은 다음과 같은 말씀을 하셨다. "세계 어느 나라 유학생이든 일본에 오면 일본에 대해 다들 좋게 말합니다. 그런데 귀국하면 반일을 하는 학생이 많습니다. 귀군은 그러지 말고 일본과 진정한 친선을 위해 활동해 주었으면 합니다." 정말 그런 것 같다. 일본 방송에서 외국인이 출연하는 프로만 봐도 다 일본 칭찬 일색이다. 뭐가 좋다, 뭐가 훌륭하다, 일본에 배울 점이 많다는 등 아첨성이 가득한 말만 한다. 좀 나쁜 점도 말해야 들을 때는 기분이 나쁠지는 모르지만 발전하지 않을까? 그런 그들이 자기 나라에 돌아가서 일본을 나쁘게 말하는 것을 많이 보았다.

　대학원 때 부전공 교수님께서 사석에서 한잔 할 때 "유상의 글의 장점은 뭔지 아세요? 바로 글에 아부성이 없다는 점입니다. 글이 솔직하고 객관적입니다. 그 점을 살리시기 바랍니다."라고 말했다. 지금까지 나는 학장님 말씀처럼 반일을 할 목적이나 일본을 나쁘게 말하는 글을 쓰려고 하지 않았다. 부전공 교수님 말씀처럼 한국이든 일본이든 아부 없이 내가 보고 느낀 것을 솔직하고 객관적으로 전달하려고 했다.

　우리 민족은 치욕을 너무 빨리 잊는 것 같다. 임진왜란은 무슨 일이 있어도 일본에 복수해야 했다. 하긴 나도 그렇다. 어려서 공부 못한 설움을 그렇게 많이 받았으면 와신상담을 해서라도 젊어서 공부했어야 했다. 생각은 잠시, 바로 잊고 술에 젖어 산 젊은 날이 그리 짧지만은 않다. 우리 민족의 빨리 잊는 피를 물려받았나 보다.

　이상의 개인적인 에피소드들에서도 보았듯이 한국과 일본 사이에는 여러 가지 넘기 어려운 장벽이 많다. 정치, 경제, 사회, 문화, 심지어는 남녀 간의 관념의 벽 등 모든 면에 걸쳐 난해한 과제들의 산이다. 그래서 한국 유학생 중에는 "나는 일본과 맞지 않아!" 하며 포기하고 돌아가는 경우도 많다. 나도 사실 그렇게 생각한 적이 있었다. 그리고 지금도 일본인과 마찰이 있을 때마다 모든 것을 접고 돌아갈 생각을 하며 갈등한다. 그러나 '평생을 일본과 연관되어 살아온 내가 포기한다면 누가 일본과의 이런 매듭을 푼단 말인가? 좀 더 참아보자.' 하고 스스로를 격려한다.

　한·일 간에 지금 산재한 문제는 너무 많다. 독도 문제, 역사교과서 왜곡문제, 종군위안부 문제, 재일교포 인권문제, 일본의 전쟁사과 회피 문제 등 정말 풀기 어려운 과제들의 산이다. 가령 종군위안부 문제에 대해서 우리와 일본인들의 생각은 다르다. 아무리 팔이 안으로 굽는다지만 한국인으로서는 좀 열 받는다.

"전쟁 중이었으므로 어쩔 수 없었다. 정부는 관여하지 않았고 민간업자가 했다. 위안부 스스로 돈을 벌기 위해서 참가했다."라는 망언을 일본 현역 대신이 번갈아 가면서 한다. 아무리 생각해도 개발도상국이나 군사독재 정권도 아닌 선진국 대신의 입에서 나올 말은 아니다.

설령 과거에는 그랬더라도 현대에서 여성의 인권을 무시한다면 무슨 선진국이란 말인가? 대신이 그런 말을 하니 일반 국민도 그렇게 생각한다. 그것도 같은 여성이 그렇게 말하는 경우도 있다. 그런 점에서 일본은 거꾸로 가고 있는 것 같다.

그리고 일본 사람이 한국 사람과 맞지 않는 성격 중에 확실한 대답을 회피하는 것이 있다. 일본어에 아이마이曖昧(애매)라는 말이 있듯이 정말 애매모호한 대답을 잘한다. 또 역사적인 토론에서 불리해지면 안 배워서 몰랐다고 한다.

나의 친구 중 한 명은 "역사 시간에 고대, 중세까지는 자세히 배우고 암기시키며 시험도 자주 봐요. 그러나 근대에 와서 군국주의나 아시아 침략의 역사가 나오면 선생님들은 시간이 없다고 생략했어요. 혼자 공부하라는데 누가 해요. 그러니 잘 모르죠."라고 핑계를 댔다. 그런데 그런 대답을 하는 친구가 많은 것을 보면 사실인 것도 같다. 일본 선생님들도 제자들에게 자랑스럽지 못한 역사는 가르치고 싶지 않았던 모양이다.

또한, 일본 사람들은 '~이라고 생각한다.'는 표현을 많이 쓴다. 정확하게 답을 하는 것이 아니라 '생각한다.'고 말해 책임을 회피한다. 영어의 'I think'에서 온 말 같다. 사실 세상의 진리는 없다시피 하니 맞는 표현일지도 모른다. 그러나 우리에게는 좀 답답한 표현의 하나인 것만은 분명하다.

이처럼 한국과 일본 앞에는 풀리지 않는 난제의 산이 있다. 그리고 서로 편견이 많다. 이래서는 영원히 가까워지기 힘들 것이다.

일본 정부는 우리에게 진심으로 사과할 마음이 별로 없는 것 같다. 그것을 바란다면 우리가 어리석은 것이다. 친구지간에도 나쁜 짓을 한 놈이 사과 안 한다고 어쩌겠나? 상대를 안 하고 실력을 키우는 수밖에 없다. 나라 간에도 마찬가지다. 우리가 잘살면 먼저 접근할 것이 분명한 그들이기 때문이다. 그리고 혹시 그들이 애매한 말로 사과를 한다고 해도 신중하게 받아들여야 한다. 또 번복할 가능성이 있기 때문이다.

일본은 과거에 우리나라를 침략할 때 그냥 온 것이 아니다. 우리를 분석하고 연구의 연구를 거듭했다. 그리고 또 침략할 기반을 다져 놓았다. 그런데 우리는 일본에 대해 연구한 성과가 거의 없다. 있어도 수박 겉핥기식이다. 어느 방송에서 "한국에는 지일인(知日人)이 없고, 일본에 대한 연구성과도 없어요!"라고 말하는 것을 본 적이 있다. 이제부터라도 심도 있게 일본을 연구하는 데 힘을 쏟아야 할 것이다.

끝으로 지금까지 일본에 대해 쓴 책과는 좀 다른 비교와 주장을 한 부분이 있어 감히 신일본론이라는 제목을 달았다. 그 점 읽는 분들의 많은 아량으로 이해해주기를 바란다.

참고문헌

단행본

- 김용옥(1990), 『태권도 철학의 구성 원리』, 동남출판
- 김용운(2006), 『일본어는 한국어다』, 가나북스
- 黛弘道他(2002), 『詳解日本史B』淸水書院道原伸司(2002)『空手道』成美堂
- 민족문제연구소(1997), 『친일파란 무엇인가』, 아세아문화사
- 박노자(2001), 『당신들의 대한민국 1』, 한겨레출판
- Bruce Cumings 지음, 김동노·이교성·이진준·한기욱 옮김(2001), 『브루스 커밍스의 韓国現代史』, 창비
- 大山倍達(2002), 『大山倍達 世界制覇の道』, 角川書店
- 유정래(2008), 『무도의 세계에서 바라본 일본』, 일본문화사
- 역사문제연구소(2003), 『인물로 보는 친일파 역사』, 역사비평사
- 정운현(2004), 『군인 박정희』, 개마고원
- 정운현(1999), 『나는 황국신민이로소이다』, 개마고원
- 正祖命撰,沈雨晟解題(1987), 『武芸通譜通志』, 東文撰
- 최수진(2014), 『룰루랄라 신나는 일본문화탐험』, 유페이퍼
- 최수진(2015), 『일본어로 당신의 꿈에 날개를 달아라』, 북랩
- 최준식(1997), 『한국인에게 문화는 있는가』, 사계절출판사
- 崔泓熙(2000), 『태권도와 나 II』, 다움사
- 한상범(2006), 『박정희와 친일파의 유령들』, 도서출판 삼인
- 허종(2003), 『반민특위의 조직과 활동』, 도서출판 선인

논문, 잡지

- 김운용(1994. 8.),「이것이 진실이다」, 월간체육
- 양진방(1986),「광복 후 한국 태권도의 발전 과정과 그 역사적 의의」, 서울대학교 석사 논문
- 이종우(2002. 4.),「태권도의 과거 충격적 고백」, 신동아